W0328719

LA CONJURATION DE LA SIXTINE

Philipp Vandenberg est né en 1941 à Breslau. Il passe son enfance dans un orphelinat avant d'être adopté par son beau-père avec lequel il ne s'entend pas. Il se réfugie alors dans l'étude de l'histoire de l'art et de la littérature allemande. A l'âge de seize ans, il tourne son premier court-métrage, couronné par un prix international. Il débute sa carrière comme pigiste dans un quotidien mais s'oriente vite vers l'écriture. Son premier *thriller* archéologique, *La Malédiction d'Imhotep*, deviendra rapidement un best-seller international. Il a depuis écrit une vingtaine d'autres ouvrages dont *Néfertiti* et *Le Pharaon oublié*. Ses romans ont paru chez soixante-treize éditeurs et ont été traduits en vingt-sept langues.

PHILIPP VANDENBERG

La Conjuration de la Sixtine

ROMAN TRADUIT DE L'ALLEMAND PAR SUSI ET MICHEL BREITMAN

LATTÈS

Titre original :

SIXTINISCHE VERSCHWÖRUNG
publié par Gustav Lübbe Verlag

© Gustav Lübbe Verlag GoubH, Bergisch Gladbach, 1988.
© Editions Jean-Claude Lattès, 1977, pour la traduction française.

Principaux personnages

Les Eminentissimes et Révérendissimes cardinaux

GIULIANO CASCONE, secrétaire d'Etat de Sa Sainteté pontificale, préfet du Conseil pour les Affaires publiques de l'Eglise,

JOSEPH JELLINEK, préfet de la Congrégation pour la doctrine de la foi,

GIUSEPPE BELLINI, préfet de la Congrégation pour les sacrements et le culte divin,

FRANTISEK KOLLETZKI, prosecrétaire de la Congrégation pour l'éducation catholique, recteur du Collegium Teutonicum.

Les Eminentissimes et Révérendissimes évêques et archevêques

MARIO LOPEZ, prosecrétaire de la Congrégation pour la doctrine de la foi, archevêque *in partibus* de Caesarea,

PHIL CANISIUS, président de l'Istituto per le Opere Religiose (IOR),

DESIDERIO SCAGLIA, archiprêtre titulaire de San Carlo.

Les Très Estimés Monsignori

WILLIAM STICKLER, camériste du pape,

RANERI, premier secrétaire du cardinal secrétaire d'Etat.

En outre

AUGUSTINUS FELDMANN, conservateur en chef des Archives du Vatican,

PIO SEGONI, bénédictin de Montecassino,

Professeur ANTONIO PAVANETTO, directeur général des Musées et Bâtiments du Vatican,

Professeur RICCARDO PARENTI, spécialiste florentin de Michel-Ange,

Professeur GABRIEL MANNING, professeur de sémiologie à l'Atheneum du Latran,

FRA BENNO, alias DR. HANS HAUSMANN, frère lai,

GIOVANNA, concierge.

De la volupté de narrer

Tandis que je trace ces lignes, un doute affreux m'assaille et je me demande si j'ai le droit de raconter ce qui va suivre. Ne vaudrait-il pas mieux tout conserver par-devers moi, comme l'ont fait jusqu'à ce jour ceux qui en ont eu connaissance ? Mais garder le silence, n'est-ce pas le plus horrible des mensonges ? Et l'égarement ne contribue-t-il pas, lui aussi, à la compréhension de la vérité ? Incapable d'atteindre à cette cognition qui se dérobe même au plus authentique des chrétiens, sa vie durant, et ne se retrouve que dans le témoignage de sa foi, j'ai longuement pesé le pour et le contre, jusqu'à ce que la volupté de narrer cette histoire — telle que je l'ai apprise dans de fort étranges circonstances — finisse par me submerger.

J'aime les monastères, un irrépressible élan me pousse vers ces lieux retranchés à l'écart du monde et qui, soit dit en passant, investissent les plus beaux sites de notre planète. J'aime les monastères parce que le temps semble s'y être figé, je savoure l'odeur morbide qui se coule dans les larges ramifications de leurs bâtiments, subtile émanation de vieux grimoires moisissant doucement, éternellement, de corridors nettoyés à grande eau et de fumée d'encens évaporée. C'est pourtant aux jardins de ces monastères que va ma prédilection. Le plus souvent ils se trouvent bien à l'abri des regards indiscrets : la raison m'en échappe, d'autant qu'ils sont un aperçu du paradis.

Cette remarque préalable étant posée, il convient que j'explique pourquoi, en cette lumineuse journée d'automne que seule la magie d'un ciel septentrional est apte à faire surgir, j'ai pénétré dans le paradis de ce monastère de bénédictins. Au cours d'une visite guidée, après la chapelle, la crypte et la bibliothèque, j'étais parvenu à m'écarter de mon groupe et, découvrant un passage par un petit portail latéral, j'avais aussitôt soupçonné que, selon les plans établis par saint Benoît, il devait mener au jardin du monastère.

Le jardin était inhabituellement petit, bien plus petit qu'un monastère de cette taille n'aurait laissé supposer. Cette impression me sembla renforcée par la caresse d'un soleil couchant qui divisait le carré, source de délices, par la diagonale en une moitié vivement éclairée et une autre profondément ombreuse. Après la fraîcheur oppressante qui régnait à l'intérieur du monastère, la douce chaleur de ce soleil me parut revigorante. Les fleurs d'un été finissant, phlox et dahlias aux lourdes têtes au sommet de leur épanouissement, iris, glaïeuls et lupins ajoutaient leurs accents verticaux, sans compter toutes sortes d'herbes aromatiques qui se bousculaient dans le plus beau désordre. Et tout cela ornait d'étroits parterres, séparés les uns des autres par de simples planchettes de bois. Vraiment, le jardinet de ce monastère n'avait rien en commun avec ces larges espaces des autres monastères bénédictins qui, protégés de tous côtés par une massive meute de bâtiments, encadrés par les larges ailes de leur cloître, se veulent prêts à soutenir la comparaison avec les parcs profanes de Versailles ou de Schönbrunn. Ce jardin s'était établi là, remblayé par la suite côté sud en terrasse soutenue par un haut mur de ce tuf qu'on produit dans la région. Au sud la vue était dégagée et par temps clair on pouvait deviner au lointain la chaîne des Alpes. Sur un des côtés, là où poussaient les herbes aromatiques, un tuyau en fer laissait ruisseler de l'eau dans une auge en pierre près de laquelle se tenait une cabane de jardin. Vermoulue, cette modeste cabane ressemblait plutôt à un abri de planches que plusieurs générations d'artisans maladroits s'étaient exercées à rafistoler. Un pauvre carton bitumé tenait lieu de toiture, ou pour le moins de protection contre la pluie. Unique trouée amenant la lumière, un châssis de fenêtre déglingué avait été posé de travers. Cet assemblage exprimait pourtant de façon insolite la gaîté, sans doute parce qu'il faisait irrésistiblement penser à ces huttes que nous avons tous élevées pendant nos vacances, quand nous étions enfants...

Une voix, soudain, avait jailli de la pénombre.

— Comment m'as-tu trouvé, mon fils ?

J'avais aussitôt protégé mes yeux d'une main, afin de mieux m'orienter dans cette semi-obscurité, et le tableau qui s'était alors offert à moi m'avait pour un instant laissé pantois : là se tenait assis, bien droit dans une chaise roulante, un moine orné d'une barbe d'un blanc aussi éclatant que celle des prophètes. Vêtu d'une robe grisâtre, fort loin de ressembler à celle toute noire et tellement distinguée des autres bénédictins, il laissait dodeliner sa tête comme une marionnette de bois, sans pour autant cesser de me dévisager avec insistance.

J'avais parfaitement compris sa question mais, pour me donner le temps de reprendre mes esprits, j'ai préféré répondre en l'interrogeant à mon tour.

— Que voulez-vous dire ?

— Comment m'as-tu trouvé, mon fils ? a répété l'étrange moine, tout en continuant son curieux mouvement de tête.

Il m'a semblé soudain qu'une expression d'absence, de vacuité, s'emparait de son regard.

Une nouvelle réponse m'est venue, qui ne m'engageait pas davantage, tant cette rencontre étrange et cette question qui ne l'était pas moins me laissaient perplexe.

— Je ne vous ai pas cherché, ai-je dit. Je visitais le monastère et voulais juste jeter un coup d'œil dans le jardin, veuillez m'excuser...

Je m'apprêtais déjà à prendre congé d'un salut de la tête mais, juste au moment où j'allais partir, le vieillard, pliant brusquement ses bras qui jusque-là reposaient inertes sur les accoudoirs de la chaise roulante, a donné un tel élan aux roues qu'il fonça vers moi, comme propulsé par une catapulte. Le vieil homme semblait doté d'une force herculéenne. Aussi vivement qu'il s'était approché, il s'est arrêté pile devant moi. Alors, à la lumière du soleil qui l'éclairait à son tour, j'ai pu remarquer sous ses cheveux hirsutes et sa longue barbe blanche un visage blafard, d'aspect beaucoup plus jeune que je n'avais supposé au premier abord. Cette rencontre commençait à m'inquiéter.

— Connais-tu le prophète Jérémie ? s'est enquis subitement le moine.

J'ai hésité un instant, me demandant si je ne devais pas tout bonnement prendre la fuite. Mais son regard perçant et cette étrange dignité qui émanait de tout son être m'ont incité à rester.

— Oui, ai-je répliqué et, tels qu'ils me sont toujours demeurés en mémoire depuis mon temps au petit séminaire, j'ai récité : je connais le prophète Jérémie, et Isaïe, Baruch, Ezéchiel, Daniel, Amos, Zacharie et aussi Malachie...

Le moine, interloqué par cette réponse, sembla même s'en réjouir car son visage perdit soudain son expression figée tandis que sa tête cessait de dodeliner.

— *En ce temps-là, dit l'Eternel, on tirera de leurs sépulcres les os des rois de Juda, les os de ses chefs, les os des prêtres, les os des prophètes et les os des habitants de Jérusalem. On les étendra devant le soleil, devant la lune et devant toute l'armée des Cieux, qu'ils ont aimés, qu'ils ont servis, qu'ils ont suivis, qu'ils ont recherchés et devant lesquels ils se sont prosternés ; on ne les recueillera point, on ne les enterrera point et ils seront comme du fumier sur la terre. La mort sera préférable à la vie pour tous ceux qui resteront de cette race méchante, dans tous les lieux où je les aurai chassés, dit l'Eternel des armées.*

J'interrogeai du regard le vieux moine, lequel, comprenant ma perplexité, précisa : « Jérémie 8, 1 à 3. »

J'acquiescai.

Le moine avait levé la tête, il caressait doucement le dessous de son opulente barbe blanche qui se tenait presque à l'horizontale.

— Je suis Jérémie, me dit-il dans le même moment, et une certaine vanité, caractéristique ne convenant pas précisément à l'état monastique, perçait dans son intonation. Tout le monde me nomme frère Jérémie. Mais c'est une longue histoire...

— Etes-vous bénédictin ?

Il fit un geste vif de dénégation.

— Ils m'ont fourré dans ce monastère parce qu'ils croient tous que c'est ici que je ferai le moins de dégâts. De sorte que, ni touché ni dérangé par les besoins de l'existence temporelle, je vis selon l'*Ordo Sancti Benedicti* en qualité de convers dépourvu de toute dignité. Si je le pouvais, je prendrais la fuite !

— Cela fait-il longtemps que vous vous trouvez en ce monastère ?

— Des semaines. Des mois. Des années peut-être même déjà. Qu'est-ce que cela y change ?

Les plaintes de frère Jérémie commençaient à titiller ma curiosité et, usant de la prudence requise, je me suis renseigné sur son existence passée.

D'abord, le moine énigmatique ne m'a pas répondu. Son menton était retombé sur sa poitrine, son regard avait glissé vers ses jambes paralysées, et j'ai cru percevoir que je m'étais aventuré trop loin avec ma question. Toutefois, avant même que j'aie pu formuler quelque mot d'excuse, Jérémie s'était remis à parler.

— Mon fils, que sais-tu de Michel-Ange ?

Sans attendre une réponse, il continuait déjà sur sa lancée, avec hésitation, évitant de me regarder, donnant l'impression de réfléchir à chaque mot avant de le prononcer. Malgré cela, tout son discours m'est apparu dès l'abord confus, incohérent. Je ne me souviens plus de chaque détail, d'autant qu'il s'embrouillait sans cesse, se reprenant, recommençant ses phrases. Il m'est pourtant resté en mémoire que, selon lui, il se passait derrière les murs du Vatican des choses dont les bons chrétiens n'avaient pas la moindre idée et que — ce qui ne manqua pas de m'effrayer — l'Eglise était une *casta meretrix*, une vertueuse catin. Frère Jérémie utilisait des tournures magistrales, jonglant avec la théologie de controverse, la théologie morale, le dogmatisme, de sorte que mes premiers soupçons sur la solidité de sa cervelle disparurent aussi vite qu'ils m'étaient venus. Il citait des conciles, avec leurs noms et leurs dates, précisant à chaque fois s'il s'agissait d'un concile œcuménique, national ou provincial, évoquant les avantages et les inconvénients de l'épiscopalisme. Mais, s'arrêtant soudain, il me demanda à brûle-pourpoint :

— Sans doute me prends-tu pour fou, toi aussi...

Il avait dit : *toi aussi,* et cela me surprit. C'était manifestement parce qu'on le tenait pour un faible d'esprit que frère Jérémie avait été mis à l'écart dans ce monastère, comme s'il était un encombrant hérétique. Je ne me rappelle plus ce que je lui ai répondu, mais seulement que mon intérêt pour cet homme avait considérablement augmenté. J'étais revenu à ma propre question, le priant de m'expliquer de quelle façon il était parvenu en ce lieu. Mais Jérémie avait tourné son visage vers le soleil et s'obstinait à garder le silence, les yeux clos. Je l'ai contemplé et j'ai remarqué que sa barbe s'était mise à frémir, d'un mouvement d'abord léger puis de plus en plus violent et, brusquement, ce fut tout le haut de son corps qui tressaillit tandis que ses lèvres tremblaient, comme harcelées par une fièvre intense. Quel effroyable événement pouvait-il se dérouler derrière les yeux clos de ce vieillard ?

Une cloche se mit à sonner dans le campanile de la chapelle du monastère, appelant à la prière commune. Alors frère Jérémie, comme s'il s'extirpait d'un rêve, se redressa.

— Ne parle à personne de notre rencontre, me lança-t-il en hâte. Le mieux serait de te cacher dans l'abri de jardin. Tu pourras quitter le monastère pendant les vêpres, sans être remarqué. Reviens demain à la même heure ! Je serai là.

J'ai suivi ses instructions et me suis caché dans la maisonnette en bois. Aussitôt, j'ai entendu des pas. Risquant un coup d'œil à travers la vitre à moitié aveugle, j'ai vu un bénédictin s'approcher de Jérémie puis le pousser dans sa chaise roulante en direction de la chapelle. Tous deux silencieux, ils semblaient ne tenir aucun compte l'un de l'autre, comme si l'un se livrait mécaniquement à un processus immuable que l'autre subissait avec indifférence.

Peu de temps après, j'ai entendu des chants grégoriens venant de la chapelle. Alors je suis sorti de l'abri de jardin, mais je voulais tant être sûr de pouvoir retrouver frère Jérémie que je suis d'abord resté dans son ombre afin de ne pas risquer d'être découvert d'une des fenêtres des bâtiments d'alentour. Le long du haut mur de soutien un abrupt escalier de pierre menait vers le bas. Il m'a suffi de maîtriser une porte de fer qui en défendait faiblement l'accès pour quitter le monastère et son jardin paradisiaque.

Le lendemain, je suis revenu et j'ai accédé au jardin par le même chemin. Je n'ai pas eu longtemps à attendre : un bénédictin est arrivé en menant au jardin, silencieusement comme la veille, Jérémie dans sa chaise roulante.

— Personne, depuis que je suis arrivé ici, ne s'est intéressé à mon passé... m'a dit sans préambule le vieux moine, quand nous nous sommes retrouvés seuls. Au contraire, ils se sont ingéniés à me le faire oublier, à me couper du monde, ils veulent me persuader que j'ai perdu la tête, comme si je n'étais qu'un spiritualiste dévoyé, un haschischin ! En admettant même que l'entière vérité me concernant n'ait pas pénétré dans ce monastère, l'affirmerais-je mille fois par serment que personne ne me croirait ! Galilée n'a pas dû ressentir autre chose.

Comprenant qu'il éprouvait l'ardent besoin de se confier, je l'ai assuré que j'accorderais foi en ses propos.

— Mais mon récit ne te rendra pas plus heureux, tint à prévenir frère Jérémie.

J'ai de nouveau assuré le frère solitaire que je saurais le supporter. Alors il a commencé son récit, d'une voix posée, parfois même avec un certain détachement, et — en tout cas le premier jour — je me suis étonné de ne pas le voir apparaître dans ce qu'il me racontait. Le deuxième jour, peu à peu j'ai fini par comprendre qu'il parlait de lui à la troisième personne, comme un observateur non impliqué : oui, un des personnages auxquels il faisait référence en remontant à la genèse de son histoire devait être lui-même, le frère Jérémie.

Parfois dissimulés derrière une tonnelle de roses exubérantes, parfois installés dans la cabane vermoulue, nous nous sommes rencontrés cinq jours d'affilée. Frère Jérémie truffait son discours de citations précises de noms et de faits et, aussi extravagante qu'ait parfois pu paraître cette histoire, pas un instant je n'ai douté de sa véracité. Tandis qu'il parlait c'était rarement vers moi que se dirigeait son regard, mais plutôt vers un point imaginaire, dans le lointain, comme s'il lisait sur un tableau. Je ne l'ai pas même une seule fois interrompu : je n'osais pas lui poser de questions tant je craignais de le voir perdre le fil mais surtout tant je me trouvais fasciné par son récit. Aussi ai-je évité de prendre des notes qui auraient peut-être entravé le flot de ses paroles. Pourtant, même si c'est de mémoire que je vais écrire ce qui suit, je ferai en sorte de ne trahir en rien les propos du frère Jérémie.

LE LIVRE DE JÉRÉMIE

Le jour de l'Epiphanie

Maudit soit le jour où la curie a décidé, en usant des plus récentes découvertes de la science, de faire subir une restauration à la chapelle Sixtine ! Maudit soit le Florentin, maudit tout art, maudite l'outrecuidance de se refuser à exprimer les pensées hérétiques avec le courage de l'hérétique pour en confier la tâche à la plus répugnante de toutes les pierres : la pierre à chaux moulue *buon fresco,* mélangée à de luxuriantes couleurs !

Le cardinal Joseph Jellinek leva son regard en direction de la haute voûte là où, voilé par des bâches, un échafaudage était suspendu. On ne pouvait entrevoir que de justesse Adam auprès du doigt du Créateur. A plusieurs reprises et à intervalles réguliers, un léger tressaillement passait sur le visage du cardinal, comme s'il se trouvait effrayé par la puissante droite de Dieu. Car, entouré de rouges draperies ondoyantes, ce n'était pas un Dieu de miséricorde qui planait mais un imposant et splendide créateur, aux muscles saillants de lutteur, en train de propager la vie. Ici, le Verbe s'était vraiment fait chair.

Depuis les temps funestes de Pontifex Julius, cet amateur d'art, aucun pape ne s'était vraiment réjoui des peintures impudiques de Buonarroti, lequel — ce qui déjà de son vivant n'était un secret pour personne —, manifestant une certaine réserve envers la foi chrétienne, puisait son imagerie dans un curieux mélange des traditions de l'Ancien Testament et de l'Antiquité grecque. Sans compter, en outre, une romanité idéalisée, ce qui était tout simplement considéré en cette époque comme sacrilège. On assure que Jules II serait tombé à genoux et en prières quand l'artiste lui a dévoilé pour la première fois sa fresque avec le Juge impitoyable faisant trembler tout autant les bons que les méchants devant la fermeté de son verdict. Toutefois, à peine remis de sa propre contrition, le pape n'en avait pas moins entamé une violente dispute avec Michel-Ange sur le caractère insolite et étrange de cette œuvre et de cette nudité omniprésente. Déconcertée par la mystérieuse symbolique, les innombrables allusions et références néoplatoniciennes, la curie (avec pour tête de file Biagio da Cesena, le chef du protocole du Vatican, qui avait cru se reconnaître sous les traits de Minos, le juge des Enfers) ne put d'abord faire moins que de blâmer cette accumulation d'humanité à la nudité par trop dodue, allant ensuite jusqu'à réclamer son élimination. Seules les protestations scandalisées des artistes les plus réputés de Rome étaient parvenues à sauver le Jugement dernier de la destruction.

Maintenant, si cet envol orgiaque de l'imagination de Michel-Ange se trouvait à nouveau menacé de destruction, c'était par les infiltrations d'eau, les retouches successives et la suie des bougies. Ah, si seulement la moisissure avait pu dévorer les prophètes et la fumée engloutir les sibylles ! A peine le responsable de la restauration, Bruno Fedrizzi, perché tout en haut de l'échafaudage, avait-il commencé son travail, à peine avec ses aides avait-il délivré les premiers prophètes d'une couche opaque, amalgame de carbone, de colle de lapin et de pigments dilués dans l'huile, que le testament du Florentin se traçait un évident chemin. Oui, il semblait vraiment que, divinité menaçante de la vengeance, Michel-Ange en personne se levait d'entre les morts.

Le rouleau de parchemin, sombre jadis, que le prophète Joël tenait orienté d'arrière en avant entre ses mains, n'avait jusqu'alors laissé apparaître aucune inscription particulière, ni au recto ni au verso. Pourtant désormais, une fois le nettoyage effectué, on pouvait distinctement voir qu'un « A » s'y trouvait inscrit. A et O — alpha et omega —, première et dernière lettres de l'alphabet grec, sont des symboles repris par l'Eglise chrétienne primitive. Mais les restaurateurs eurent beau frotter et frotter encore, jusqu'à ce que le parchemin peint *al fresco* devienne d'un blanc éblouissant : aucun « O » n'était dissimulé dans l'enduit. En revanche, dans le livre que, non loin du prophète Joël, la sibylle d'Erythrée tenait posé sur un lutrin, avait surgi un autre sigle énigmatique : I-F-A.

Sans que le public n'en sache rien, cette surprenante découverte déclencha d'extrêmement vives discussions. Sous la houlette du professeur Antonio Pavanetto, archivistes et historiens d'art attachés aux Musées et Bâtiments du Vatican vinrent expertiser les inscriptions ; de Florence arriva le grand spécialiste de l'œuvre de Michel-Ange, le professeur Riccardo Parenti, et l'on discuta longuement en petit comité de la signification de ces lettres : A-I-F-A. Ensuite le cardinal secrétaire d'Etat Giuliano Cascone déclara que cette découverte devait être considérée comme un secret d'Etat. Alors Parenti émit l'hypothèse qu'au cours des travaux de restauration pourraient fort bien être mis au jour d'autres caractères dont le décryptage risquait d'être préjudiciable pour la curie et même pour l'Eglise tout entière. On ne pouvait oublier que Michel-Ange avait plus d'une fois laissé entendre qu'il saurait se venger à sa manière des papes, ses commanditaires, sous lesquels il avait si grandement souffert.

— Peut-on réellement s'attendre à des pensées hérétiques de la part du peintre florentin ? s'enquit le cardinal secrétaire d'Etat.

L'historien d'art répondit d'une façon affirmative et néanmoins nuancée. Le cardinal secrétaire d'Etat Cascone fit alors appel au préfet de la Sainte Congrégation pour la doctrine de la foi, le cardinal Joseph

Jellinek lequel, apparemment guère intéressé par le problème, suggéra qu'on laisse régler cette affaire par la direction générale des Musées et Bâtiments du Vatican, en l'occurrence par le professeur Pavanetto. Bref, si problème il y avait, le Saint Office n'entendait aucunement intervenir.

L'année suivante, quand la restauration en arriva à la figure du prophète Ezéchiel, l'attention de la curie se porta plus particulièrement sur le rouleau d'écriture que l'annonciateur de la destruction de Jérusalem tient dans sa gauche. Aux dires de Fedrizzi, la fresque était à tel point encrassée à cet endroit qu'on pouvait se demander si elle n'avait pas été volontairement noircie à la fumée d'une bougie. Finalement, sous l'éponge du restaurateur apparurent deux caractères supplémentaires, un « L » et un « U », et le *professore* Pavanetto conjectura que la sibylle persique — celle qui se trouve juste après Ezéchiel dans la même rangée — abritait elle aussi quelque signe secret. Avant même qu'en haut de son échafaudage Bruno Fedrizzi en ait commencé le nettoyage, il pouvait déjà vaguement distinguer une lettre inscrite sur le livre relié de rouge que la vieille bossue, myope de toute évidence, tient directement devant ses yeux. Le cardinal secrétaire d'Etat Giuliano Cascone, qui semblait de tous le plus inquiet de ce que l'on pourrait découvrir, fit nettoyer en priorité le livre de la sibylle. Dès lors ce qui n'avait été que pure supputation devint certitude et la lettre « B » vint s'ajouter à la combinaison.

On devait désormais s'attendre à ce que l'ultime personnage de la rangée, le prophète Jérémie, livre à son tour quelques bribes de message. De fait, le rouleau d'écriture qui se trouve à ses pieds laissa apparaître un « A ». Jérémie, lui qui plus que tout autre prophète était torturé par d'incessantes luttes intérieures, lui qui proclamait ouvertement que jamais le peuple ne s'amenderait, lui à qui Michel-Ange avait offert ici sa propre image désolée, demeurait muet, résigné, désemparé, comme s'il entendait garder par-devers lui le lourd secret de la mystérieuse signification de cette série de caractères : A-I-F-A-L-U-B-A.

Le cardinal secrétaire d'Etat Cascone estimait qu'avant de rendre publique une telle découverte il convenait d'élucider la signification de ces inscriptions. Dans l'hypothèse où l'on ne parviendrait pas à en percer rapidement le secret, il proposa de se demander s'il ne convenait pas d'en effacer toute trace, ce qui, selon le restaurateur en chef Bruno Fedrizzi, était techniquement possible puisque Michel-Ange, après avoir terminé sa fresque, avait ajouté lesdites inscriptions *a secco* en même temps qu'un certain nombre de petites retouches. Le professeur Riccardo Parenti ne l'entendait pas du tout de cette oreille : il menaça de renoncer à son titre de conseiller et de s'adresser directement à l'opinion publique en proclamant que, dans la chapelle Sixtine, l'œuvre d'art sans doute la plus significative de tous les temps était en train d'être falsifiée sinon même détruite. Aussitôt Cascone retira sa proposition et chargea *ex officio* le cardinal Joseph Jellinek, en sa qualité de préfet de la Congrégation pour la doctrine de la foi, de mettre sur pied une commission habilitée à étudier les inscriptions et à rendre compte de ses résultats au cours d'une réunion plénière. L'affaire passait du coup de la catégorie *speciale modo* à la catégorie *specialissimo modo*, de sorte que toute divulgation du secret devenait hautement répréhensible. La date de la réunion plénière fut fixée au lundi suivant le deuxième dimanche suivant l'Epiphanie.

Jellinek, après avoir quitté la chapelle Sixtine, grimpa par les étroites marches de pierre en retroussant d'un geste expérimenté sa soutane qui, comme toutes ses robes aussi bien d'ailleurs que celles du pape, provenait de chez le fournisseur attitré de la curie, Annibale Gammarelli, via Santa Chiara, numéro 34. Parvenu au palier, il tourna sur la gauche et continua dans cette même direction. Ses pas agités résonnant tout au long du couloir désert — qui en nécessitait environ deux centaines —, il longea toutes les fresques géographiques, choisies d'après quatre-vingts lieux évoquant l'histoire essentielle de l'Eglise, que Grégoire XIII avait fait peindre par le cosmographe Danti entre les bordures de stuc doré des interminables voûtes. Il parvint enfin à une certaine porte dépourvue de serrure et de poignée et qui pourtant, comme un infranchissable pont-levis, n'en barrait pas moins le passage vers la tour des Vents. Le cardinal frappa d'une façon convenue contre cette porte et, sachant quel long chemin aurait à parcourir celui qui allait venir lui ouvrir, il demeura immobile dans l'attente.

L'origine du nom de cette porte est connue : c'est là, dans les combles, qu'a pris naissance la réforme dite grégorienne du calendrier. Le pape y avait fait installer un observatoire lui permettant d'étudier le soleil, la lune et les étoiles. Les caprices du vent eux-mêmes ne pouvaient lui échapper, car le bras puissant d'une flèche dirigée par une girouette désignait au plafond la direction du courant des airs. Depuis longtemps déjà a disparu cette installation qui permit à Grégoire XIII, en l'an de grâce 1582, le dixième de son pontificat, de spolier l'Occident de dix jours pleins de sorte que le 4 octobre fut immédiatement suivi par le 15 et qu'à compter de ce troublant nouvel ordre les seules années séculaires dont les chiffres sont divisibles par quatre deviennent bissextiles. *Fiat Gregorius papa tridecimus.* Sont seulement demeurées en ce lieu les mosaïques du sol représentant les signes du zodiaque qu'une fente du mur permet aux rayons du soleil de venir parfois éclairer, ainsi que des fresques représentant des figures mythologiques aux vêtements flottants et donnant leurs ordres aux vents.

Tabou et mystère entourent depuis des temps immémoriaux la tour des jours perdus, mais la cause n'en vient ni des dieux païens ni des signes du zodiaque, vierge ou taureau qui y sont évoqués, ni même de ses murailles massives entre lesquelles n'entre aucune lumière artificielle. Non ! l'aura de ce mystère vient des montagnes de dossiers, des piles de documents qui — subdivisés en *fondi* — sont archivés, colligés et chronologiquement classés par thème. Combien de ces *fondi* reposent-ils là dans la poussière des siècles accumulés ? Nul ne saurait le dire. C'est l'*Archivio Segreto Vaticano.*

Avalés au cours des temps par les interminables tranchées des archives secrètes, papiers et parchemins se sont déversés dans la tour comme la lave d'un volcan. De siècle en siècle, le présent a recouvert le passé jusqu'à ce que le présent étant à son tour devenu le passé se trouve enseveli par le nouveau présent. Jamais l'occasion n'a manqué aux archivistes d'entasser dans la tour des documents qui, par la volonté des papes successifs, ne devaient être portés à la connaissance de personne sinon leurs propres successeurs. *Riserva* : département strictement verrouillé.

Quand le cardinal entendit des pas de l'autre côté de la porte, il frappa de nouveau. Immédiatement lui répondit le grincement d'un verrou, et la pesante porte s'ouvrit sans bruit. Etait-ce la façon dont le cardinal avait frappé, ou l'heure de sa venue avait-elle été d'avance concertée ? Toujours est-il qu'en lui ouvrant, le conservateur ne jeta même pas un regard pour dévisager ce visiteur tardif, et ne lui posa aucune question, tant il semblait évident qu'il ne pouvait s'agir que du cardinal. Ce conservateur, un oratorien du nom d'Augustinus, était le plus âgé, le plus expérimenté et le plus haut placé d'entre les responsables des archives papales. Il était assisté d'un vice-conservateur, de trois archivistes et de quatre *scrittori,* qui tous se consacraient de la même façon à la même activité, quelle que fût leur position hiérarchique. Simplement, on assurait d'Augustinus qu'il n'aurait su vivre sans ses parchemins et ses *buste* — c'est-à-dire les classeurs dans lesquels étaient conservés lettres et documents — et même qu'il dormait au milieu de ses papiers, allant peut-être jusqu'à s'en recouvrir.

On pénétrait habituellement aux Archives par le devant, là où le conservateur en chef ou l'un de ses *scrittori* se trouvait, tous dans la même attitude, les mains enfouies dans les manches de leur robe noire, de l'autre côté d'une large table également noire. Sur la table s'étalait le registre où chaque visiteur devait inscrire son nom, après avoir produit son laissez-passer qui l'autorisait à se rendre dans certains rayons tout en interdisant l'accès à la plupart des autres. A la sortie, le gardien ne manquait jamais de consigner très précisément le temps que le chercheur — deux ou trois par semaine, il n'en venait guère plus — venait de consacrer aux sombres étagères.

En passant rapidement devant le préposé, le cardinal marmonna quelque chose qui ressemblait à « *Laudetur Jesus Christus* », qui refusait de noter son nom dans le registre. Sur la droite, une pièce au nom fort prometteur de *Sala degli indici* abritait, en une accumulation de lourds volumes reliés, des inventaires, répertoires, résumés et autres listes de classification, sans la connaissance desquels ce qui se trouvait archivé là demeurait aussi impénétrable que l'abstruse révélation de saint Jean, et sûrement tout aussi déconcertant. Archivistes et *scrittori* auraient pu tranquillement laisser ouvertes ces salles confinées avec tous leurs rayonnages, personne, pas même les plus méticuleux des chercheurs, n'aurait su arracher le plus petit secret à ces kilomètres de sédiments : en effet, aucun de ces *fondi*, verrouillés par des lettres et des chiffres, ne dévoilait le moindre indice sur son contenu. Eh oui ! rien que sur la façon de se servir de ces registres avaient été écrits de savants ouvrages qui tapissaient des murs entiers de rayonnages, lesquels se trouvaient dans des sections uniquement accessibles par l'étage supérieur de la tour, stockés dans neuf mille *buste*, de lourdes enveloppes, pour la plupart jamais encore ouvertes. En outre — cela avait été scientifiquement calculé — deux *scrittori*, travaillant à temps plein, auraient mis cent quatre-vingts ans pour décrypter et archiver tous ces registres.

Quiconque aurait pu croire que le simple fait de posséder les cotes exactes de tel ou tel document lui permettrait d'y avoir directement accès se serait lourdement trompé. Au cours des siècles, plus particulièrement depuis le schisme, de nombreuses, répétitives et vaines tentatives avaient été faites dans le but de marquer à nouveau tout cet ensemble, avec pour seul résultat que désormais quantité de *buste* portent plusieurs inscriptions : d'une part, une annotation en clair, *de curia, de praebendis vacaturis, de diversis formis, de exhibitis, de plenaria remissione* et ainsi de suite, mais n'apparaissant lisiblement que si ces documents — selon un usage datant de l'époque des papes du Moyen Age — sont conservés couchés (le marquage se trouvant par conséquent sur la face inférieure) ; d'autre part, un marquage en chiffres, quand ce n'est pas une combinaison de lettres et de chiffres comme, par exemple, *Bonif. IX 1392 Anno. 3 Lib. 28.*

En ce qui concerne ce dernier exemple, il convient de noter que, vers le milieu du XVIIIe siècle, un certain *custos registri bullarum apostolicarum* du nom de Giuseppe Garampi en a distinctement laissé de nombreuses traces. C'est lui qui a élaboré le célèbre *Schedario Garampi,* compilation d'archives dont la division schématique par thèmes a provoqué — de pontificat en pontificat — bien plus de confusions supplémentaires que d'avantages dans la mesure où le règne d'aucun souverain pontife n'a duré le même temps que celui des autres, alors que les différents registres, comme *de jubileo* ou *de beneficiis vacantibus,* de diverse importance, n'en disposaient pas moins d'un espace identique.

On ne saurait mieux donner une idée de toute cette confusion qu'en la comparant à la construction de la tour de Babel : de même que cette tour ne put jamais atteindre les hauteurs du ciel et que le Créateur embrouilla les langues des bâtisseurs, tout nouvel agencement ne pouvait avoir d'autre effet puisque, reflet d'un univers infini, il était d'avance condamné à l'échec. A moins, s'il convient de suivre ici la cosmogonie grecque, que ce soit parce que le chaos est l'état primitif d'où le Créateur a formé le cosmos ordonné, et non l'inverse. Cette comparaison nous semble moins boiteuse que la première, dans la mesure où le chaos n'est pas seulement l'état non formé, non ordonné, mais aussi ce qui s'entrouvre, ce qui s'ouvre, ce qui est béant. De même, devant celui qui pénétrait en ce lieu, s'ouvrait un monde inconnu sur lequel Augustinus veillait comme le cerbère à trois têtes devant la porte d'Hadès.

L'oratorien, se doutant que le cardinal voulait se rendre à la *Riserva* où il n'y avait aucun éclairage, lui tendit une torche électrique. Le cardinal hocha la tête en guise de remerciement, sans mot dire. Augustinus, demeurant lui aussi silencieux mais n'entendant pas se laisser reléguer, suivit le cardinal à la trace sur l'étroit escalier en colimaçon qui menait à l'étage supérieur de la tour : grimpée fort pénible, mais seul moyen d'arriver tout en haut. A chaque palier se trouvait un téléphone mural.

Sur le chemin qui menait au cœur archaïque profondément enfoui de l'*Archivio Segreto*, régnait une sourde odeur de renfermé, un remugle pestilentiel renforcé par des émanations agressives non moins désagréables d'origine chimique destinées à combattre un champignon qui, introduit là depuis des siècles, recouvrait documents et parchemins d'une résille pourpre et résistait opiniâtrement aux formules modernes les plus sophistiquées.

En ce lieu, nul n'avait le droit de prendre connaissance des dossiers sans l'autorisation expresse du pape mais, comme ce dernier ne donnait sa signature que pour des recherches hautement significatives, c'était habituellement le cardinal Joseph Jellinek qui se chargeait de refuser les requêtes. Nul chrétien n'étant en droit de demander des comptes à ce propos, cela se produisait d'ailleurs rarement. De toute façon, tout dossier n'ayant pas au moins cent ans d'âge était tenu pour absolument confidentiel ; quant à ceux qui concernaient directement le pape du moment, c'était pour trois siècles entiers qu'ils demeuraient cachés à la postérité. Empilés, roulés, ficelés, cachetés, presque deux millénaires d'histoire de l'Eglise étaient stockés là.

S'y trouvait également un précieux document pourvu de trois cents cachets, dans lequel la reine Christine de Suède, abjurant le protestantisme, assurait de sa croyance dans la transsubstantiation, le purgatoire, la rémission des péchés, l'autorité infaillible du pape et les conclusions du concile de Trente, se soumettant ainsi à la Sainte Eglise apostolique et romaine. Les instructions du pape Alexandre VII à l'occasion de l'entrée triomphale à Rome de la néophyte, les livres de comptes et factures, lettres et rapports détaillés qui n'omettaient ni l'habillement de la reine (robe de soie noire, au profond décolleté) ni la pièce montée qui avait été servie à cette occasion (statuettes et fleurs en pâte d'amandes, aspic et sucre), allant même jusqu'à évoquer certaines de ses mœurs plus que douteuses, rien que cela aurait suffi, s'il en avait été besoin, pour confirmer que ces archives comptaient bien parmi les meilleures du monde. L'ultime lettre adressée au pape par la fille de Marie de Lorraine et veuve de François II, roi de France, la passionnément catholique Marie Stuart, était également conservée là, de même que la décision de mise à l'index par la Sainte Congrégation des « *Six livres sur les trajectoires des corps célestes* » de Nicolas Copernic que ce docteur en droit canonique avait pourtant dédiés au pape Paul III.

Les documents du procès de Galileo Galilei se trouvaient dans des archives séparées, sous reliure chiffrée « EN XIX », ainsi que le désastreux verdict des sept cardinaux, à la page 402 : « Nous proclamons, jugeons et assurons que tu t'es rendu, toi le susnommé Galileo, en raison des faits établis par procès et avoués par toi-même, ainsi qu'il est ci-dessus mentionné, hautement soupçonnable d'hérésie pour avoir prétendu et cru à la doctrine erronée et contredisant les Saintes Ecritures selon laquelle le soleil est le centre de l'univers, ne se meut point d'est en ouest quand c'est la terre qui se meut autour de lui et n'est donc point le centre de l'univers. En conséquence tu t'es rendu passible de toutes les punitions édictées par les Saintes Lois de l'Eglise, ainsi que de toutes les autres qui se peuvent être infligées pour de tels crimes et font force de loi... » *Verba volant, scripta manent.*

Là, des prévisions concernant les papes, aucunement prises officiellement en compte, étaient conservées ainsi que certains faux, ou prétendus tels, qui devaient pourtant avoir leur importance. Ainsi retrouvait-on les prophéties attribuées à Malachie concernant une impressionnante succession de papes et qui, n'ayant été rédigées que quatre cent quarante ans après la mort du moine cistercien en question, ne pouvaient venir de lui — ce qui jetait la curie dans le plus profond désarroi — alors qu'elles présageaient, avec parfois une précision bouleversante, les noms de ces papes, leur origine, les faits marquants de leur pontificat et allaient jusqu'à assurer que la fin de la papauté surviendrait du temps du second successeur du pape actuel, sous le pontificat d'un Romain nommé Pierre comme l'avait été le premier. La ville aux sept collines, y était-il inscrit, sera détruite et le Juge impitoyable jugera son peuple. Rien au monde n'est aussi inébranlablement définitif qu'une promulgation de la curie romaine et — puisqu'elle a pris une attitude de refus des prédictions concernant les papes, même si cette curieuse phrase : *Credo quia absurdum* n'a pas été prononcée par un hérétique ni d'ailleurs par saint Augustin mais par Tertullien pour être reprise huit siècles plus tard par un docteur de l'Eglise, Anselme de Canterbury, dont la stricte obédience envers l'Eglise et Grégoire VII ne peut être mise en doute — la prophétie faussement attribuée à Malachie reste tabou, du moins officiellement. Au pape Pie X avait été prédit qu'il serait *ignis ardens,* le feu ardent : il a été élu un 4 août, jour de la fête de saint Dominique dont le blason est un chien avec une torche brûlante. Mort quelques semaines après le début de l'hécatombe de la première guerre mondiale ce pape, qui connaissait la prophétie concernant son successeur — *religio depopulata,* la religion décimée —, ne manquait pas de plaindre à l'avance celui-ci.

Des recherches scientifiques ont permis de retrouver l'auteur de ces prédictions : Filippo Neri, un des artisans de la reviviscence du catholicisme. Il vécut au temps de Michel-Ange. On assure qu'il entrait parfois en transe, en extase au point que non seulement tout son corps tremblait mais également les maisons où il se trouvait, que pendant le sacrifice de la messe il lévitait au-dessus des marches de l'autel et que son cœur battait si fort qu'on l'aurait pris pour un des tambours du Jugement dernier. Les guérisons spectaculaires qu'il provoqua et les témoignages de ses dons charismatiques furent par la suite les fondements de sa canonisation.

Mais où donc étaient entreposés les écrits de ce Neri, par ailleurs fondateur de l'ordre des Oratoriens ? Même si une légende assure qu'au moment de mourir il a brûlé tous ses papiers personnels, on pourrait escompter les retrouver là, dans les archives secrètes du Vatican. Serait-ce pure coïncidence ? En 1595, l'année même de sa mort, est parue sous le titre *Lignum vitae — ornamentum et decus Ecclesiae* l'œuvre en cinq volumes d'un bénédictin, Arnold Wion, concernant les travaux littéraires de son Ordre. Dans le deuxième volume, des pages 307 à 311, apparaissent les prophéties de Filippo Neri mais sous le titre « *Prophetia S. Malachiae Archiepiscopi de Summis Pontificibus* ». Le miracle est l'enfant chéri de la foi. On n'a pu démontrer aucun rapport direct entre le père fondateur des Oratoriens et ce bénédictin. C'est donc ce dernier, aussi vertueux qu'aient pu être les motifs ayant guidé sa plume, qui s'est rendu coupable d'une véritable imposture. Que le Seigneur ait pitié de son âme.

Sidus olorum — l'aura du cygne — coiffera la tiare, était-il écrit. Et cela parut d'abord énigmatique mais quand, en 1667, Clément IX monta sur le trône pontifical, personne ne voulut plus douter de la qualité d'une telle prédiction. Au temps où Clément IX n'était que le cardinal secrétaire d'Etat Giulio Rospigliosi, il s'était taillé une solide réputation littéraire. Il reste de nos jours le seul pape à avoir été poète et le cygne, nul ne l'ignore, est le symbole des poètes.

Durant des siècles, aucun souverain pontife n'a quitté le Vatican après son élection. Quand Pie VI, au bout de cinq mois de conclave au palais du Quirinal, s'est assis sur le trône laissé vacant en 1774 par la mort de Clément XIV, personne n'imaginait qu'il devrait en aller autrement pour lui. Pourtant *Peregrinus apostolicus*, c'est ainsi que les prophéties le désignaient, ce que le siècle des Lumières avait oublié. Les troupes de la Révolution française se chargèrent de le rappeler quand, en 1799, elles emmenèrent ce malheureux *Peregrinus*, voyageur contre son gré, en exil à Valence où il trouva la mort.

Quand le cardinal Pecci devint pape sous le nom de Léon XIII, le *Lumen in coelo* de la prophétie, cette lumière dans le ciel qui avait tant fait éclore de suppositions éclaira d'un jour nouveau la comète de son blason familial.

Avant l'élection de Jean XXIII, on s'interrogeait sur la prophétie qui désignait le successeur de Pie XII comme *pastor et nauta*, berger et marin. Cela ne semblait pouvoir s'appliquer à aucun des *papabili* en lice, personne ne donnant la moindre chance au patriarche de Venise, *la* ville s'il en est une de la navigation chrétienne. Et pourtant Angelo Giuseppe Roncalli fut élu et son pontificat est unanimement considéré comme hautement pastoral.

A quelques pas de ce curieux document apocryphe se trouvent enregistrés les aveux que l'Inquisiteur Remolines avait extorqués par la torture au dominicain Girolamo Savonarola, prieur de San Marco à Florence, lequel reconnaissait s'être rendu coupable d'hérésie, avoir prêché des doctrines aberrantes et avoir bravé le Saint-Siège. Figurent également les minutieux comptes rendus des dernières heures passées par le tant redouté prédicateur de la pénitence, du pénible examen effectué dans sa cellule afin de vérifier, comme le soupçonnait la Sainte Inquisition, si la magie d'un démon ne l'avait pas transformé en hermaphrodite. On y trouve enfin des témoignages sur son profond sommeil dans les heures précédant sa montée au gibet, seulement interrompu à plusieurs reprises par de bruyants éclats de rire, sur sa mort au moment de laquelle rien de sensationnel n'a été noté et sur l'incinération de son cadavre dont les cendres ont ensuite été jetées dans l'Arno. Des dossiers confidentiels font allusion à certaines Florentines de haut rang, déguisées en servantes, dont on a pu voir qu'elles s'évertuaient à recueillir des bribes de ces cendres, ou même un bras, des fragments du crâne non consumés par les flammes, comme s'il s'agissait pour elles de pieuses reliques.

Se trouvaient également entreposés là les dogmes décrétés par les papes, dont celui sur l'Immaculée Conception de Marie relié de velours bleu ciel.

Le conservateur savait que le cardinal, qui se dirigeait déjà vers la sombre porte de chêne menant à l'étage, ne prêtait guère d'attention à tout cela. Mais cette porte, dont la clef à double panneton pendait à sa ceinture attachée par une chaîne, ne pouvait être ouverte que par lui-même. D'ailleurs, nul ne possédait d'autre exemplaire de la clef donnant accès à la pièce la plus secrète des archives secrètes. Ce qui ne signifiait aucunement qu'il était au courant de tout le mystère qui s'y trouvait renfermé ni des raisons de l'impérieux silence qui régnait à son propos. Il ne savait qu'une seule chose : là, derrière cette lourde et noire porte de chêne, reposaient les plus grands mystères de l'Eglise, seulement accessibles au pape régnant — en tout cas, jusqu'à Jean-Paul II, tous ses prédécesseurs s'en étaient tenus à cette règle. Mais le pape polonais avait transféré ce pouvoir au cardinal. Aussi le conservateur passa-t-il devant ce dernier pour aller ouvrir la serrure, à la lumière d'une torche. Le tremblement de ses mains trahissait son émotion. Le cardinal disparut derrière la porte et Augustinus demeura dans l'obscurité. Il s'empressa de refermer à clef comme l'exigeait le règlement.

Chaque fois qu'il ouvrait, le conservateur jetait un

regard dans cette pièce, ce qui n'était — bénie soit la Vierge Marie ! — qu'un péché véniel. De sorte qu'il connaissait bien l'agencement de ce qui se trouvait derrière la sombre porte : comme si l'on était au sous-sol d'une banque d'Etat, les façades d'imposants coffres-forts, dont les différentes clefs n'étaient pas en possession du conservateur mais du cardinal, s'offraient en rangs serrés. L'occasion d'ouvrir cette porte se présentait rarement, même si depuis quelque temps le cardinal faisait un peu plus souvent usage de son droit d'entrée. Augustinus n'avait eu vent qu'une seule fois, en 1960, de ce qui pouvait bien se trouver de captivant dans certains des dossiers verrouillés en ce lieu. A cette époque c'était Jean XXIII qu'il y avait fait entrer et enfermé. De l'autre côté de la porte, il avait attendu le signal convenu frappé par le pape, comme il attendait à présent celui du cardinal, sinon que cette attente-là avait duré, s'était prolongée pendant plus d'une heure, dans le plus grand silence. Puis, brusquement, il avait entendu des coups sourds frappés du poing contre la porte et, après avoir ouvert, vu le pape tituber devant lui, tremblant de tout son corps comme s'il était pris d'une fièvre intense — c'est en tout cas ce que le conservateur avait cru tout d'abord, mais une partie de la vérité devait filtrer jusqu'à lui par la suite. La Sainte Vierge apparue en 1917 aux trois enfants bergers de Fatima pour prédire les issues des grandes guerres mondiales, « Notre-Dame de Fatima », avait fait une autre prophétie dont le contenu, après avoir été soigneusement consigné, ne devait être révélé au pape qu'en 1960. Ce qui se trouvait inscrit et gardé là avait aussitôt provoqué au Vatican d'effrayantes et divergentes spéculations : selon certaines rumeurs une nouvelle guerre mondiale, apocalyptique, allait supprimer toute vie sur terre ; pour d'autres le pape serait assassiné. Après son élection, Paul VI n'avait pu s'empêcher d'aller s'informer à son tour derrière cette porte. Et c'est un fait avéré que, par la suite, il s'est souvent trouvé perplexe, indécis, à la limite de la dépression.

Mais ce soir l'intérêt du cardinal se portait sur une certaine armoire d'acier qui renfermait tous les documents concernant Michelangelo Buonarroti. Que non seulement la correspondance de Michel-Ange avec les papes — essentiellement Jules II et Clément VII — mais également les rapports sur ses fréquentations, dont n'étaient absents ni son austère et pudique passion pour Vittoria Colonna, marquise de Pescara, ni ses contacts avec les néoplatoniciens et les kabbalistes, aient été ainsi tenus sous le boisseau, tous ces indices avaient non sans raison éveillé chez le cardinal le soupçon que, derrière Michel-Ange et son art, se cachait un effroyable mystère. A l'évidence, il ne pouvait en aller autrement ; il fallait bien une raison pour qu'au Vatican, et depuis quatre cent cinquante ans, ce qui concernait la vie privée de Michel-Ange ait été à tel point jalousement gardé au secret !

Le savoir affole l'ignorance, et le cardinal se saisit de plus en plus fébrilement des classeurs fermés par des rubans, des parchemins, des feuillets plusieurs fois repliés. Il reconnaissait, à la lueur de sa torche, l'écriture fine et joliment galbée de lettres qui demeuraient incompréhensibles hors contexte et débutaient généralement par la tournure florentine « *io Michelagniolo scultore* » en lieu et place du « *Michelangelo* » romain, ce qui correspondait à ses habitudes toscanes mais représentait également une pique contre le langage en usage au Vatican quand ce n'était pas le latin.

Le pape avait attiré Michel-Ange à Rome sous un prétexte aberrant : qu'il sculpte pour lui, Jules II, et contre un salaire de dix mille écus, un grandiose monument funéraire en marbre de Carrare. Toute une vie humaine n'aurait pas suffi pour venir à bout d'une œuvre à tel point colossale. D'ailleurs, quand l'immense bloc de marbre fut enfin acheminé de Toscane jusqu'à Rome, le pape fit montre d'un enthousiasme plus que modéré pour ce projet, allant même jusqu'à refuser de rémunérer les carriers. Du coup, Michel-Ange s'enfuit de Rome et retourna à Florence. Il ne devait revenir que deux ans plus tard, répondant aux appels pressants des sous-fifres de Jules II. Là, le pape le surprit en reconnaissant qu'il avait craint de se porter malheur en faisant élever de son vivant son propre monument funéraire : que l'artiste peigne donc plutôt les voûtes de la chapelle Sixtine, cet édifice austère auquel Francesco della Rovere, devenu Sixte IV, avait donné son nom ! Michel-Ange eut beau véhémentement protester qu'il était né « *scultore* » et non « *pittore* », le souverain pontife se refusa à revenir sur sa décision.

Dans la main du cardinal, un menu parchemin, à l'écriture presque illisible, témoignait de la victoire du pape sur Michel-Ange : « Moi, Michelagniolo scultore, ai reçu ce jour, le 30 mai 1508, par ordre de Sa Sainteté le pape Jules II, cinq cents ducats des mains du trésorier Carlino et de son comptable, Carlo Albizzi, en acompte pour les peintures que je commence aujourd'hui même dans la chapelle du pape Sixte, conformément aux accords contractuels établis par monsignore de Pavia et signés de ma propre main. »

Le cardinal appréciait le parfum qui se dégageait de ces vieilles pièces d'écriture ; cette invisible et fine poussière qui venait se poser imperceptiblement sur les muqueuses de ses narines provoquait en lui un tel désordre des sens que, par l'entremise de son nez, son déchiffrage d'un passé englouti commençait à prendre forme. Brusquement, c'était en personne le Florentin trapu et noueux qui surgissait devant lui, avec son fin haut-de-chausses serré et son pourpoint demi-long de velours matelassé étroitement ceinturé, sa tête triangulaire au nez cassé et aux yeux rapprochés, oh ! sûrement pas un Adonis, encore moins un *scultore* éclatant de puissance. Avec un sourire entendu — ou ce geste exprimait-il une joie maligne ? — il tendait parchemin après parchemin au cardinal, et ce dernier lisait avidement, dévorant des yeux les documents souvent difficiles à décrypter, tombait sur l'incompréhensible versatilité de Sa Sainteté le pape Jules II, son étrange avarice, ses multiples tentatives pour frustrer l'artiste de ses justes rétributions, ce qui ne pouvait que provoquer un affrontement entre Michel-Ange et le pape. Jules II aurait voulu faire trôner les douze apôtres, seuls, au plafond de la Sixtine. Le Florentin, acceptant d'assujettir l'art à la théologie, livra des esquisses mais il trouvait lamentable d'avoir à plaquer ainsi les apôtres, perdus au milieu des voûtes. La dispute fut sévère et l'ancien cardinal della Rovere finit par s'exclamer qu'en ce qui le concernait Michel-Ange pouvait bien peindre ce que bon lui semblerait, et que — si l'envie l'en prenait — il remplisse même de sa peinture toute la chapelle, à sa convenance, des fenêtres jusqu'au plafond, *in nomine Jesu Christi* !

Résultat de cette altercation : Michel-Ange se décida pour la création du monde, autrement dit la Genèse, Dieu le Père planant au-dessus des eaux jusqu'au déluge, d'où ne furent sauvés que Noé et son arche, comme si l'histoire de cette création s'inscrivait directement au ciel, comme s'il entendait ignorer, nier toit et voûtes de tout cet édifice, et sans référence aucune à la Sainte Mère l'Eglise. Bien au contraire, Michel-Ange prit soin d'éviter toute éventuelle allusion. Oui, même là où le rapport des nombres semblait s'imposer de lui-même : aux douze angles des voûtes, ce ne furent toujours pas les douze apôtres qu'il peignit mais cinq sibylles et sept prophètes. Comme s'il voulait suggérer ainsi une vérité occulte, gardée dissimulée par ces puissantes figures à l'impressionnant rayonnement, ces titanesques incarnations dont le pouvoir semble dominer l'Ancien Testament au symbolisme énigmatique que l'on peut à peine déceler mais jamais réellement saisir.

Une des notes donna à penser au cardinal que ce n'était pas avec la main mais avec sa tête que Michel-Ange avait peint, projetant ainsi au plafond sa colère et tout son savoir : trois cent quarante-trois figures d'une diversité homérique, dominées par ces sibylles et prophètes d'une essence divine presque menaçante. Sans doute assure-t-on que Balzac a créé trois mille personnages, mais il y aura mis toute sa vie quand, de son côté, Michel-Ange n'avait peint sa partie qu'en seulement quatre années — à contrecœur, insatisfait, vindicatif, comme s'il entendait se venger du pape. C'est du moins ce qui ressortait de ce document. Mais où se trouvait la clef de la connaissance ? Que savait exactement Michelangelo Buonarroti ? Quelle expérience significative le Florentin voulait-il manifester par le truchement de cette énigmatique image du monde ?

Quarante-huit papes — tel est à ce jour le nombre des successeurs de Jules II — se sont sérieusement demandé pourquoi Michel-Ange, en représentant Adam nouvellement créé, à l'instant où Dieu le Père tend vers lui en planant son index dispensateur de vie, l'avait doté d'un nombril alors qu'il n'avait jamais été question de couper son cordon ombilical puisque, s'il faut en croire les Ecritures : « *L'Eternel Dieu forma l'homme de la poussière de la terre, il souffla dans ses narines un souffle de vie, et l'homme devint un être vivant* » (Genèse, II, 7). De vétilleuses tentatives visant à camoufler ce nombril, il y en eut plusieurs. Pis encore : du vivant même du maître — Michel-Ange devait alors avoir 86 ans —, le pape Paul IV chargea Daniele da Volterra de couvrir d'un pagne les marques par trop évidentes des parties génitales de ces géants enfantés par Michel-Ange, ce qui valut au malheureux peintre de service le sobriquet de *brachettone*, en français : faiseur de braguettes. Et si pourtant, dès cette époque et par la suite, le nombril d'Adam demeura intact, c'est seulement parce que la curie romaine soutint que, bien davantage encore qu'un nombril anatomiquement bien placé, même si celui-là correspondait à une exégèse douteuse, un nombril barbouillé risquait de plonger l'observateur dans une plus grave et songeuse perplexité.

L'odeur poussiéreuse de tous ces livres et parchemins que le cardinal aimait à tel point qu'il la trouvait aussi grisante que les nuées d'encens au moment de l'ostension du saint sacrement, ce parfum provoqua en lui un véritable état de vénération contemplative. Oui, plus il se concentrait sur ces documents, plus grandissait sa sympathie pour le Florentin qui — et cela découlait à l'évidence de ses lettres — haïssait tout autant les papes que ceux-ci lui avaient joué de vilains tours. Ici il se plaignait de ne pas avoir reçu depuis plus d'un an une seule pièce de Jules II, se sentait violenté par son travail de peintre — « Je l'ai toujours dit à Votre Sainteté que la peinture n'était pas mon métier » — et, sur son échafaudage branlant, maudissait l'impatience du pape. Jour après jour, couché sur le dos, la peinture lui coulait dans les yeux, il souffrait de constants torticolis, ce qui l'empêcha par la suite de lire correctement, la lecture dans une position normale lui étant devenue si pénible qu'il fut bientôt contraint de tenir au-dessus de sa tête ce qu'il voulait lire.

Le pape Léon X, successeur de Jules II et fils de Laurent de Médicis, n'avait jamais dissimulé l'aversion qu'il éprouvait envers cet autre Florentin qu'était Michel-Ange, le qualifiant de sauvage et laissant entendre que mieux valait ne pas le fréquenter. Il lui préférait Raphaël. En fait, sa seule passion allait à la musique. Celui qui vint après lui, Adrien VI, aurait bien aimé faire totalement effacer les peintures de la Sixtine si la mort ne l'avait très tôt rattrapé, ce qui n'avait guère provoqué de regrets. Avec Clément VIII, cela n'alla pas mieux. Courageusement et en un style fort sarcastique, Michel-Ange lui avait écrit pour l'informer de l'intérêt qu'il portait au projet envisagé par Sa Sainteté de faire ériger une statue colossale de quatre-vingts pieds de haut : en l'occurrence, aucun. Pour oser se laisser aller à de telles railleries, sans doute le Florentin avait-il été révulsé par le mauvais goût du souverain pontife. Qu'on en juge : on pourrait inclure dans cette œuvre, disait-il, la boutique du barbier qui fait actuellement obstacle à son installation. Il suffirait que le colosse se trouve en position assise, portant dans ses bras une corne d'abondance qui servirait ainsi de cheminée pour le poêle dudit barbier. Qu'un colombier soit installé dans la tête du colosse, ce serait du plus bel effet ! assurait pour finir *Michelagniolo scultore...*

En remettant à sa place chacune de ces lettres, le cardinal secouait la tête, perplexe. Aucun de ces documents ne lui semblait à tel point scandaleux qu'il ait mérité d'être conservé au secret. Mais soudain son regard tomba sur une liasse insignifiante en apparence, négligeable — à peine une douzaine de parchemins, juste retenus par de simples courroies de cuir roussi — à laquelle il n'aurait sans doute pas prêté attention s'il n'avait remarqué qu'y étaient apposés, intacts, deux grands cachets rouge sang, dont le blason papal avec ses trois bandes transversales était facilement identifiable : celui de Pie V. Michel-Ange n'était-il pas mort sous le pontificat de son prédécesseur ?

Jesu Domine nostrum ! L'idée que, depuis plus de quatre siècles, aucun œil humain n'ait pu prendre connaissance du mystérieux contenu de cette liasse ; qu'un souverain pontife ait pu dissimuler des documents à tel point importants ; qu'il les ait volontairement soustraits à la connaissance de la postérité, quels qu'aient pu être ses motifs... une telle idée provoqua un incoercible tremblement des doigts du cardinal. Il sentit que la sueur s'emparait de sa nuque. Et cet air ambiant, qu'à peine un instant plus tôt il avait inhalé comme s'il s'agissait de la douce brise d'un matin de mai sur le mont Albano, alors que des milliers de marronniers recouvraient le pays de leur pollen, cet air soudain lui semblait oppressant, l'agressait, lui coupait le souffle. Oui, il avait l'impression d'étouffer dans cette atmosphère d'incertitude et de terreur où il se trouvait plongé. Et c'étaient pourtant cette incertitude même et cette terreur qui guidaient ses doigts fébriles, lui faisaient rompre les cachets de cire, déchirer les rubans qui adhéraient entre eux, pour laisser apparaître enfin sous leur couverture d'un cuir tout racorni quelques parchemins de diverses tailles, *terra incognita*.

« A Giorgio Vasari » : le cardinal reconnut aussitôt l'écriture de Michel-Ange. Pourquoi cette lettre, adressée à un de ses amis florentins, se trouvait-elle ici, dans les archives du Vatican ? En toute hâte et se perdant du coup dans l'écriture à volutes serrées de Michel-Ange, ce qui le contraignait à recommencer depuis le début, le cardinal lut : « Mon cher jeune ami. Mon cœur reste près de toi, même si cet écrit devait ne jamais te parvenir ce qui, par les temps qui courent, n'aurait rien d'invraisemblable. Tu connais le décret de Sa Sainteté (rien que ce mot fait jaillir la bile de ma plume) qui autorise, dans l'intérêt de l'Inquisition, à ouvrir, à confisquer et même à utiliser comme pièce à conviction les lettres et paquets de toute sorte. Le fanatique patriarche qui tente de se parer du nom de Paul, comme si cela pouvait suffire à camoufler ce qui peut se trouver de diabolique en un être humain, m'a retiré les mille deux cents écus qui représentaient ma pension, ce qui ne me met d'ailleurs pas du tout dans l'embarras. Crois-moi pourtant, un Buonarroti sait toujours se laver d'un affront. Ce n'est pas avec des couleurs que j'ai peint la Sixtine, comme il peut sembler à l'œil des dévots, c'est avec cette poudre à canon dont l'effet ravageur a été si bien décrit par l'unique grand poète d'Arezzo, Francesco Petrarca, dans son exposition d'une vie heureuse — tu la connais. Sous l'*intonaco* se trouve suffisamment de soufre et de salpêtre pour envoyer le Carafa, avec en prime tous ses laquais en pourpre, dans cet *inferno* si parfaitement décrit par Alighieri dans son poème sacré. Les poètes assurent que les mots sont les armes les plus acérées. Et moi je te dis, mon très cher ami, que les fresques de la Sixtine sont plus dangereuses que les lances et les épées des Espagnols qui menacent Rome. Le cardinal Carafa tente de se barricader pendant que ses moines emportent mille fois le sol dans leur froc. S'il n'était pas un cadavre ambulant, il lèverait le fouet pour accélérer le travail. Malgré mon âge, ou peut-être justement en raison de mon âge à tel point avancé que la mort me tire déjà par la manche, je ne crains pas les Espagnols. Sur ce, j'ai l'honneur de te saluer,

Michelagniolo Buonarroti. »

« Post-scriptum : Est-il exact qu'à Florence un rapport doit être quotidiennement établi pour indiquer le nombre d'hosties distribuées ? »

Le cardinal laissa retomber cette lettre. Il s'appuya du coude sur l'un des pupitres placés entre les armoires d'acier, pour servir à poser écrits et incunables. Il s'essuya le visage de la main droite, comme s'il tentait d'effacer quelque chimère apparue à ses yeux. Il essayait de mettre de l'ordre dans ses pensées, de comprendre ce qu'il venait de lire entre les lignes mais il avait beau s'appliquer, c'était en vain. Il reprit ses réflexions. A l'évidence, cette lettre n'était jamais parvenue à son destinataire : l'Inquisition l'avait interceptée et, sans y rien comprendre, l'avait à tout hasard conservée comme éventuelle preuve à charge contre son auteur. Mais que voulait dire Michel-Ange, en écrivant que soufre et salpêtre avaient été mélangés à l'enduit *al fresco* — encore humide — sur lequel il avait posé ses couleurs ? Sans doute haïssait-il Paul IV qui — tout comme ses récents prédécesseurs à l'insigne exception de Jules III, il convient objectivement de le reconnaître — avait joué tant de mauvais tours à ce génie. Et ce génie, en écrivant qu'un Buonarroti savait toujours se laver d'un affront, faisait bien plus qu'imaginer une vengeance, il avait d'ores et déjà établi un plan si dangereux, à tel point terrible, qu'il pourrait éliminer le pape. Quel était donc ce danger tapi derrière les fresques de la Sixtine ?

Une deuxième lettre, celle-ci adressée au cardinal romain di Carpi, était truffée d'allusions similaires. Michel-Ange, qui se trouvait déjà à l'époque d'un âge respectable, ne se gênait plus pour invectiver le cardinal de la curie. Il avait appris, disait-il, de quelle façon Son Eminence s'exprimait sur son œuvre alors que, maintenant que l'ex-cardinal Carafa était mort, rien ne la contraignait plus à continuer d'entonner ce même refrain. Au contraire même, la révolte à Rome, la tempête contre les prisons de l'Inquisition, la destruction de la majestueuse statue de Paul IV au Campidoglio, et sa tête en marbre traînée jusqu'au Tibre, tout cela témoignait de l'impopularité du pape défunt et de combien désarmé se trouvait son successeur, dont même les petits-enfants savaient que ce Milanais de basse extraction avait beau se targuer de porter le nom de Médicis, il n'était ni de près ni de loin apparenté aux célèbres potentats florentins. Si Sa Sainteté finissait par verser à Michel-Ange ces émoluments indûment retenus par son prédécesseur, elle n'était qu'un hypocrite, assurait la lettre. Lui, de toute façon, n'en était pas à cela près : un homme de son âge n'avait plus de très grands besoins, ce pourquoi il avait proposé de renoncer à son travail, mais aucune réponse ne lui était venue. Aussi se retournait-il maintenant vers Carpi, le suppliant de l'appuyer auprès de Sa Sainteté pour que sa démission soit acceptée. Ailleurs, le travail n'allait sûrement pas lui manquer. Et ce n'était pas à lui, Michel-Ange, d'évaluer le coût de son travail pour les papes mais, même si le Saint-Père pensait que son œuvre suffirait pour lui procurer le salut de son âme, il doutait fort que ce salut puisse être facilement obtenu par le simple fait de priver pendant dix-sept années un artiste de son juste salaire. Sur ce thème du salut éternel, il aurait eu beaucoup à dire mais son bon sens l'obligeait au silence. D'autant que ce qu'il aurait eu à dire, il l'avait confié à ses fresques de la Sixtine. Que celui qui a des yeux voie. Sur ce, Michelangelo baisait humblement la main de Son Eminence.

In nomine Domini ! Dans la chapelle Sixtine se cachait donc un secret ensemencé par Michel-Ange avec une insolente félonie... Une pensée traversa l'esprit du cardinal : tous ces secrets provenaient du Diable ! Il en demeura terrifié. Il avait grand mal à se retrouver dans ce qu'il venait de lire. Une seule chose lui semblait certaine : les attaques contre les papes ne pouvaient être la raison de la disparition de ces documents dans le tréfonds des archives secrètes. D'autres, autrement plus graves et rangées bien en vue, n'étaient pas soumises au même ostracisme. Non, la véritable raison semblait plutôt se trouver dans certaines curieuses allusions contenues dans ces lettres. Mais qui pouvait savoir de quoi il retournait ? Pie V était sans doute au courant, sinon pourquoi aurait-il fait cacheter ces documents ? Cela signifiait-il que les trente-neuf papes qui lui avaient succédé ignoraient tout de ce mystère ? Un lien existait-il entre ce qui se trouvait d'inexplicable dans les fresques de la Sixtine et la troisième prédiction de la Vierge de Fatima ? Il ne pouvait détacher ses pensées des lettres inscrites au plafond de la Sixtine. Fébrilement, il griffonna quelques mots sur un bout de papier, sans presque se rendre compte de ce qu'il faisait...

La voix inquiète du conservateur lui parvint de l'autre côté de la porte.

— Votre Eminence ! Votre Eminence !

Jellinek ignorait totalement combien de temps il avait pu passer dans ce *Sanctissimum,* mais cela lui semblait d'une bien piètre importance en regard de la colossale découverte qu'il venait de faire. Il se tourna vers la porte et lança, d'un ton sans réplique :

— Attendre que je frappe, ai-je dit. Me suis-je bien fait comprendre ?

— Certainement, lui fut-il humblement répondu, certainement, Votre Eminence...

Un autre écrit, qui se distinguait par la délicatesse particulière de sa plume, vint captiver le cardinal. Les jambages supérieurs et inférieurs, semblables à des foulards de soie multicolores pris dans la brise de mai, témoignaient de l'allégresse exubérante de leur auteur. La première ligne de cet écrit débutait par un « *Signora Marchesa !* » dont le « S » avait sur sa haute courbure l'aspect d'une vague et bondissait ensuite sur la ligne médiane pour finir en se tordant comme un serpent venu se lover autour d'un œuf. « *Signora Marchesa !* »... Une telle formule prenait tout son piquant, pensa le cardinal, quand on savait à qui la lettre était destinée : Vittoria Colonna, veuve inconsolable du marquis de Pescara depuis la bataille de Pavie, pieuse, bigote même au point qu'il avait fallu toute l'insistance de Clément VII pour la dissuader de prendre le voile, alors que les plus beaux partis de Rome et de Florence rivalisaient dans leurs demandes en mariage. N'avait-elle pas la suprême beauté, celle de l'âme, n'était-elle pas un des esprits les plus raffinés de son temps, les plus brillants, maîtrisant le latin mieux qu'un prélat et l'art oratoire comme un philosophe chevronné ? Cette divine *marchesa* était la grande, l'unique et — se demandait-on encore — platonique passion de Michel-Ange. Une passion qui avait transformé le grand sculpteur et peintre en un simple *scolare* perdant la tête, s'égarant dans de brûlants sonnets. « *Signora Marchesa !* » Une lettre d'amour ici, en un tel lieu ? Il n'était guère besoin d'y réfléchir trop longuement pour deviner quelle raison avait pu pousser à la dissimuler au Vatican. Et lentement, presque craintivement, le cardinal se concentra sur l'écriture virevoltante.

« Plus heureux qu'un poulain dans son pré, O Dame, j'ai eu l'immense faveur de recevoir cette lettre venue de Viterbo, que Votre compassion a daigné ordonner en d'artistiques lignes à l'intention de Votre dévoué serviteur. Bienheureux Michelagniolo, me suis-je écrié, plus heureux que tous les princes de ce monde ! Las, mon ravissement fut sitôt terni d'apprendre que j'avais blessé Votre âme à propos de notre Sainte Mère l'Eglise. Veuillez ne prendre cela que pour inepties d'un artiste désemparé, titubant entre le bien et le mal, pétrissant tantôt la vile, tantôt la bonne glaise et n'en dégageant que péniblement une forme. Humblement, j'admire l'inébranlable foi de Votre Magnificence et de Votre devise : *omnia sunt possibilia credenti* qu'excellemment Vous avez traduite à l'intention de l'inculte que je suis, à savoir qu'il suffit de croire pour que tout se puisse accomplir. Maintenant, Vous me tenez peut-être pour un balourd et un impie et Vous Vous demandez, torturée d'inquiétude, comment la Création et le Jugement dernier ont pu naître en cette âme plongée dans le doute. Ce doute auquel j'avais fait ici allusion n'est pas enfoui dans les sombres nuées des espaces célestes, il gît dans l'aberration qu'est l'existence humaine. Même si j'aimerais accomplir pour Votre Splendeur cent fois plus que pour quiconque au monde, loin de moi pourtant de vouloir Vous le démontrer. Bien qu'*Amore non vuol maestro* et qu'un cœur aimant ne se connaît pas de frein, je saurai emporter ce secret dans la tombe, sans en rien laisser transparaître, pas même à Vous puisque — hormis l'horrible pénitence d'avoir à connaître l'enfer de mon vivant — ce serait Vous souiller de poison, Vous qui avez su ériger à mi-hauteur du mont Esquilin, là même où Néron contemplait jadis la Ville dans les flammes, un couvent pour que les pas des pieuses moniales effacent toute trace du mal. Seulement ceci pourtant : tout mon savoir est fixé pour toujours, Vous l'avez depuis longtemps deviné, dans les fresques de la Sixtine, et il m'est grande douleur de voir — même si cela me conforte en mes doutes — que ceux dont la tâche est de propager la foi en maîtrisent si peu les enseignements. Sept papes ont jusqu'à présent quotidiennement levé les yeux au ciel de la sainte chapelle et aucun esprit, aussi cultivé, aussi compétent dans le domaine de l'art soit-il, n'a su percevoir mon terrible legs. Eblouis par leur propre splendeur, ils ont avec superbe tenu droite leur tête obstinée au lieu de l'incliner en arrière, de regarder et de percevoir. Mais j'en ai déjà trop dit et crains de Vous avoir alarmée...

Accordera-t-on un moindre pardon
à qui vient, modeste et chargé de péchés,
qu'à ceux, imbus de leur œuvre, qui vivent
dans l'opulence de leurs bonnes actions ?

Le dévoué serviteur de Votre Magnificence, Michelangelo Buonarroti, à Rome. »

En toute hâte, le cardinal replia le parchemin

bruissant, le posa sur sa pile et remit le tout à l'emplacement de l'armoire d'acier où il l'avait trouvé. Qui pourrait jamais saisir les pensées de ce Michel-Ange ? Qu'était-ce donc, à la fin, ce que l'artiste avait voulu dissimuler au plafond de la Sixtine ? Et comment lui, simple cardinal et théologien, pourrait-il mener à bien, après plus de quatre siècles, une enquête sur la signification d'un tel mystère ?

Jellinek ferma à clef l'armoire d'acier renfermant le trésor, prit la lampe et s'en alla à la porte. Du plat de la main, avec impatience, il y frappa plusieurs fois, jusqu'à ce que de l'autre côté retentisse enfin le bruit de la serrure qu'ouvrait le conservateur. Il poussa la porte, écartant d'un geste vif le gardien prostré et — tandis que l'autre reverrouillait — se hâta vers l'escalier. Sa lampe projetait de larges ombres. Devant ses yeux dansaient d'étranges créatures : des sibylles, certaines très belles et d'autres fort vieilles, des prophètes barbus, un Adam à la puissante musculature, une Eve affriolante dont il semblait être amoureux à la façon d'un collégien aimant la prima donna qui se produit sur scène, sans espoir et de loin. Et voilà que Noé se joignait à la farandole, en compagnie de Sem, Cham et Japhet, puis de Judith se voilant la tête, de David brandissant avec arrogance un sabre... Oh, Sainte Mère ! Qu'avait donc pu inscrire sur ses fresques de son encre invisible ce Michel-Ange, ange et démon tout à la fois ? Etait-ce l'Antéchrist qui se trouvait tapi derrière les figures allégoriques ? Que signifiait le « A » sur le parchemin que le prophète Joël — qui ressemblait d'une façon troublante à Bramante — semblait déchiffrer ? Quel rôle incombait à cet ange en train d'allumer la lampe à huile devant la sibylle d'Erythrée, annonciatrice du Jugement dernier ? Belle, richement vêtue, rêveuse, elle feuillette son livre exactement de la même façon que la sibylle de Cumes. Mais cette dernière, bien que vieille et osseuse, semble plus imposante que toutes les autres tandis qu'elle cherche la vérité dans son précieux registre verdâtre. Et ce « L » et ce « U », dans l'écriture du prophète Ezéchiel à la tête entourée d'un turban, quel mystère recouvrent-ils ? La divine révélation ne se trouverait-elle pas plutôt dans le texte étudié par Daniel ? Et quel beau rêve peut-il bien se cacher derrière la sibylle de Delphes, où porte-t-elle son timide regard ?

Tout au long de son parcours dans le dédale de couloirs faiblement éclairés qui le menaient à la chapelle Sixtine, ce fut en définitive la vision du prophète Jérémie, d'une mélancolique et tragique stature, qui s'imposait à lui. Michel-Ange lui avait sans aucun doute donné sa propre physionomie massive, avec ses sourcils noirs et anguleux, son grand nez cassé, sa bouche et son menton enfouis dans sa main droite, prophète écrasé par le poids de son propre savoir. Oui, c'était là, dans les hauteurs dominant le Jugement dernier, que devait se trouver la clef du mystère. Le cardinal pressa le pas.

Prématurément vieilli, le prophète se tenait assis, songeant à l'absence d'issue de ce qu'il percevait, couvrant de son large dos deux fort étranges génies : celui de gauche, âgé et d'une ressemblance frappante avec une sibylle de Delphes détournant douloureusement la tête et qui aurait également brusquement vieilli, celui de droite d'une juvénile vigueur et à qui (en raison de sa coiffe et de son profil) on pouvait aussi trouver une certaine parenté avec Savonarole. Une indication peut-être ? Mais menant à quoi ?

Le cardinal Jellinek, le souffle lourd, se hâta de descendre l'étroit escalier de pierre, ouvrit le battant droit de la porte qui menait à la chapelle vénérée, précautionneusement, comme s'il convenait de ne pas troubler la Création. La lumière de novembre pénétrait par les fenêtres haut perchées et illuminait la savante géométrie du sol. La Création de Michel-Ange était enveloppée d'une douce pénombre d'où, par-ci, par-là, émergeaient seulement un bras tendu, un visage à peine discernable. Le cardinal éprouvait une appréhension à toucher l'interrupteur, à faire crûment ressortir toutes les couleurs par les projecteurs qui, de la saillie des fenêtres, étaient dirigés vers le sol, d'où la lumière artificielle se trouvait renvoyée au plafond, par le même détour que devait emprunter la lumière du jour.

Il alluma enfin et l'embrasement des projecteurs fut semblable à l'acte de création de la Genèse au tout début de l'Ancien Testament, quand le Seigneur dit : « Que la lumière soit » et que la lumière fut.

Machinalement, le regard du cardinal grimpa de la barrière en marbre du chœur jusqu'en haut, pour scruter cette œuvre déjà mille fois contemplée : le prophète Jonas, annonciateur de la venue d'un sauveur ; la séparation de la lumière et des ténèbres ; la séparation de la terre et de l'eau ; Dieu créant les constellations et donnant vie aux plantes ; enfin le doigt tendu de Dieu le Père donnant une âme à Adam, et Eve en retrait à son tour éveillée à la vie, puis le couple séduit par le serpent. Pendant cette contemplation le cardinal, sentant que sa nuque devenait douloureuse, recula lentement de quelques pas mais sans quitter la voûte du regard. En cet instant lui revint en mémoire la lettre de Michel-Ange dans laquelle celui-ci faisait allusion aux sept papes à la nuque raide éblouis par leur propre splendeur et incapables de rien percevoir. Ce fut alors que, se frayant un passage dans son champ de vision, Noé lui apparut après avoir surmonté les flots et procédant à l'action de grâce. Suivant immédiatement venaient le déluge, un temple flottant et, sur leur île surpeuplée n'accordant pas même la moindre chance de survie aux cœurs purs et aimants, les égoïstes...

Le cardinal s'arrêta net. Combien de fois n'avait-il pas contemplé cette Création, ne l'avait-il pas observée, détaillée, commentée ? Jamais pourtant il n'avait remarqué que la chronologie se trouvait ici inversée. Pour quelle raison Michel-Ange avait-il voulu placer le sacrifice de l'action de grâce avant le déluge ? « *Noé bâtit un autel à l'Eternel, il prit de toutes les bêtes pures et de tous les oiseaux purs et offrit des holocaustes sur l'autel* », cela se trouve dans la Genèse en 8, 20. En revanche, c'est au chapitre précédent que l'on apprend que Noé est entré dans l'arche avec sa femme, ses fils et les femmes de ses fils, pour échapper aux eaux du déluge. Et c'est à la fin de l'histoire de Noé que se place l'anecdote de l'ivresse et de la nudité du père, moqué par Cham, et couvert d'un manteau par ses autres fils, Sem et Japhet, détournant pudiquement les yeux.

On a prétendu que Michel-Ange avait commencé de peindre le plafond en partant de ce côté, en sens inverse donc du déroulement de la Création. Mais l'Ancien Testament était trop familier au Florentin pour que certaines de ses erreurs n'aient pas été volontaires. Il en allait tout autrement du Nouveau, avec lequel Michel-Ange s'était inexplicablement tenu sur la réserve. En observateur attentif des fresques de la Sixtine, le cardinal était bien contraint de remarquer, avec amertume, que d'autres que Michel-Ange avaient peint les scènes qui en étaient tirées : le baptême du Christ par Perugino, la désignation des apôtres par Ghirlandajo, la Cène et le sermon sur la montagne par Rosselli, la tentation du Christ par Botticelli.

Il y avait pourtant une représentation de Jésus de la main de Michel-Ange dans la chapelle Sixtine, celle du terrible justicier du Jugement dernier. Humblement, le cardinal s'approcha du haut mur dont le bleu céleste investissait le visiteur, tel un flot éthéré, un tourbillon aspirant quiconque regardait à distance cette Apocalypse, le faisait virevolter, planer et tomber en une angoisse grandissant d'autant plus qu'il tentait de résister à cette vision lointaine. Mais, à chaque pas que faisait le cardinal, cette angoisse s'amenuisait de la même façon que les personnages de Michel-Ange, plus ils étaient proches du Juge suprême, perdaient de leur ardente agitation. Ce Titan musclé, dont la main droite levée pouvait abattre tous les Goliath, était-il vraiment le Christ ressuscité tel que les textes sacrés l'enseignent ? Ce héros correspondait-il à l'image de l'homme qui trouva ces mots dans son sermon sur la montagne : « *Heureux les pauvres en esprit, car le royaume des cieux est à eux ! Heureux les affligés, car ils seront consolés ! Heureux ceux qui sont doux, car ils hériteront la terre ! Heureux ceux qui ont faim et soif de la justice, car ils seront rassasiés ! Heureux les miséricordieux, car ils obtiendront la miséricorde ! Heureux les pacifiques, car ils seront appelés fils de Dieu !...* » ?

Au cours des siècles, avant Michel-Ange et pendant les générations suivantes, Jésus-Christ a été représenté en seigneur de bienveillance et de douceur, figure intemporelle, transcendante et sublime, d'une sainte et imposante dignité barbue. Pourtant, même la soyeuse lumière artificielle ne parvenait pas à prêter à ce Christ — sitôt parvenu à la première marche de l'autel, le visiteur s'était arrêté — ne serait-ce que l'apparence d'un dieu charitable. Au contraire celui-ci fixait impitoyablement la terre, refusant de croiser le regard de qui levait les yeux vers lui. Majestueux, nu et glabre, d'une splendide beauté, tel un dieu grec dans la toute-puissance de sa musculature, seule sa beauté extérieure témoignait de sa divinité : un Zeus fulminant, un imposant Hercule, un Apollon séducteur... Apollon ? Ce Jésus-Christ ne faisait-il pas irrésistiblement penser à l'Apollon du Belvédère, cette antique divinité marmoréenne qui, coulée dans le bronze, après avoir orné l'agora d'Athènes et pris par des chemins tortueux la direction de Rome, avait été installée au Belvédère par Jules II ? Jésus en Apollon ? Quelle terrible farce Michel-Ange avait-il donc manigancée là ?

Par ce même chemin qu'il avait pris pour entrer, le cardinal sortit de la chapelle. Sa hâte à grimper à nouveau les escaliers était telle qu'il en eut le vertige. Il avait beau connaître ce trajet par cœur, jamais cela ne lui avait semblé si compliqué, si mystérieusement incommode. Un bruit résonnait dans sa tête, aussi fort que celui d'une foule de trompettes tentant chacune de surpasser les autres. Et, sans qu'il l'eût cherché, comme si une voix inconnue le pénétrait, il percevait les paroles de l'Apocalypse de Jean : « *Je vis un autre ange puissant qui descendait du ciel avec une nuée ; au-dessus de sa tête était l'arc-en-ciel et son visage était comme le soleil et ses pieds comme des colonnes de feu. Il tenait dans sa main un petit livre ouvert. Il posa son pied droit sur la mer et son pied gauche sur la terre ; et il cria d'une voix forte, comme rugit un lion. Quand il cria, les sept tonnerres firent entendre leur voix. Et, quand les sept tonnerres eurent fait entendre leur voix, j'allais écrire ; et j'entendis du ciel une voix qui disait : Scelle ce qu'ont dit les sept tonnerres, et ne l'écris point.* »

Tout en écoutant attentivement si cette voix allait continuer à lui parler, le cardinal finit par atteindre la porte noire des archives secrètes. Elle était verrouillée. A coups redoublés, il la frappa de ses coudes à en avoir mal. Epuisé, il s'arrêta et tendit l'oreille. Elle était de nouveau là, la voix de la révélation de saint Jean, pénétrante et extraordinairement inhumaine. Elle disait : « *Va, prends le petit livre ouvert dans la main de l'ange qui se tient debout sur la mer et sur la terre. Et l'ange dit : Prends-le et avale-le. Il sera amer à tes entrailles, mais dans ta bouche il sera doux comme du miel...* » Il n'en entendit pas davantage.

Au matin, vers quatre heures trente, le chef de l'équipe chargée du nettoyage trouva le cardinal Jellinek devant la porte des archives secrètes du Vatican. Il respirait encore.

Le lendemain de l'Epiphanie

Ce que perçut tout d'abord le cardinal à travers un brouillard laiteux, ce furent les larges ailes battant sans bruit d'un oiseau chimérique. Peu à peu l'opacité s'effaça de ses yeux, des voix s'approchèrent, et Jellinek entendit ces mots répétés avec insistance : « Votre Eminence m'entend-elle ? M'entendez-vous, Votre Eminence ? »

— Oui, dit le cardinal et il reconnut enfin le blanc

bonnet à cornettes en toile empesée entourant le visage rougeaud d'une sœur infirmière.

— Tout est en ordre ! enchaîna la sœur, devançant la question qu'il s'apprêtait à poser. Votre Eminence a juste eu un accès de faiblesse.

— Un accès de faiblesse ?

— On a trouvé Votre Eminence évanouie à l'entrée des archives secrètes. Elle se trouve maintenant au *Fondo Assistenza Sanitaria*. Et c'est le *professore* Montana qui prend personnellement soin de la santé de Votre Eminence. Tout est en ordre.

Le cardinal suivit du regard le tuyau qui émergeait d'un sparadrap au creux de son bras pour arriver à un flacon de verre monté sur un support en chrome étincelant. Un deuxième conduit, partant de son avant-bras, aboutissait à un appareil blanc doté d'un écran vert lumineux, sur lequel s'inscrivaient des zigzags aigus, au rythme des battements de son cœur et accompagnés d'un discret bip. Les yeux du cardinal, quittant la religieuse qui arborait un sourire figé et hochait continuellement la tête, se mirent à explorer la pièce. Tout était blanc : les murs, le plafond, les rares meubles, même les appliques murales et le téléphone démodé posé sur la table de nuit, blanche elle aussi. Jamais l'absence de couleur dans une pièce n'avait à tel point opprimé le cardinal tandis que, peu à peu, ce qui s'était passé lui revenait en mémoire.

A côté du téléphone, se trouvait un papier froissé et jauni. Quand la religieuse vit que le regard du cardinal s'y posait, elle effleura précautionneusement le papier, mais sans le saisir, et commença à expliquer avec force circonvolutions que Son Eminence tenait en bouche ce papier froissé quand on l'avait trouvée, ce qui était fort dangereux car Elle aurait pu s'étouffer... Un tel papier avait-il donc quelque importance ?

Le cardinal garda le silence. Visiblement, il réfléchissait. Il finit par se saisir du papier et, sans le regarder, en lissa les plis entre ses doigts gourds de façon que ce qui s'y trouvait inscrit puisse apparaître.

« *Atramento ibi feci argumentum...* » lut le cardinal d'une voix sourde. Comme elle n'avait pu réellement saisir le sens de ces mots, la sœur infirmière baissa les yeux et, gênée, se mit à tripoter avec une feinte indifférence sa robe blanche. *Atramento ibi feci argumentum* - Avec ma peinture noire j'ai établi une preuve. Ces mots, si le cardinal se demandait encore à qui les attribuer vraiment, il n'en était pas moins sûr qu'ils représentaient un indice, un indice capital.

— Votre Eminence ne doit pas s'énerver... dit la sœur en tentant de lui prendre la feuille, mais le cardinal referma prestement son poing.

De l'autre côté de la porte blanche des voix se firent entendre, la porte s'ouvrit et une étrange procession pénétra dans la chambre : le professeur Montana, suivi du cardinal secrétaire d'Etat Cascone, suivi par deux assistants du professeur, suivis par le secrétaire du cardinal secrétaire d'Etat qui précédait son propre assistant, lui-même suivi par le camériste du pape, William Stickler, lequel fermait la marche. La sœur infirmière se leva.

— Eminence ! s'écria d'emblée le cardinal secrétaire d'Etat, tendant ses deux mains vers Jellinek.

Celui-ci tenta de se relever, mais Cascone le repoussa dans ses oreillers. Le professeur s'avança à son tour, prit la main du cardinal, lui tâta le pouls, hocha la tête :

— Comment se sent Votre Eminence ?

— Peut-être un peu faible, monsieur le professeur, mais pas du tout malade.

— Collapsus circulatoire, certes sans réel danger, mais Votre Eminence n'en devrait pas moins se ménager, travailler moins, se promener davantage...

— Que vous est-il donc arrivé ? s'enquit Cascone. Dieu soit loué, on vous a retrouvé juste devant les archives secrètes. En nul endroit, que je sache, l'air n'est plus vicié que là ! Rien d'étonnant à ce que vous ayez perdu connaissance.

Jellinek fixa un regard ferme sur le cardinal secrétaire d'Etat :

— Puis-je parler seul à seul avec Votre Eminence ?

Toujours en file indienne les autres quittèrent la chambre, non sans que Stickler ait transmis au malade la bénédiction du pape. Jellinek se signa.

— L'émotion, reprit-il, c'était l'émotion. Pendant que je cherchais une explication aux inscriptions de Michel-Ange, j'ai fait une découverte...

— Vous ne devriez pas prendre tellement à cœur cette affaire, l'interrompit Cascone d'un ton bourru. Cela fait plus de quatre siècles que Michel-Ange est mort. Grand artiste, sans aucun doute, mais nullement théologien. Qu'aurait-il bien pu dissimuler de si mystérieux ?

— C'était un pur produit de la Renaissance. Si jusqu'alors l'art était entièrement au service de l'Eglise, ce n'est pas à moi de vous apprendre ce qu'il en est advenu par la suite. Et puis Michel-Ange nous venait de Florence et de Florence, depuis toujours, c'est le péché qui est venu.

— En fait, Fedrizzi aurait dû effacer ces signes sitôt que les premiers ont été découverts. Désormais trop de personnes sont au courant, il va nous falloir trouver une explication et le Saint-Siège défraiera la chronique.

— Mais, frère en Jésus-Christ, vous savez tout comme moi que notre Sainte Eglise n'est pas seulement bâtie sur le granit. Le sable brille en certains endroits...

— Pensez-vous sérieusement, s'offusqua le cardinal secrétaire d'Etat, qu'un peintre, même si de son temps il n'avait pas été traité aimablement par les plus hautes autorités, serait encore capable de nos jours, plus de quatre siècles après sa mort, par la découverte fortuite de quelconques inscriptions sur de quelconques fresques, de mettre en péril notre Sainte Mère l'Eglise ?

Jellinek se redressa.

— D'une part, mon cher frère en Jésus-Christ, il ne s'agit pas dans le problème qui nous importe de fresques quelconques mais de celles de la Sixtine ; d'autre part, si l'individu Michelangelo Buonarroti est bien décédé, le peintre Michel-Ange n'est pas mort pour autant : il reste plus vivant dans la mémoire des peuples qu'au cours de son existence ; enfin j'ose prétendre que dans sa haine envers Sa Sainteté le pape et notre Mère l'Eglise il a pu utiliser tous les moyens qui s'offraient à un homme de sa trempe. Et je le dis après avoir longuement étudié la question.

— Il me semble, Eminence, que vous passez vos nuits aux archives secrètes. Et cela ne vous réussit guère, comme vous pouvez le constater.

— Mais, mon cher frère en Jésus-Christ, cette mission me vient de *vous*. C'est vous qui m'avez chargé de cette *causa*. Au demeurant, cette affaire me captive à tel point que je lui sacrifie volontiers quelques heures prises sur mon sommeil... Pourquoi riez-vous, monsieur le cardinal secrétaire d'Etat ?

Cascone secoua la tête.

— Je ne parviens pas à croire que huit simples lettres, malencontreusement dégagées au cours du nettoyage d'une fresque, puissent mettre en un tel émoi toute la curie romaine.

— Pourtant des motifs bien plus futiles et hors nos murs, mon cher frère en Jésus-Christ, ont déjà eu pareil effet !

— Essayons plutôt de réfléchir : que se passerait-il si, demain, Fedrizzi se mettait à traiter ces inscriptions avec un dissolvant, les faisant tout bonnement disparaître ?

— Eh bien, je vais vous le dire. Ce serait dans tous les journaux et l'on nous accuserait de destruction d'une œuvre d'art. Pis encore : les gens se perdraient en élucubrations sur ce qu'avaient pu représenter ces inscriptions et ce qui avait incité la curie à les détruire. De faux prophètes se lèveraient pour faire de faux témoignages et les dommages seraient autrement importants que le profit.

Terminant son discours, Jellinek ouvrit son poing et montra le papier froissé.

— Je me suis déjà attelé à l'interprétation des lettres, dit-il, et Cascone s'approcha, regarda le papier.

— Et alors ?

— A-I-F-A : *Atramento ibi feci argumentum...* Ce début ne me semble pas précisément un augure de bonheur.

Cascone était visiblement ébranlé. Le cardinal secrétaire d'Etat n'avait jusqu'alors accordé que peu d'importance à cette affaire, et voilà qu'il lui fallait sérieusement se demander si Michel-Ange n'avait pas malgré tout inscrit quelque secret d'Eglise au plafond de la chapelle Sixtine. Après réflexion, il demanda :

— Et comment comptez-vous apporter la preuve de l'exactitude de votre interprétation ?

— Je ne le puis pas, pour l'instant, ne serait-ce que parce que je ne connais qu'une partie de ces inscriptions. Mais rien que ce début d'interprétation montre combien dangereuses pour l'Eglise elles peuvent se révéler.

— Que resterait-il donc à faire, selon vous ?

— Ce qu'il reste à faire ? Ah, mon frère, nous sommes condamnés à utiliser les moyens mêmes dont le Florentin s'est servi dans son travail. Et, pour peu qu'il ait fait alliance avec le démon, nous serons contraints de nous y plier à notre tour !

Aussitôt, Cascone se signa.

La fête du pape Marcel

Vers le soir, la Fiat bleu nuit du cardinal Jellinek s'arrêta devant le Palazzo Chigi. Cet édifice auquel Flavio et Sigismondo Chigi, neveux du pape Alexandre VII, devenus tous deux cardinaux, avaient donné leur nom en le rachetant et le faisant rénover par deux architectes de renom, avait ensuite connu une histoire capricieuse, dont la fin provisoire était due à une brouille entre lointains héritiers qui, pour des raisons financières, avaient divisé cette grande bâtisse en appartements à loyer élevé. Un prêtre servant de chauffeur sortit de la voiture pour en ouvrir la portière arrière au cardinal qui sortit aussitôt puis s'avança jusqu'à une petite entrée de côté surmontée par l'œil d'une caméra vidéo. De sa loge, le concierge Annibale fit un aimable signe de tête en direction du cardinal. Deux ans plus tôt, quand Monseigneur Jellinek avait emménagé, il lui avait sorti en guise de bienvenue qu'il était athée, ajoutant avec un clin d'œil : « Dieu merci ! » Le cardinal savait un certain nombre de choses sur Annibale, par exemple qu'il arrondissait ses fins de mois en faisant le changeur de devises étrangères, qu'il pratiquait assidûment le motocross et avait sa carte du Parti communiste rénové.

Mais plus remarquable encore que tout cela était Giovanna, l'épouse d'Annibale, femme dans la force de l'âge et qui méritait amplement cette épithète. Son lieu de prédilection semblait être la cage de l'escalier : en tout cas, le cardinal remarquait toujours quand il *n'y croisait pas* Giovanna. Au début de son installation, empruntant l'ascenseur suranné autour duquel s'enroulait, comme le serpent du paradis, le large escalier bordé de fer forgé, il avait un jour aperçu Giovanna en train de passer la serpillière sur les marches, ce qu'elle faisait à l'évidence plusieurs fois par jour. Au travers des vitres biseautées de l'ascenseur lambrissé d'acajou, il avait lorgné par-derrière ses cuisses charnues qui — *Miserere Domine !* — étaient gainées de bas bien trop courts au liseré noir attaché par des rubans affriolants. Bouleversé par son coupable égarement charnel, le cardinal s'était confessé dès le lendemain chez les Camilliens dans leur couvent près du Panthéon. Il avait confessé sa honte et demandé une pénitence adéquate. Mais le frère camillien de Santa Maddalena n'avait eu pour lui que des mots aimables et, contre deux *Pater Noster*, deux *Ave Maria* et deux *Gloria*, lui avait aussitôt accordé l'absolution ainsi que le bienveillant conseil de se ceinturer désormais de la corde de sainte Thérèse de l'Enfant-Jésus, afin de bannir en lui toute pensée impudique. Au demeurant, voir ce qu'il avait vu n'était pas coupable en soi sinon le fait de s'en délecter. Et puisqu'il s'était effectivement délecté de vils desseins, le cœur généreux de saint Camille de Lelli — lui qui assiste tous les malades et sait surtout d'expérience ce qu'il en est de la concupiscence — saurait largement s'ouvrir pour lui.

Dès le lendemain, réconforté par cet encouragement pastoral, et de nouveau en règle avec les prescriptions de l'*Encyclopaedia Catholica* concernant le mot chasteté, le cardinal, après avoir pénétré dans l'ascenseur, appuyé sur le bouton du quatrième étage et s'être placé sous la protection de sainte Agnès vierge et martyre, avait fermé les yeux pour se soustraire à toute nouvelle tentation. Hélas le parcours pour lui permettre d'atteindre sa destination fut bref, bien trop bref et, quand la secousse provoquée par le freinage imprévu et l'ouverture de la porte le contraignirent à ouvrir les yeux, le cardinal aperçut Giovanna. Et bien que Giovanna ne lui fût certes pas apparue en une attitude provocante — le seau en zinc empli d'un bouillon pouacre qu'elle tenait dans sa main droite et la serpillière avachie dans sa gauche auraient pu en témoigner —, bien qu'il se fût efforcé de fixer un regard sans indulgence sur elle qui venait de pénétrer son habitacle, le cardinal Jellinek se retrouva harcelé par ce qu'il avait vu la veille. Eperdu, et sans rendre son aimable salut à la concierge, il voulut se précipiter hors de l'ascenseur. Malheureusement, comme si le démon en personne s'en mêlait, Giovanna lui barrait le chemin de toute la largeur de son ondoyante poitrine. Tout comme le Mal devant l'exorciste, le cardinal recula, effrayé, tandis que la concierge lui annonçait : « Deuxième étage, Votre Eminence ! — Deuxième étage ?... » bafouilla-t-il, aussi troublé qu'Isaïe l'avait été face au Seigneur et, tout comme Isaïe, il se détourna d'elle. Mais la présence de Giovanna qu'il sentait si proche derrière lui et sa chaleur enivrante lui donnèrent une sorte de vertige. L'instant entre la fermeture automatique de la porte palière et le soubresaut avec lequel cet ascenseur démodé se mit en marche lui sembla interminable, et il en vint à maudire l'idée qu'il avait eue de monter dans cet ascenseur, se voyant même en victime de la tentation à l'instar d'Adam au Paradis terrestre quand le démon lui était apparu sous la forme d'un serpent. Visage fermé, il se cramponna à la barre de laiton qui ceinturait l'ascenseur à mi-hauteur. Sa feinte indifférence l'ayant conduit à regarder la cage d'escalier à travers la vitre, ce fut alors que le reflet de Giovanna revint sur lui comme un éclair, lui imposant des yeux sombres, des pommettes hautes et des lèvres ourlées. Giovanna, s'étant aperçue de son regard, rejeta d'un geste vif son opulente chevelure dans la nuque et leva les yeux pour contempler la lampe laiteuse et ventrue qui trônait au plafond. Pour rompre le pesant silence qui s'était instauré entre le deuxième et le troisième étage, elle se mit à fredonner doucement et sans changer d'attitude le refrain d'une innocente chansonnette napolitaine : « *Funicoli, funicola, funicoli, funicolaaaa...* » mais, avec la voix feutrée et voilée de Giovanna, cet air semblait soudain fort différent : inconvenant et provocant. Dieu seul savait pourquoi, c'est ainsi en tout cas que le cardinal le ressentit et, toujours par le truchement du reflet dans la vitre, il parvint encore moins à s'extirper de la contemplation des lèvres de Giovanna. Les mots de son récent confesseur lui revinrent en esprit : la culpabilité ne résidait pas tant dans l'aspect de la chose que dans la vile délectation qu'on en pouvait avoir. Or, l'évidence était là : que ses intentions aient été viles ou sublimes, il se délectait bel et bien de l'aspect de Giovanna.

— Quatrième étage, Votre Eminence !

Le cardinal, à qui le trajet avait paru s'être soudain bien trop vite terminé, quitta précipitamment l'ascenseur sitôt l'ouverture automatique de la porte, non sans avoir péniblement décrit un large demi-cercle autour de la concierge et s'être écrié dans sa fuite éperdue :

— Merci *signora* Giovanna, merci !

Cette rencontre datait déjà de deux ans et, depuis lors, la cage de l'escalier était devenue pour le cardinal le lieu d'un événement quotidien. S'il optait pour gravir ou descendre les larges marches, il pouvait être assuré de rencontrer la concierge aux abords du quatrième étage mais, sans doute grâce à la providentielle volonté du Seigneur, il la retrouvait de la même façon sitôt qu'il prenait l'ascenseur, même s'il s'en revenait à une heure inhabituelle.

Ce soir-là, le cardinal avait opté pour l'escalier. Aussi tourmenté par la chair que saint Paul, son regard languissant se porta vers le haut. Il se surprit même à marcher de manière particulièrement bruyante et à ralentir son pas pour laisser du temps à la concierge. Jusqu'au premier étage il fut toutefois privé de cette rencontre et en ressentit cette impression de manque qui est toujours la marque d'un état de dépendance. Dans la mesure où, pour obéir à son confesseur occasionnel, il n'avait pas tenté de chasser l'image de Giovanna, il avait laissé libre cours à ses pulsions harcelantes tout en s'appliquant à mépriser cette propagatrice de luxure. Aux dires du camillien, c'était le moyen de trouver un jour la force de résister à la tentation.

Mais c'est l'histoire même de l'Eglise qui enseigne combien les visions des ascètes sont autrement effrayantes que celles des pécheurs. Elles n'ont pas plus épargné le docteur de l'Eglise saint Jérôme que le jésuite saint Rodrigue. L'un eut beau prêcher la « pratique de la perfection chrétienne », des femmes nues le tourmentèrent sa vie durant, brandissant leurs seins sous ses yeux dans ses rêves, tandis que l'autre, jusqu'au désert où il faisait pénitence, rencontrait partout des vierges romaines batifolant, et ni ses contraignantes couches de paille de maïs ni la chaste position qu'il tentait d'y prendre en décubitus latéral ne lui furent du moindre réconfort.

Si donc ceux qui avaient vécu en état de sainteté pouvaient succomber à la tentation de la chair, comment lui, un simple cardinal, aurait-il su y résister ?... Déçu, il gravit l'escalier du deuxième, puis du troisième étage et, tandis que les cuisses de Giovanna dansaient dans leurs bas devant ses yeux — plus dénudées que la réalité ne les avait jamais offertes à sa vue —, il plongea la main dans sa soutane noire pour en retirer ses clefs.

Le cardinal Jellinek vivait seul. Comme la franciscaine qui s'occupait de son intérieur retournait en fin d'après-midi à son couvent sur l'Aventin, il était donc habitué à trouver à son retour un appartement vide. Un sombre couloir tapissé de lourde soie rouge divisait cet appartement en deux parties : du côté gauche une porte à deux battants ouvrait sur le salon — où trônait un mobilier noir de l'*Ottocento italiano* — derrière lequel, séparée par une porte vitrée coulissante, se trouvait la bibliothèque. La chambre, la salle de bains et la cuisine occupaient l'autre côté du couloir.

Encore sous le coup de son trouble, le cardinal se rendit dans la bibliothèque : des livres, du sol au plafond sur les deux murs qui se faisaient face, le troisième lambrissé et décoré d'une grande croix, sur le devant un prie-Dieu recouvert de pourpre. Le cardinal se laissa choir sur le prie-Dieu, enfouit son visage dans ses mains. Mais le rosaire qu'il commença à murmurer semblait vouloir se refuser à lui, même son fervent *Ave Maria* était perturbé par l'image chimérique et lascive de Giovanna. Exaspéré, le cardinal se releva d'un bond, marcha rageusement de long en large puis, d'un pas décidé, se rendit dans sa chambre assombrie par les rideaux, fouilla fébrilement dans une commode miteuse d'où il finit par extirper une courroie de cuir. Alors il déboutonna sa soutane, se découvrit le torse et se mit en devoir de se fouetter le dos à la façon de saint Dominique. Il commença avec hésitation mais, comme s'il se complaisait à cette mortification, intensifia ses coups, faisant vivement claquer la courroie sur sa peau, et peut-être ce soir-là se serait-il frappé jusqu'à l'évanouissement si la sonnette de la porte d'entrée ne l'avait arraché à sa transe. Il se rhabilla en hâte.

— Qui est là ? cria le cardinal à travers le couloir.

De l'autre côté de la porte, il reconnut la voix de Giovanna. Un « *Domine nostrum* ! » lui échappa et, après s'être rapidement signé, il ouvrit.

— Un *padre* a déposé ceci...

Giovanna tendait au cardinal un petit paquet enveloppé de papier brun et malpropre retenu par une grossière ficelle.

Le cardinal, raide de peur, regarda Giovanna :

— Un... *padre* ? marmonna-t-il, embarrassé.

— Oui, un *padre*, un dominicain, un « palotin » ou comment on les nomme, déjà ? En tout cas, habillé tout en noir. Il a dit que c'était pour Votre Eminence. Voilà, c'est tout.

Le cardinal se saisit du paquet, fit un petit signe de tête en guise de remerciement et claqua précipitamment la porte. Après avoir un instant écouté résonner dans l'escalier les pas de Giovanna, il se rendit au salon et se laissa tomber dans un fauteuil à tissu fleuri. Cette femme était la personnification même du péché, le serpent au paradis, la tentation dans le désert. *Domine nostrum !* Mais que pouvait-il bien faire ? Il prit son missel — l'étude est un baume contre les passions —, le feuilleta nerveusement, s'arrêta à la citation de l'Evangile selon Luc pour le troisième dimanche après la Pentecôte : « *Tous les publicains et les gens de mauvaise vie s'approchaient de Jésus pour l'entendre. Et les pharisiens et les scribes murmuraient, en disant : Cet homme accueille des gens de mauvaise vie et mange avec eux. Mais il leur dit cette parabole : Quel homme d'entre vous, s'il a cent brebis et qu'il en perde une, ne laisse les quatre-vingt-dix-neuf autres dans le désert pour aller après celle qui est perdue, jusqu'à ce qu'il la trouve ? Lorsqu'il l'a trouvée, il la met avec joie sur ses épaules et, de retour à la maison, il appelle ses voisins et ses amis et leur dit : Réjouissez-vous avec moi car j'ai retrouvé ma brebis qui était perdue. De même je vous le dis, il y aura plus de joie dans le ciel pour un seul pécheur qui se repent que pour quatre-vingt-dix-neuf justes qui n'ont pas besoin de repentance...* »

Les mots de l'évangéliste avaient sur le cardinal cet

effet apaisant que peuvent procurer les médicaments contre la fièvre et, de crainte que celle du péché ne le reprenne, il se leva, s'en alla dans la bibliothèque et s'installa sur son prie-Dieu. Il cherchait son réconfort dans les Psaumes. Ceux du roi David lui tenaient plus particulièrement à cœur : « *Oh, Eternel, défends-moi contre ceux qui me combattent ! Qu'ils soient honteux et confus, ceux qui en veulent à ma vie ! Qu'ils reculent et rougissent ceux qui méditent ma perte !...* » lut-il sur un ton étouffé et implorant. « *Ils ouvrent contre moi leur bouche, ils disent : Ah, ah, nos yeux regardent ! Mais qu'ils aient de l'allégresse et de la joie, ceux qui prennent plaisir à mon innocence et que sans cesse ils disent : Exalté soit l'Eternel !...* » Et il continua, passant d'un psaume à l'autre : « *Je suis pauvre et indigent, que le Seigneur pense à moi. Il est mon aide et mon libérateur. Oh, Dieu, ne tarde pas !* »

Tandis qu'il méditait sur ces textes sacrés, son regard se porta sur le paquet que, dans son trouble, il avait distraitement laissé de côté. Ses mains le tâtèrent, comme s'il se méfiait de son mystérieux contenu, et il finit par le déballer précautionneusement. La curiosité n'était pas à proprement parler une vertu chrétienne mais, par la Sainte Vierge et tous les saints, de même que la vue de Giovanna l'incitait à la lubricité, celle du paquet n'en gomma pas moins ses pieuses pensées de l'instant précédent. Du même coup, Giovanna lui réapparut et ce furent des bribes du Cantique des Cantiques — jamais il n'avait rien lu de plus voluptueux — qui se mirent à résonner dans son cerveau : « *Tes cheveux sont comme un troupeau de chèvres, suspendues aux flancs de la montagne de Galaad... tes lèvres sont comme un fil cramoisi... ton cou est comme la tour de David... tes deux seins sont comme deux faons, comme les jumeaux d'une gazelle...* »

Le cardinal s'arrêta. Le contenu du paquet le rendait aussi perplexe que l'avait été le futur saint Paul, face à la lumière céleste aux portes de Damas : une paire de lunettes à la monture dorée et des pantoufles rouges brodées d'une croix.

Deux jours plus tard

Après avoir invoqué le Saint-Esprit pour que le Concile exceptionnel en soit éclairé, le cardinal Joseph Jellinek, préfet de la Congrégation pour la doctrine de la foi, fit rapidement le compte des présences en ce jour au deuxième étage du 11 piazza del Sant'Uffizio, siège de la congrégation du Saint-Office : l'Eminentissime et Révérendissime cardinal Giuliano Cascone, secrétaire d'Etat de Sa Sainteté pontificale (mais également préfet du Conseil pour les Affaires publiques de l'Eglise) ; le cardinal Mario Lopez, prosecrétaire de la Congrégation pour la doctrine de la foi et archevêque *in partibus* de Caesarea ; le cardinal Giuseppe Bellini, préfet de la Congrégation pour les sacrements et le culte divin, plus particulièrement responsable de la liturgie et de la pastorale, archevêque *in partibus* d'Ela ; le cardinal Frantisek Kolletzki, prosecrétaire de la Congrégation pour l'éducation catholique, ayant autorité sur les grandes écoles et les universités, par ailleurs recteur en union de personne du Collegium Teutonicum Santa Maria dell'Anima ; les Révérendissimes *Monsignori* et *Padri* : Augustinus Feldmann, conservateur en chef des Archives du Vatican et premier archiviste de Sa Sainteté, issu du monastère des Oratoriens de l'Aventin, et Pio Grolewski, curateur des musées du Vatican et *Padre* des moines prêcheurs ; les consultants : Bruno Fedrizzi, restaurateur en chef de la chapelle Sixtine, le professeur Antonio Pavanetto, directeur général des Musées et Bâtiments du Vatican, Riccardo Parenti, professeur d'histoire de l'art à l'université de Florence, expert en peintures et fresques de la Renaissance tardive et du baroque naissant, plus particulièrement spécialiste de Michel-Ange, Adam Melcer, de la Compagnie de Jésus, Ugo Pironio, ermite augustin, Pier Luigi Zalba, père mariste, Felice Centino, archiprêtre titulaire de Sant'Anastasia, Desiderio Scaglia, archiprêtre titulaire de San Carlo, Laudivio Zacchia, archiprêtre titulaire de San Pietro in Vincoli. Secrétaires de séance : Antonio Barberino, notaire, Eugenio Berlingero, préposé au procès-verbal, et Francesco Sales, copiste.

Extrait du procès-verbal :

« Sur recommandation de l'Eminentissime et Révérendissime cardinal Joseph Jellinek, les personnes susnommées, toutes présentes, ont été tenues de considérer le sujet de cette consultation selon l'adage d'Erasme : *Ex paucis multa, ex minimis maxima,* et de ne pas sous-estimer l'événement : l'art et la science, sans exclure la théologie, ayant davantage nui à la Sainte Mère l'Eglise depuis deux mille ans que la persécution des chrétiens par les Romains. Aussi le devoir de cette assemblée n'était pas tant de rechercher en priorité la signification des inscriptions énigmatiques de la chapelle Sixtine — dont l'auteur pourrait être qualifié de pathologiquement anticlérical — que plutôt de prévenir toute spéculation déviationniste en offrant, au moment de la publication de cette découverte, une incontestable explication. »

Objection de l'Eminentissime Frantisek Kolletzki : « Ce concile lui remettait en mémoire un cas semblable et relativement récent qui, pourtant parti d'une affaire parfaitement futile, était devenu pour l'Eglise entière un problème quasiment insoluble pour la simple raison d'avoir été évoqué au Saint-Office. »

Question d'Adam Melcer, de la Compagnie de Jésus : « A quelle affaire l'Eminentissime cardinal Kolletzki fait-il allusion ? Pourrait-il daigner s'expliquer d'une façon intelligible pour tous ? »

Réponse (non dénuée d'ironie) de l'Eminentissime cardinal Kolletzki : « Qu'il soit donc expliqué aux jeunes générations — sous condition que l'Eminentissisme et Révérendissime cardinal Jellinek, en sa qualité de préfet de la Congrégation pour la doctrine de la foi, accède à cette demande... (accord consenti par un hochement de tête) — que cet autre concile avait longuement débattu, de façon aussi discrète qu'infructueuse, du prépuce de Notre-Seigneur Jésus-Christ, ce qui, malgré la pieuse intention et la pureté de mœurs des initiateurs de la question, avait élargi celle-ci à la dimension d'un problème insoluble... »

Manifestation indignée du père mariste Pier Luigi Zalba.

L'Eminentissime cardinal Kolletzki n'en continue pas moins son discours.

« A l'époque, cette avalanche avait été provoquée par un père jésuite qui voulait absolument savoir si le saint prépuce conservé dans un certain monastère était digne d'être vénéré. L'évangéliste saint Luc n'avait-il pas clairement laissé entendre qu'après la circoncision de Jésus, dans la semaine suivant sa naissance, son prépuce avait été conservé dans de l'huile de nard ?... Hélas, la discussion au Saint-Office a eu des suites imprévisibles. Non seulement un certain nombre de prépuces firent brusquement leur apparition en divers endroits, mais le vénérable comité se trouva également confronté à l'épineux problème de savoir si — lors de sa résurrection et de son ascension — Notre-Seigneur Jésus-Christ avait ou non retrouvé cette infime partie de son anatomie. Les dignes membres de ce très sérieux aréopage en sont venus à de si violentes discussions que la commission papale pour l'exégèse du droit canonique — ainsi nommée à l'époque — dut intervenir (sans pouvoir pour autant totalement évacuer le problème) et dénier expressément le rang de relique au prétendu saint prépuce puisque, suivant le canon 1281, paragraphe 2, peuvent seulement être considérées comme reliques les parties du corps ayant subi le martyre. Dès lors le Saint-Office n'a pas trouvé d'autre moyen qu'en sanctionnant tout débat sur le saint prépuce, qu'il soit verbal ou écrit, par l'excommunication *speciale modo...* »

Interruption de l'Eminentissime cardinal Jellinek, frappant sur la table : « Venons-en au fait, monsieur le cardinal ! »

L'Eminentissime cardinal Kolletzki : « J'ai juste entendu démontrer que la curie, avec ses prescriptions, semble prédestinée à transformer des moustiques en éléphants et que le silence est parfois préférable aux grands discours. Les mots sont capables de raviver des blessures quand le silence tout au contraire aide à la cicatrisation. »

Le cardinal secrétaire d'Etat et préfet du Conseil pour les Affaires publiques de l'Eglise Giuliano Cascone, furieux : « La mission de la curie n'est pas de se taire. Nous, ici, à cette table, devons trancher *quoquomodo possumus* ! »

L'Eminentissime cardinal Jellinek, s'essayant à calmer les esprits par un geste d'apaisement : « Mes chers frères, l'humilité est la vertu chrétienne par excellence. Il me faut vous expliquer pourquoi je tiens la *causa* en question pour importante, sinon même dangereuse. En ce lieu, à cette table, il y a près de quatre siècles, il a été débattu d'une affaire dont les conséquences — que le Seigneur prenne pitié des pauvres pécheurs que nous sommes ! — se sont révélées fort dommageables pour notre Sainte Mère l'Eglise. Je veux parler de la *causa Galilei,* dans laquelle le Saint-Office s'est couvert de ridicule. Il convient de rappeler que l'affaire Galilée est née d'une apparente vétille : la question de savoir si la variabilité du ciel était conforme aux Saintes Ecritures. Je vous mets instamment en garde contre la tentation de recommencer une aussi funeste erreur. »

Interruption suffoquée d'Ugo Pironio, ermite augustin : « Le concile de Trente a interdit toute interprétation des Saintes Ecritures susceptible de contredire celle des Pères de l'Eglise ! Galilée a été justement condamné. »

Le cardinal Jellinek, de plus en plus véhément : « Dans le cas présent, nous ne parlons pas de droit canonique. Il s'agit des dommages que les agissements du Saint-Office ont causés à l'Eglise et du fait que, par l'inadvertance des responsables, une broutille peut devenir une *causa causarum.* »

Monseigneur Ugo Pironio, outré : « En fonction des connaissances de l'époque, il était établi que le soleil se mouvait dans le ciel autour de la terre et que la terre reposait, immobile, au centre de l'univers. Toute personne quelque peu cultivée pouvait aisément le vérifier auprès des Pères de l'Eglise, et aussi bien dans les Psaumes, chez Salomon ou Josué. L'Eglise pouvait-elle tolérer que les Ecritures soient remises en question ? Quel laps de temps se serait-il écoulé avant qu'un nouvel hérétique vienne prétendre que Notre-Seigneur n'avait pas chassé Adam et Ève du Paradis terrestre mais que c'était eux qui l'en avaient expulsé, pour en demeurer les seuls maîtres, ce qui pouvait se prouver par les mathématiques, l'astronomie et que sais-je encore !... »

Sitôt dit, Pironio se signe à la hâte.

« Vous semblez oublier, mon cher frère en Jésus, que Galileo Galilei était dans le vrai, qu'en conséquence le Saint-Office se trouvait dans l'erreur, et que ce ne sont pas les mathématiques, la géométrie ou l'astronomie qui dans ce cas se trompaient mais la théologie. Ou alors, le soleil tournerait-il encore autour de la terre chez les ermites de saint Augustin ? »

Ces paroles de l'Eminentissime cardinal Joseph Jellinek ayant provoqué quelques rumeurs, il reprend, assurant que Galilée aurait parfaitement reconnu que, pour ce qui était de la merveilleuse instruction sur la révélation divine et la félicité éternelle, la théologie avait suprématie sur toute autre science, il serait même allé jusqu'à lui décerner le titre de reine des sciences, mais aurait réclamé dans le même temps qu'elle ne s'abaisse pas aux futiles et viles spéculations des sciences inférieures qui ne contribuaient aucunement à la félicité et dont les tenants n'avaient pas à s'octroyer l'autorité de trancher dans des domaines spécialisés où leur compétence faisait défaut.

Monsignore Ugo Pironio, furibond, se met aussitôt à réciter un passage du texte « *Genesis ad literam* » de saint Augustin (quel prédicateur du repentir aurait pu se montrer plus véhément ?) : « *Hoc indu-*

bitanter tenendum est, ut quicquid sapientes huius mundi de natura rerum demonstrare potuerint, ostendamus nostris libris non esse contrarium ; quicquid autem illi in suis voluminibus contrarium Sacris Literis docent, sine ulla dubitatione eredamus idfalsissimum esse, et, quoquomodo possumus, etiam ostendamus... »

L'Eminentissime Mario Lopez, prosecrétaire de la Congrégation pour la doctrine de la foi et archevêque *in partibus* de Caesarea, en réponse à l'orateur précédent : « Le rôle des Ecritures n'est pas plus d'expliquer les conditions cosmiques que celui de la science n'est d'expliquer la doctrine du salut de notre Sainte Mère l'Eglise... Ces mots, mon cher frère en Jésus, ne sont pas de moi mais de Galileo Galilei. »

L'Eminentissime cardinal Jellinek, interrompant l'orateur : « Les Ecritures n'entendent pas enseigner la constitution des choses puisqu'elle ne contribue en rien au salut. Rappelez-vous l'encyclique *"Providentissimus Deus"* de Sa Sainteté Léon XIII... »

Le prosecrétaire de la Congrégation pour la doctrine de la foi, reprenant : « Voudriez-vous revenir à la situation du Moyen Age, quand on prétendait que la géométrie, l'astronomie, la musique et la médecine étaient plus sérieusement traitées dans les Ecritures saintes que chez Archimède, Galien ou Boèce ? Galilée n'a rien prétendu d'autre que ce que les clercs de son temps étaient en mesure de prouver scientifiquement, soit certains phénomènes de la nature, quand tant d'autres enseignaient seulement des hypothèses. Il avait raison de se refuser à discuter du bien-fondé des découvertes des premiers puisqu'elles étaient prouvées par la science, ce qui ne l'empêchait pas de rechercher toute preuve lui permettant de débusquer d'éventuelles erreurs. Pouvait-il y avoir savant plus honnête ? En tout cas, en ce qui me concerne, m'apparaît honnête l'argumentation du Florentin quand il assure que, les preuves scientifiques n'ayant pas à être subordonnées aux Ecritures, il convient de simplement les déclarer en divergence avec elles, de sorte qu'avant de décider que telle ou telle explication d'un phénomène naturel est à condamner, il reste à démontrer que toute preuve scientifique lui manque. Ce qui n'incombe pas à ceux qui tiennent cette explication pour juste mais à ceux qui la mettent en doute. »

« *Accessorium sequitur principale !* » Une fois encore le cardinal Jellinek frappe la table de la main, réclamant qu'on en revienne au sujet de la réunion. Il a, dit-il, évoqué le cas de Galilée pour démontrer que la doctrine de la Sainte Mère l'Eglise subissait moins de dommages de par ses adversaires que par l'inadvertance et la maladresse de ses propres partisans. C'est dans ce contexte qu'il fait allusion à la trop longue dispute entre Dominicains et Jésuites à propos de la doctrine de saint Augustin sur la prédestination, dispute qui a autant nui à l'une qu'à l'autre des deux parties.

Aussitôt s'élèvent de furieuses protestations, à peu près inintelligibles car simultanées et venues des personnes suivantes : Adam Melcer de la Compagnie de Jésus, le père Desiderio Scaglia titulaire de San Carlo, Felice Centino titulaire de Sant'Anastasia, ainsi que l'Eminentissime Giuseppe Bellini, préfet de la Congrégation pour les sacrements et le culte divin, plus spécifiquement pour la liturgie et la pastorale.

L'orateur, après avoir eu quelque difficulté à se faire entendre et à ramener la discussion à sa raison de base — l'interprétation des signes de la chapelle Sixtine —, donne la parole au restaurateur en chef, Bruno Fedrizzi.

Ce dernier, se référant à la technique spécifique de la fresque et aux analyses chimiques pratiquées, décrit en détail et dans l'ordre de leur apparition la découverte des huit caractères sur les livres et rouleaux d'écriture du prophète Joël, de la sibylle d'Erythrée et d'autres personnages — c'est-à-dire : A-IFA-LU-B-A — qui ont été ajoutés *a secco* par Michel-Ange, après achèvement des fresques, en même temps que de rares corrections sur les contours, les proportions et les perspectives.

Intervention du cardinal secrétaire d'Etat Giuliano

Cascone, demandant s'il convient d'exclure que les signes en discussion aient pu avoir été ajoutés à une époque ultérieure et par une autre main que celle de Michel-Ange.

En réfutation de cette éventualité, Fedrizzi donne pour preuve que les mêmes pigments minéraux que ceux retrouvés dans les signes étaient présents dans les parties d'ombre des scènes de l'Ancien Testament. En conséquence quiconque mettrait en doute la paternité de Michel-Ange pour ces signes devrait également la lui refuser pour les peintures du plafond de la chapelle Sixtine.

Question de l'Eminentissime cardinal secrétaire d'Etat : « A-t-on répertorié sur d'autres œuvres du Florentin de quelconques signatures ? »

Riccardo Parenti, professeur d'histoire de l'art à l'université de Florence, apporte la réponse : « Selon l'usage de son temps, Michel-Ange ne signait pas ses œuvres, abstraction faite de celles où il incluait son autoportrait. Les traits de Michel-Ange, dans la figure du prophète Jérémie ainsi que dans la peau écorchée de saint Bartholomé dans le Jugement dernier, ne sont guère contestés. Mais, à ce jour, aucune explication pertinente n'a été apportée, au-delà de la simple constatation, sur cette singularité du Florentin. »

Intervention du cardinal Jellinek : « Ainsi donc, ces mystérieuses inscriptions caractériseraient parfaitement le Florentin... »

Réponse de Parenti : « Parfaitement. D'autant plus que Michel-Ange n'a guère eu l'occasion de s'adonner à la peinture, hormis dans la Sixtine. Et nul n'ignore que les peintures de la Sixtine ont été exécutées sous la contrainte matérielle, avec un certain nombre d'humiliations aptes à créer chez l'artiste un sentiment de haine envers le pape et la curie. Que des idées de vengeance se soient également fait jour, cela n'aurait rien d'étonnant. Il semble difficile de considérer la scénographie choisie par l'artiste pour la chapelle personnelle du pape autrement que comme une provocation. Qu'on imagine le scandale que cela représenterait si quelque artiste contemporain, chargé de peindre aujourd'hui la chapelle privée de Sa Sainteté, y faisait figurer de séduisantes dames et d'avenants messieurs, tout nus et correspondant aux critères de beauté actuels, se produisant dans des scènes fort peu chrétiennes, avec référence à la drogue, à la franc-maçonnerie et au hard-rock ! »

Agitation au Saint-Office.

« De son différend avec le pape, poursuit Parenti, le Florentin est sorti vainqueur. Par un ultime défi, il a dédaigné toute représentation en rapport avec le Nouveau Testament et, à la place, il a fait surgir des messagers du monde de l'esprit et des esprits, en hommage au néoplatonicisme et à l'Antiquité dénoncés comme païens par l'Eglise. On en est encore à se demander comment Jules II a pu n'émettre aucune protestation à propos de ces figures... »

Interruption du cardinal Jellinek, préfet de la Congrégation pour la doctrine de la foi : « Sa Sainteté Jules II ne s'est pas contentée de protester, elle en est venue à de vives altercations avec le trop obstiné artiste ! »

Exclamation du *Padre* Augustinus Feldmann, conservateur des Archives du Vatican et premier archiviste de Sa Sainteté : « Comment, obstiné ? Tout artiste digne de ce nom se doit d'être obstiné ! »

Question de l'Eminentissime cardinal Jellinek : « Comment devrions-nous comprendre cela ? »

Réponse de l'interpellé : « Oh, c'est très simple. L'art qui mérite ce nom ne peut se laisser acheter. Ou, pour m'exprimer en d'autres termes, il faut être insensé pour croire que l'art soit achetable. La *causa* en délibération aujourd'hui en est le meilleur exemple. Sa Sainteté a cru que Michel-Ange honorait son contrat, ce qui, superficiellement, pouvait sembler le cas, alors que l'artiste s'est si bien vengé de son humiliant commanditaire que celui-ci ne s'en est même pas aperçu. Autant le reconnaître : la configuration du grand spectacle du monde telle que Michel-Ange l'a peinte au plafond de la Sixtine permet en fait toutes les interprétations, et le point de vue selon lequel l'artiste aurait, dans un élan de création symboliste, voulu représenter les trois états de l'existence de l'homme créé par Dieu, l'entité du corps, celle de l'esprit et celle de l'âme, ne me satisfait guère. En tout cas, pas avec ce symbolisme-là. Le quotidien, la vie de l'homme sont remplis de symboles qui rappellent, ordonnent et interdisent, qui se recoupent et se combattent. Un symbole absolu, un symbole qui à toutes les époques, dans toutes les cultures, présenterait la même signification, cela n'existe pas. Même la croix qui, pour nous, semble un symbole paléochrétien — celui de la résurrection pascale et de la foi —, prend dans d'autres cultures une signification tout à fait différente. D'autre part il peut exister, pour tout, plusieurs et même parfois de nombreux symboles. J'entends par là qu'il convient de se demander pourquoi, pour exprimer de façon énigmatique ce qu'il voulait communiquer, Michel-Ange a eu besoin de recourir à des prêtresses païennes et à des magiciennes. Il est un fait que, même si les sibylles ont des visions divines, ces dernières ne répondent pas de ce Dieu tout-puissant que notre Sainte Mère l'Eglise loue comme le plus haut, mais d'un de ceux qui résident sur les pentes de l'Olympe. »

L'Eminentissime cardinal Jellinek : « *Padre,* vous parlez comme un hérétique. »

Padre Augustinus : « Je ne fais que reproduire ce qui saute aux yeux, s'il possède le don de la vue, de tout chrétien un peu cultivé. Et j'y fais seulement allusion pour que ce concile aborde cette découverte avec prudence et pour qu'un jour nous ne nous retrouvions pas aussi désemparés que l'a été Sa Sainteté le pape Jules II. »

Question de l'Eminentissime cardinal secrétaire d'Etat Giuliano Cascone : « Et quelle signification attribuez-vous à cette écriture dont Fedrizzi nous a fait la surprise ? »

« Jusqu'à présent, commence le *Padre* Augustinus Feldmann avec une pointe d'hésitation, je ne saurais donner une explication probante de ces huit lettres.

Il existe certainement des gens plus compétents que moi pour remplir cette tâche, mais je puis exposer mon point de vue personnel. C'est bien, à ce qu'il me semble, pour cela que nous sommes tous réunis en ce lieu... »

(Rumeurs d'approbation dans l'assistance.)

« ... Je crois que nous nous trouvons ici en présence d'une tentative typique de syncrétisme entre des pensées religieuses d'origines diverses, mais qui pèche grandement par manque d'unité interne et d'adhésion sans faille. »

Prise de position de l'Eminentissime Mario Lopez, prosecrétaire de la Congrégation pour la doctrine de la foi et archevêque *in partibus* de Caesarea : « Cette pensée n'a rien d'original, elle a déjà été largement discutée. Déjà au XVIe siècle, on nommait syncrétistes ces philosophes qui voulaient concilier Platon et Aristote ce qui, nul ne l'ignore, est tout bonnement impossible. Mais votre remarque, très cher frère, se rapporte sans doute davantage à la thématique de la peinture qu'à l'interprétation des signes en question ! »

Padre Augustinus : « En effet, c'est ainsi. Mais je l'ai évoqué parce qu'on peut présumer que ces signes contiennent eux aussi une sorte perfide de syncrétisme. »

« Si je vous comprends bien, nous devrions nous préparer à prendre conseil pour le décryptage de ce mystère auprès non seulement d'un de nos propres théologiens mais aussi de... »

Le curateur des musées du Vatican, le *Padre* Pio Grolewski, des moines prêcheurs, est bruyamment et véhémentement interrompu par l'Eminentissime cardinal secrétaire d'Etat Cascone : « Sera-t-il besoin de rappeler au concile que c'est *specialissimo modo* que nous nous consultons ? Notre tâche consiste à éviter que l'Eglise et la curie se couvrent de ridicule. Et si, en raison de cette découverte, nous devions nous trouver confrontés à un problème théologique, eh bien notre tâche, la tâche de ce concile, serait de résoudre ce problème *specialissimo modo* ! »

Silence.

L'Eminentissime cardinal secrétaire d'Etat : « Je voudrais être tout à fait clair. Rien de ce qui aura été dit au cours de ce concile ne pourra filtrer vers l'extérieur tant que nous n'aurons pas trouvé une explication de cette *causa*. Notre principe fondamental devant rester : la doctrine passe avant l'art. »

Desiderio Scaglia, archiprêtre titulaire de San Carlo, rappelant alors que les fresques de Michel-Ange sont depuis des siècles une source de foi pour des millions de chrétiens, souligne que les représentations du Dieu créateur de l'Ancien Testament ont permis la conversion de nombreuses générations. La *causa* en question présenterait donc moins un problème de théologie que de savoir jusqu'à quel point cette affaire devrait être divulguée.

Adam Melcer, de la Compagnie de Jésus, rappelant de son côté qu'en inspectant l'état des lieux dans la chapelle Sixtine il n'a aucunement reconnu ces signatures (pour au mieux les subodorer), avertit qu'il se refuse à discuter avec un tel sérieux à partir de simples suspicions.

Sans prononcer le moindre mot le professeur Pavanetto, directeur général des Musées et Bâtiments du Vatican, pousse devant lui sur la table une pile de photographies qu'Adam Melcer contemple à travers ses lunettes repliées.

« Mais cela ne prouve rien du tout ! répète le jésuite après l'étude attentive de chacun des clichés. Cela ne veut rien dire ! Si la foi chrétienne exige de tenir pour vrai ce qui n'est pas corroboré par le nécessaire témoignage sans faille de la perception et du raisonnement, pourquoi se refuserait-elle à ne pas tenir pour vrai ce dont témoignent la perception et le raisonnement ? »

L'Eminentissime Mario Lopez, prosecrétaire de la Congrégation pour la doctrine de la foi et archevêque titulaire de Caesarea, ne pouvant se contenir : « Verbiage de jésuite ! Ces messieurs de la Compagnie de Jésus sont depuis toujours experts dans l'art de s'adapter à n'importe quelle situation, tout en faisant le minimum d'efforts pour correspondre à son exigence. *Et omnia ad majorem Dei gloriam,* bien entendu ! »

L'Eminentissime cardinal Jellinek, se voulant apaisant : « Je vous en supplie, mes frères, de la modération ! De la modération, pour l'amour de Notre-Seigneur Jésus-Christ ! »

Adam Melcer : « Que l'Eminentissime cardinal Lopez fasse d'abord amende honorable, non pas envers moi dont l'honneur est de peu d'importance, mais envers la *Societas Jesu* qui ne peut en être réduite à se laisser insulter par des ecclésiastiques asiatiques... » Il se lève, faisant mine de vouloir quitter la salle.

L'Eminentissime cardinal Jellinek en appelle aussitôt au calme et à la pondération, et il exhorte *ex officio* Adam Melcer à retourner à sa place.

Melcer s'inquiète alors de savoir si Jellinek lui a expressément parlé *ex officio,* faute de quoi, en raison du grave manquement de l'Eminentissime archevêque titulaire de Caesarea, il ne pourrait suivre sa recommandation. C'est seulement après avoir obtenu la confirmation que cette recommandation lui a bien été faite *ex officio* que Melcer accepte de réintégrer sa place, non sans annoncer tout en manipulant rageusement ses lunettes qu'il ne manquera pas d'en appeler au confesseur apostolique pour obtenir réparation.

Après donc apaisement des deux parties, le cardinal Jellinek pose la question suivante : « Existe-t-il un lien interne entre les signes incriminés et la représentation des prophètes et des sibylles ? Par exemple la lettre A permet-elle une interprétation en rapport avec les prophètes Joël et Jérémie, la lettre B pourrait-elle être une indication concernant la sibylle de Perse, les lettres L U se rapporteraient-elles à Ezéchiel et I F A à la sibylle d'Erythrée ? »

Le *Padre* Augustinus Feldmann, conservateur des Archives du Vatican, prend la parole pour rappeler tout d'abord la signification hébraïque du nom de Joël, *id est* : Jahvé est Dieu. Sa prophétie faisait allusion au jour de Jahvé avec la descente du Saint-Esprit sur Israël et le jugement des païens. Elle était d'une inhabituelle concision, contrairement aux prophéties prolixes d'Ezéchiel qui remplissaient tout un volume avec leurs lamentations des morts, les soupirs et les cris de douleur. Les chants d'amour pleins de verdeur s'y trouvaient élevés à une conscience religieuse. Toutefois, même en faisant appel aux sciences obscures comme la mystique des lettres ou des chiffres, on ne parvient à découvrir aucun lien entre les signes et les prophètes, ce qui vaut également pour les sibylles.

Remarque du professeur Antonio Pavanetto : « Ne devrait-on pas accorder une plus grande attention au fait que les prophètes Joël et Ezéchiel sont désignés, quand tant Jérémie, Daniel qu'Isaïe ne portent aucune marque distinctive ? Question qui naturellement concerne de la même façon les sibylles puisque seules deux d'entre elles, celles d'Erythrée et de Perse, ont été ainsi marquées quand tant la sibylle de Delphes que celle de Cumes n'ont eu droit à aucun ajout. »

Cette question, bien qu'approuvée par l'ensemble des participants, n'ayant reçu aucune réponse, la clef de l'énigme est demeurée en suspens.

L'Eminentissime Frantisek Kolletzki, prosecrétaire de la Congrégation pour l'éducation catholique, indique ensuite que l'enseignement ésotérique israélite s'est servi de la magie des lettres et des nombres et que, dans la Kabbale, les lettres possédaient des valeurs numériques précises à l'aide desquelles des prédictions pouvaient être élaborées...

« Comment des signes kabbalistiques auraient-ils pu parvenir jusqu'au plafond de la chapelle Sixtine ! interrompt avec fougue Desiderio Scaglia, archiprêtre titulaire de San Carlo. Voudriez-vous prétendre que Michel-Ange était un kabbaliste, un hérétique ? Je suis d'avis que nous devrions plutôt envisager des explications plus aisées à concevoir, du genre de ces formules de bénédiction en usage au Moyen Age qui ont été considérées par l'Eglise — je ne vous apprendrai rien — comme autant de superstitions : les premières lettres de chaque mot représentaient des formules d'invocation. La plus célèbre, la bénédiction de Zacharie contre la peste, dont les premières lettres apparaissent sur des amulettes, des scapulaires, des cloches et même des croix, reprend à sa manière la formule de bénédiction de saint Benoît. Si ma foi chrétienne m'interdit évidemment de répéter la série de ces lettres, je puis toutefois assurer qu'elle ne présente aucune similitude avec la série qui nous occupe ici. »

Le cardinal Giuseppe Bellini, préfet de la Congrégation pour les sacrements et le culte divin, demande alors si l'on a déjà pensé à procéder ici à des recherches concernant la notation des sons par des lettres. La plus ancienne méthode connue pour consigner la musique, rappelle-t-il, consistait à employer les lettres de l'alphabet pour indiquer les notes. Ce n'est qu'aux approches de l'an mil que le système de la portée a été répandu. Mais saint Odon de Cluny a continué à consigner ses émouvants chants grégoriens par le truchement de lettres.

« Si je vous comprends bien, monsieur le cardinal, intervient alors l'Eminentissime cardinal Jellinek, vous soupçonneriez Michel-Ange d'avoir dissimulé derrière ces lettres une mélodie faisant allusion à quelque message... »

Approbation d'une grande partie de l'assistance, à l'exception des protestations émises à la fois par le père mariste Pier Luigi Zalba, par Ugo Pironi, ermite de saint Augustin, et par fra Felice Centino.

« Mes frères, ne nous laissons pas entraîner, s'exclame ce dernier avec irritation, et tenons-nous-en aux faits. Nous sommes en train de discuter de formules conjuratoires païennes et de textes étrangers mis en chanson au lieu de rechercher la connaissance en de pieuses prières. Que le Seigneur soit avec nous. »

Réponse de l'oratorien Augustinus Feldmann : « Quotidiennement la foi chrétienne quitte le domaine des faits, je dirais même qu'elle est l'ennemie des faits, et ce qui semble incompréhensible ne devient admissible que sous le signe de la foi. Aucun citoyen ne doutera de la révélation secrète de Jean qui, au-delà de la temporalité, est un message de consolation pour toute génération chrétienne. Pourtant l'Apocalypse contient nombre d'énigmes et de passages non encore élucidés de nos jours. Voulez-vous, mes chers frères, douter à cause de cela du contenu véridique et du message de cette Apocalypse ? Voulez-vous contester, sous prétexte que Jean est parfois incompréhensible et l'objet d'interprétations païennes, que sa révélation corresponde pour l'essentiel à celle que Notre-Seigneur Jésus-Christ a lui-même délivrée vers la fin de sa mission terrestre ? »

A une intervention du cardinal Jellinek, réclamant des précisions, l'orateur répond :

« Comment pourriez-vous interpréter l'Apocalypse 13, 11-18, sinon à l'aide de la magie des nombres ? Jean dit avoir vu s'élever de la terre une bête ayant deux cornes semblables à celles d'un agneau mais parlant comme un dragon, et que celui qui possède l'entendement calcule le nombre de la bête, car il s'agit du nombre d'un être humain et que ce nombre est 666. Ce texte est dans les Ecritures, vous le connaissez tous. »

Question, probablement en provenance de fra Felice Centino : « Tout texte demande-t-il donc à être interprété ? »

Réponse : « Non, sûrement pas. Un chrétien peut croire par simple amour de la foi ; mais l'enseignement même de Notre-Seigneur Jésus-Christ contient une incitation à l'interprétation. Qu'est-ce donc que cette bête qui possède le nombre d'un être humain, le fatidique 666 ? Un siècle déjà après Jean, il n'était plus possible de répondre à cette question à laquelle, aujourd'hui encore, la théologie chrétienne n'offre toujours pas de réponse, à moins que... »

Des exclamations fusent de la salle : « A moins que quoi ? »

« A moins que nous appelions à l'aide la magie gréco-orientale des nombres de la gnose. »

Tandis que des protestations jaillissent de toute part, fra Felice Centino, titulaire de Sant'Anastasia, se signe en s'écriant : « Seigneur, ayez pitié de nous ! »

L'Eminentissime cardinal Jellinek : « Poursuivez, mon cher frère ! »

Le *Padre* Augustinus, jetant un regard mal assuré autour de lui : « Ce que j'ai à rapporter est accessible à quiconque voudrait bien se donner la peine d'aller lire dans les Archives du Vatican, je vous prie de tenir cela en esprit. Vers 130 après la naissance de Notre-Seigneur, la secte du gnostique néoplatonicien Basilide a semé un grand trouble. Elle usait, parmi d'autres, du mot ABRAXAS comme signe de reconnaissance entre ses affidés mais également comme formule magique. Ce mot, probablement constitué des initiales des divers noms donnés à Dieu par les Hébreux, présente d'autres particularités outre celle d'avoir sept lettres. Ainsi, toujours d'après cette secte, il contiendrait la valeur numérique 365 symbolisant le nombre de jours de l'année, le Tout, ce qui rassemble et le divin : A = 1, B = 2, R = 100, A = 1, X = 60, A = 1, et S = 200. Le mot Meithras (la diphtongue « mei » vient du grec) donne également d'après cette magie des lettres le nombre 365 quand Iesous — de nouveau avec la diphtongue grecque — donnerait 888... Mais, pour en revenir à l'Apocalypse de Jean et au nombre énigmatique de 666, cette somme serait obtenue par la série de lettres suivantes : AKAEDOMITSEBGE. Ce qui ne semble pas plus absurde que les énigmatiques inscriptions de Michel-Ange. Si l'on part du principe et de la quasi-certitude que Jean a rédigé son Apocalypse en langue grecque, et si l'on divise les lettres par groupes il en résulte A. KAE. DOMIT. SEB. GE., soit l'abrégé correct du nom de souverain de l'empereur Domitien : Autocrator Kaesar Domitianos Sebastos Germanikos. Jean a rédigé son Apocalypse sur l'île grecque de Patmos, colonisée par l'Empire romain, et l'on ne peut exclure qu'il ait voulu de la sorte fustiger le culte qu'on vouait à cette époque à l'empereur déifié de son vivant. »

Après qu'un long silence a suivi le discours du *Padre* Augustinus, le cardinal secrétaire d'Etat Giuliano Cascone interroge : « Vous penseriez donc que les inscriptions faites par Michel-Ange pourraient être de nature similaire, que le Florentin aurait utilisé la magie des lettres et des nombres d'une secte païenne pour couvrir de honte tant le pape que notre Sainte Mère l'Eglise ? »

A la réponse en forme de question : « Auriez-vous une meilleure explication ? », aucune autre réponse n'étant faite, le cardinal Jellinek, préfet du concile, prend à son tour la parole et, assurant que la discussion vient de démontrer combien il convenait de ne pas sous-estimer le problème posé, il charge *ex officio* le père Augustinus Feldmann, conservateur des Archives du Vatican et premier archiviste de Sa Sainteté, de constituer une documentation sur les sciences occultes et leurs rituels du temps des papes Jules II, Léon X, Adrien VI, Clément VII, Paul III, Jules III, Marcel II, Paul IV et Pie IV. De son côté, le professeur Antonio Parenti, professeur d'histoire de l'art à l'université de Florence, se voit attribuer la tâche de rechercher les motivations de Michel-Ange et ses éventuels points de convergence avec des courants d'idées hostiles à l'Eglise. Quant à l'Eminentissime Frantisek Kolletzki, prosecrétaire de la Congrégation pour l'éducation catholique et recteur du Collegium Teutonicum, il est désigné *specialissimo modo* pour prendre conseil auprès d'un sémiologue dans le domaine de l'interprétation des signes.

La date du prochain concile est fixée au lundi suivant la Chandeleur.

Pour la conformité du protocole ci-dessus, ont signé :

— *il signore* Antonio Barberino, notaire ;

— *il signore* Eugenio Berlingero, préposé au procès-verbal ;

— *il signore* Francesco Sales, copiste.

Entre le deuxième et le troisième dimanche suivant l'Epiphanie

Augustinus, l'oratorien, ne se souvenait pas d'avoir jamais été convoqué par le cardinal secrétaire d'Etat Giuliano Cascone, malgré ses presque trente années de service. Mais il est vrai que l'archiviste se trouvait tout en bas de l'échelle hiérarchique de la curie romaine. Augustinus était habitué à recevoir des ordres par écrit, et il exécutait méticuleusement les missions qui lui étaient confiées. La curie fonctionne avec un mécanisme d'horloge dont lui, Augustinus, n'était jamais que le plus petit rouage. L'oratorien avait d'autant plus été surpris quand *monsignore* Raneri, le premier secrétaire du cardinal secrétaire d'Etat, l'avait prié de venir dans son bureau, et il s'était hâté de répondre à cette convocation. Il se mit donc en route par le cortile della Pigna, déclina son nom et le but de sa visite au portail du cortile de San Damaso et, après vérification téléphonique, fut admis à entrer.

Le cardinal secrétaire d'Etat était un des très rares cardinaux à non seulement travailler au Vatican mais à s'y trouver également logé. Dès le premier étage, le caquetage sonore d'un basson pénétra les oreilles du visiteur : pour la plus haute gloire de Dieu, pour le contentement de la curie mais aussi pour son plaisir personnel, *monsignore* Raneri, premier secrétaire du cardinal secrétaire d'Etat Cascone, aimait à souffler, dès qu'il pouvait trouver une minute de libre, dans son instrument à vent à double anche. Arrivé au deuxième étage après avoir parcouru nombre d'antichambres qui donnaient les unes sur les autres et dont l'une lui demeura plus particulièrement en mémoire car elle était décorée d'un baldaquin rouge sous lequel était suspendu le blason du cardinal, et une autre qui était seulement meublée d'une console sur laquelle était posée devant un crucifix la barrette rouge à trois cornes dudit cardinal, Augustinus parvint enfin à l'*anticamera nobile.* Là aussi l'ameublement était réduit au strict nécessaire, en tout cas la table avec sa douzaine de sièges à haut dossier y semblait tout esseulée. Le secrétaire qui avait accompagné Augustinus lui désigna un siège et, sans un mot, disparut par une des deux portes frontales. Les murs de la haute salle étaient tapissés de damas rouge ; les grandes fenêtres, voilées de brocart broché de fils d'or, laissaient seulement filtrer dans la pièce une lumière tamisée.

Une des deux portes s'ouvrit bruyamment et le cardinal secrétaire d'Etat Cascone, suivi de son premier secrétaire et d'un assistant secrétaire qu'Augustinus ne connaissait pas, pénétra dans l'*anticamera* en tendant les bras comme s'il apportait le salut. Augustinus se leva, s'inclina et le cardinal secrétaire d'Etat dit d'une voix forte : « *Padre Augustinus laudetur Jesus Christus !* » Puis, d'un geste impératif de la main, il signifia à son visiteur de se rasseoir et se rendit de l'autre côté de la table pour faire de même. Il lança un tel regard à ses deux secrétaires, qui s'apprêtaient à se poster derrière lui, que ceux-ci s'éloignèrent et sortirent sans saluer.

Pendant un instant, le cardinal et l'archiviste demeurèrent silencieux face à face.

— *Padre,* commença sur un ton embarrassé le cardinal secrétaire d'Etat, je vous ai fait venir parce que j'apprécie votre circonspection et la pertinence dont vous faites preuve dans vos rapports aux documents. Nous sommes, *Padre,* membres l'un et l'autre d'un corps imposant, celui de la curie. Et s'il me revient, à moi, l'énergie du bras qui agit et construit, vous, *Padre,* vous êtes la mémoire qui ne laisse rien échapper, ni le bien ni le mal.

Augustinus, se demandant ce qu'il lui fallait répondre à un tel exorde, gardait le regard baissé. Il se décida enfin :

— Pour la plus grande gloire de Dieu et de l'Eglise, Votre Eminence !

Puis, après un court silence, il ajouta :

— J'ai eu l'honneur de me trouver au service de cinq papes, pour quatre d'entre eux j'ai établi et cacheté le protocole de leur décès, j'ai recopié et classé une demi-douzaine d'encycliques, rempli de mon écriture d'innombrables *buste*. Je crois pouvoir dire que j'ai laissé des traces, cela est vrai.

— Il me semble en effet, reprit le cardinal, que cela peut suffire pour une vie humaine...

— Oh, non ! interrompit l'archiviste.

— Comment donc, non ?

— Votre Eminence, je crois comprendre ce que vous voulez dire ! Vous voulez dire que j'ai suffisamment travaillé, que je devrais m'en retourner dans mon monastère et y consacrer la fin de mon existence à louer le Seigneur ! s'écria l'archiviste dont la voix devenait de plus en plus forte et tremblante à la fois. Mais je ne le peux pas ! J'ai besoin de mes *buste*, de mes *tondi*, j'ai autant besoin de la poussière des archives que de l'air que je respire. Quelqu'un a-t-il jamais pu me reprocher de la négligence, du débraillé ? Un document est-il jamais demeuré introuvable ?

— Mais non, *Padre* Augustinus. C'est justement parce que vous avez toujours rempli votre mission sans faute qu'il semble indiqué que vous vous arrêtiez avant que surgissent les premières récriminations, avant que s'introduisent les premières erreurs et que n'importe qui puisse se plaindre de ce que le père Augustinus se faisait tout de même bien vieux, que sa mémoire commençait à flancher...

— Mais ma mémoire se porte très bien, Votre Eminence, mieux même qu'au temps de ma jeunesse, je conserve en tête le chiffre, la cote, le folio de la totalité des compartiments de mes archives, et elles en comportent bien davantage que n'importe quelles autres archives de toute la chrétienté. Citez-moi un manuscrit important de l'histoire de l'Eglise, un codex ou une bulle, je vais aussitôt vous en donner de mémoire toutes les coordonnées et n'importe lequel de mes *scrittori* viendra dans quelques instants vous produire le document !

Le cardinal secrétaire d'Etat Cascone leva les mains au ciel :

— Oh, *Padre* ! s'exclama-t-il. *Padre,* mais je vous crois ! Je crois même qu'actuellement nul n'est davantage qualifié pour cette mission que vous. Seulement je trouverais irresponsable de ma part de vous maintenir dans vos fonctions jusqu'à la fin de vos jours en refusant sa chance à quelqu'un de plus jeune. En fait, j'ai déjà prospecté autour de moi et je suis tombé sur un bénédictin fort capable, le père Pio Segoni du monastère de Monte Cassino. Il a fait des études de philologie ancienne. Et la règle de saint Benoît de Nurcie, vous n'en disconviendrez pas, est bien le meilleur préalable à la condition d'archiviste.

Augustinus, affecté, détourna son regard :

— Ah, c'est donc ainsi...

A cet instant il lui semblait que la construction de sa vie entière s'écroulait sur lui.

— Ah, c'est donc ainsi... répéta-t-il d'une voix à peine audible.

Alors, les paumes de nouveau revenues sur la table, le cardinal secrétaire d'Etat se leva et conclut cet entretien par les mots :

— L'humilité, *Padre,* est le moyen le plus efficace de connaître le ciel... *in nomine Domini !*

Et cette même porte par laquelle était entré Cascone s'ouvrit, comme poussée par la main d'un fantôme, et le premier secrétaire ainsi que le secrétaire assistant refirent leur apparition pour venir chercher le cardinal secrétaire d'Etat.

Augustinus reprit pensivement le chemin par lequel il était arrivé. Le regard fixé devant lui, ses pensées tournaient autour du mot « humilité » et de la question de savoir si Filippo Neri, le fondateur de son Ordre, aurait nommé humilité cette sorte de soumission à laquelle il était contraint, s'il ne l'aurait pas plutôt qualifiée d'abaissement, de soumission d'esclave, s'il ne se serait pas révolté contre un tel acte d'autoritarisme, un tel cynisme. Au cours de toute son existence, jamais Augustinus n'avait eu l'ambition d'être un berger, il était demeuré membre du troupeau, habitué au labeur et fait pour recevoir des ordres. Le mot « pouvoir » lui était étranger. Mais jamais non plus, de toute son existence, l'oratorien ne s'était senti à tel point impuissant. Et grandissait dans son cœur un sentiment qu'il avait tout autant ignoré que par exemple la doctrine islamique : la colère.

Au jour de la conversion de saint Paul

Une fois par semaine Jellinek se complaisait à jouer aux échecs. Jouer n'est peut-être pas le mot qui convient pour parler d'un parcours abordé avec recueillement, avec ses cérémonials, dont celui d'ouverture puis cet autre consistant à simplement effleurer la pièce avant de se décider à procéder au coup suivant, le tout d'un caractère parfaitement rituel. Le cardinal faisait partie de cette catégorie de personnes pour qui « une partie d'échecs » n'est pas un jeu mais une nécessité et qui, même si les circonstances ne leur permettent pas de suivre leur penchant, s'y adonnent malgré tout dans le secret de leur esprit. Plus d'une fois, l'idée d'un nouveau gambit, c'est-à-dire d'une ouverture de jeu au cours de laquelle une ou plusieurs pièces sont volontairement sacrifiées afin d'ouvrir un passage stratégique à sa propre attaque, avait interrompu la pieuse lecture du bréviaire que le cardinal tenait entre ses mains. Et, selon l'usage qui consiste à désigner d'un nom particulier chaque nouvelle formule de jeu, le cardinal Jellinek donnait à celles qu'il trouvait le nom du passage des Saintes Ecritures qu'il était en train de lire à ce moment précis. On connaissait ainsi au Vatican le gambit Romains — 13, qu'il avait découvert le premier dimanche de l'Avent, ainsi que le gambit Ephésiens — 3, qui lui était venu le jour de la fête du

Sacré-Cœur, ce qu'on tolérait avec un sourire indulgent, sans évidemment en connaître l'origine, jusque dans les plus hautes sphères

Le premier adversaire de Jellinek avait été l'ancien secrétaire d'Etat de Sa Sainteté pontificale, le cardinal Ottanni qui, sans malice, avait pris pour habitude d'ouvrir par e2-e4 (à quoi Jellinek répondait, tout aussi invariablement, par un classique e7-e5), mais qui se hissait au cours du jeu à une forme à tel point éblouissante qu'il mettait souvent mat son adversaire. Après la mort d'Ottanni, le cardinal secrétaire d'Etat Jellinek s'était accointé avec l'évêque Phil Canisius, directeur de l'Istituto per le Opere Religiose, œuvres dont les agissements, vus par les profanes, semblaient bien plus en rapport avec l'argent qu'avec la religion. Mais cette alliance fut de courte durée, Jellinek n'appréciant guère l'échange systématique et sans scrupules de pions qui paraissait procurer de grandes satisfactions à l'évêque tandis que, pour lui, l'intérêt du jeu était avant tout de pouvoir élaborer et développer de surprenantes stratégies. Par la suite, il s'était mis à jouer contre *monsignore* William Stickler, cadmériste de Sa Sainteté, la plupart du temps le vendredi et auprès d'une bouteille de vin de Frascati. Stickler faisait un excellent partenaire aux échecs, non seulement parce que son jeu était d'une prudence et d'une élégance telles qu'on l'en jalousait, mais aussi parce qu'il se montrait capable de nommer presque toutes les variantes répertoriées, et connaissait toujours au moins quelque anecdote pour chacune d'entre elles. En sa compagnie, l'univers se rétrécissait à un étroit cercle de lumière dont l'archaïque lampe à pied du salon de Jellinek inondait les soixante-quatre cases de l'échiquier, tandis que seuls les coups réguliers de la pendule baroque rappelaient le temps présent.

Dans la *Sala di merce,* une sorte de trésor des Archives où étaient conservés les présents de grande valeur reçus en offrande par les papes, se trouvait un splendide échiquier aux carreaux d'or et d'émail violet sur lequel, sculptées les unes en or les autres en argent, des pièces de la taille de la paume d'une main étaient disposées, déjà toutes en place pour le jeu. Cet échiquier, cadeau du prince Orsini, se trouvait au milieu d'horloges précieuses, de coupes ciselées et d'incunables, et n'avait jamais été utilisé mais, depuis que Stickler en avait parlé à Jellinek — cela remontait à deux ans déjà —, une partie apparemment sans fin et sans rendez-vous s'était installée, à laquelle aucun d'eux n'avait jamais fait la moindre allusion, même en privé. Et Jellinek, même s'il savait ou croyait reconnaître d'après les réactions sur l'échiquier de son adversaire comment son dernier coup joué avait été perçu, gardait prudemment le silence. Cela leur prenait parfois une semaine, parfois deux, avant que l'un ait fait évoluer d'un cran la configuration du jeu, permettant à l'autre de prendre enfin son tour. Mais il faisait également partie de leur tacite convention que, si le coup précédent n'avait pas encore été joué par l'adversaire, il convenait de se retirer immédiatement de la salle sans rien modifier de sa propre stratégie. Chacun des coups se trouvant souvent fort éloigné du précédent, la possibilité d'y réfléchir longuement leur était offerte. Ainsi, la qualité et le niveau du jeu s'étaient-ils d'autant mieux élevés que le temps avait davantage passé entre chaque trait. Une certaine fois, alors que Jellinek avait mis trois semaines avant de transporter à la *Sala di merce* sa tour de a4 en e4 — ce qui pouvait sembler à première vue d'une déconcertante simplicité mais devait se révéler par la suite comme un véritable coup de maître —, Stickler, après avoir rappelé au cours de leur rencontre hebdomadaire que le plus long championnat du monde avait duré près de vingt-sept années, s'était laissé aller à remarquer que les échecs n'étaient peut-être plus vraiment un jeu de leur âge... Mais sans rien dire de plus.

Ce soir-là, dans son salon du *palazzo* Chigi, après avoir empli les verres comme à chacune de leurs rencontres du vendredi d'un bon petit vin de Frascati, Jellinek, qui jouait avec les blancs, commença par un banal e2-e4, auquel Stickler répliqua en e7-e5, accompagnant ce déplacement de la remarque :

— Les pions sont l'âme du jeu d'échecs.

Le cardinal Jellinek hocha la tête tout en faisant évoluer son fou de droite jusqu'à c4.

— Cette phrase n'est pas de moi, tint à préciser le camériste du pape. Elle date d'il y a deux siècles et c'est le Français Philidor qui l'a prononcée, ce génie des échecs — compositeur par surcroît — mort à Londres.

Le cardinal s'appliquait à ne pas faire attention aux considérations de Stickler qu'il semblait tenir, en ce tout début de partie, pour une peu correcte tentative de diversion destinée à lui faire perdre son calme, ce qui aurait déjà signifié la moitié de la victoire. Evidemment qu'il savait qui était Philidor ! Quel joueur d'échecs méritant ce nom ne le connaissait pas ?

Entre-temps Stickler avait posé son fou de gauche — qu'il s'obstinait à nommer « l'évêque — en c5, sur quoi le cardinal s'empressa de placer sa reine (ce soir-là, il jouait les blancs) en h5, annonçant du même coup : « Echec au roi ! » tandis que Stickler répétait : « Les reines coûtent beaucoup d'argent, les reines coûtent beaucoup d'argent... »

Maintenant, on allait voir ce que valait cette classique agression de Jellinek. Il savait parfaitement qu'en cas de réaction normale de son adversaire un tel trait pouvait devenir une grave erreur, le contraignant à la fuite. De fait Stickler para avec une assurance de professionnel et posa tout aussitôt sa propre reine en e7.

« Non, se dit Jellinek en frôlant du doigt son fou de droite, cela ne semble pas être son jeu. » Stickler, remarquant cette hésitation, eut un sourire. Existe-t-il d'arme plus efficace que le sourire d'un adversaire ? En fait, le camériste n'entendait aucunement désarçonner le cardinal et il dit, comme s'il lui fallait excuser son sourire :

— Ce qu'elle est singulière, cette histoire des

fresques de la Sixtine, une chose vraiment singulière...

Mais, de la sorte, il contribuait involontairement à troubler encore davantage le cardinal.

Comme Jellinek, regardant désespérément son fou, ne disait toujours rien, Stickler ajouta, pour rompre cet embarrassant silence :

— Je serai franc, monsieur le cardinal, au début je n'ai guère prêté attention à toute cette affaire. Je me refusais tout simplement à considérer que huit lettres incompréhensibles au milieu d'une fresque pouvaient faire problème à l'Eglise. Mais ensuite...

Jellinek, tout écoute, s'enquit :

— Oui ? Mais ensuite ?...

Et il posa enfin son fou en f3.

— Ensuite j'ai pu entendre l'explication du *Padre* Augustinus concernant l'Apocalypse de Jean et son interprétation du nombre 666 derrière lequel se dissimule le nom de l'empereur Domitien. Et je dois reconnaître que, obsédé par ces lettres, cette nuit-là, je n'ai pu trouver le sommeil.

— C'est aux noirs de tirer... rappela le cardinal, s'essayant à parler d'une façon détachée pour camoufler sa peur.

Car il avait peur, peur du coup suivant de son adversaire tant il était conscient que celui-ci avait de longue date préparé son attaque, et peur des questions que le camériste risquait de lui poser, face auxquelles il se trouverait aussi désemparé qu'il l'était dans cette phase du jeu. Il avait à l'évidence commis une grave erreur de tactique et il allait lui falloir assister impuissant au mouvement enveloppant du fou de la reine de Stickler passant sur c6 à la contre-attaque.

— Il m'arrive parfois de douter, dit-il après une petite hésitation, que Socrate ait eu raison d'assurer que le meilleur bien pour un homme était la connaissance et le pire des maux l'ignorance. A l'évidence, la connaissance a déjà causé bien des malheurs en ce monde.

— Vous pensez donc qu'il serait préférable de ne

pas connaître la signification des inscriptions sur la voûte de la chapelle Sixtine ?

Jellinek ne répondit rien, effleura son fou d'un geste nerveux, précisant aussitôt selon l'usage et en français « J'adoube » pour signifier qu'il se réservait d'éventuellement corriger son coup, pour reprendre enfin :

— Qu'est-ce qui peut inciter un homme de la trempe de Michel-Ange à accoutrer son œuvre d'une énigme ? Sûrement pas une pieuse intention ! Les énigmes sont toutes filles de Satan et, là-haut, entre les prophètes et les sibylles, je soupçonne la présence du diable. Le diable ne montre jamais son véritable visage, il se cache derrière les masques les plus inhabituels, et les lettres sont ses plus fréquents et ses plus dangereux masques. Car les lettres sont par elles-mêmes inanimées, c'est l'esprit qui seul les éveille à la vie. Une seule lettre peut représenter un mot, et un mot toute une idéologie : aussi bien, une lettre isolée est-elle capable de déstabiliser n'importe quelle idéologie.

Stickler leva la tête. Ce petit discours du cardinal l'inquiétait au plus haut point, rendant fort secondaire la partie d'échecs qui s'était si bien présentée jusqu'alors.

— Vous parlez, remarqua-t-il prudemment, comme si vous en saviez bien plus que ce que vous acceptez de reconnaître.

— Je ne sais rien ! répliqua vivement Jellinek. Rien du tout, sinon ceci : Michel-Ange était mondialement connu, les plus érudites, les plus éminentes personnalités de son temps le fréquentaient. On peut donc supposer que son savoir était également supérieur à celui de la plupart des gens et qu'il a pu explorer de nouvelles dimensions de la conscience par des voies chrétiennement réprouvées. C'est ainsi, et pas autrement, que la peinture hérétique du Florentin peut trouver son explication.

Stickler semblait soudain changé en statue, il était d'une pâleur extrême, au point que le cardinal se demanda ce qui avait pu déclencher une aussi brusque réaction chez son partenaire : était-ce parce qu'il était frappé par ce qu'il venait d'entendre à propos de Michel-Ange, ou bien parce qu'il visait e5 avec sa reine, ou encore parce qu'il venait d'imaginer une nouvelle construction de jeu encore plus dévastatrice ? Le regard de Stickler semblait cloué à côté de Jellinek mais, quand celui-ci se retourna, il ne vit rien qui aurait pu émouvoir son partenaire, sinon un inoffensif papier brun d'emballage sur lequel étaient posées deux pantoufles rouges et une paire de modestes lunettes. Le camériste n'en offrait pas moins l'aspect d'un homme ayant reçu un véritable coup de poing dans l'estomac, ou dont une effroyable découverte venait de glacer tout son sang dans les veines.

Cela faisait peine au cardinal, mais il ne parvenait pas à imaginer que la vue de ce modeste paquet ait pu provoquer un tel choc. Pour un instant, il se demanda s'il ne devait pas expliquer à Stickler comment ces objets insolites lui étaient parvenus, mais la vérité lui semblant trop peu vraisemblable, il préféra s'abstenir.

Brusquement, tout raide, *monsignore* Stickler se leva. Il titubait, porta sa main sur sa poitrine comme s'il avait la nausée. Sans même regarder le cardinal, il dit : « Veuillez m'excuser ! » et, marchant d'un pas d'automate, il quitta la pièce.

Jellinek entendit que s'enclenchait la serrure de la porte d'entrée puis, déconcerté, il tendit l'oreille. Il tendit l'oreille, mais ce fut en vain.

Quatrième dimanche suivant l'Epiphanie

A Saint-Pierre, ce dimanche-là, c'était le cardinal secrétaire d'Etat Giuliano Cascone qui célébrait la messe. Le chœur chantait la *Missa Papae Marcelli* de

Palestrina, sa messe de prédilection. Cascone la célébrait en grande pompe, assisté de Phil Canisius pour diacre, de *monsignore* Raneri pour sous-diacre et de deux dominicains comme acolytes. Il lisait le passage 8, 23-27 de l'Evangile selon saint Matthieu, là où Jésus apaise la tempête :

« ... *Il s'éleva sur la mer une si grande tempête que la barque était couverte par les flots. Et lui, il dormait. Les disciples, s'étant approchés, le réveillèrent et dirent : Seigneur, sauve-nous, nous périssons ! Il leur dit : Pourquoi avez-vous peur, gens de peu de foi ? Alors il se leva, menaça les vents et la mer, et un grand calme se fit...* »

Tout au long de la messe, le cardinal Cascone n'avait pu détourner ses pensées de cette lecture du jour. Le vaisseau de l'Eglise avait déjà surmonté de nombreuses tempêtes, mais ces signes apparus de manière si étrange au plafond de la Sixtine n'en annonçaient-ils pas une nouvelle ? Le cardinal secrétaire d'Etat, en bon timonier conscient de ses responsabilités, haïssait les turbulences.

Il devenait bien difficile, pour ne pas dire impossible, de faire abstraction du secret de la Sixtine. Et quand, après l'ultime choral de la Capella Orsini, les officiants s'en retournèrent en direction de la sacristie, Canisius remarqua : « Tu ne sembles pas dans ton assiette aujourd'hui, mon cher ami... »

En fait, Cascone et Canisius n'étaient pas à proprement parler des « amis », mais plutôt des hommes de la même trempe. Malgré leurs origines différentes — l'un était issu de la noblesse romaine, l'autre fils de fermiers américains —, ils savaient fort bien se comprendre : l'un et l'autre ne disposaient-ils pas de cette logique et du discours sans faille propres aux anciens et studieux élèves des Jésuites ? Toutefois Cascone, secrétaire d'Etat, et Canisius, trésorier, représentant à eux deux toute la puissance séculière du Vatican, leur trop bonne entente était vue d'un œil circonspect par les autres membres de la curie.

Le dimanche matin la Capella Orsini, envahie par les allées et venues froufroutantes de vêtements sacerdotaux d'apparat, ressemblait à une gare céleste. Deux laïcs, membres de la chorale, aidèrent les officiants à se changer. A présent Cascone était revêtu d'un surplis et d'une courte pèlerine couverte d'un manteau de soie rouge, sur la tête une coiffe rouge à galons et à pompon doré, aux pieds des chaussures rouges à boucle d'or. Canisius avait préféré se vêtir sobrement tout en noir. Après s'être changé, le cardinal secrétaire d'Etat prit Canisius à part. La lumière bleu et vert, due aux effigies coloriées des saints sur les vitraux, donnait une teinte blafarde à leur visage. Retirés dans l'encoignure d'une fenêtre, ils se parlèrent à mi-voix.

— Vous êtes tous fous ! chuchotait Canisius. A cause de ces ridicules huit lettres, êtes-vous vraiment tous devenus fou ? Cette agitation me fait penser à une fourmilière dans laquelle quelqu'un aurait fouillé avec un bâton. Jamais je n'aurais cru qu'il était à tel point facile de déboussoler la curie entière — et tout cela à cause de ces ridicules huit lettres !

Cascone leva les mains au ciel :

— Mais Phil, qu'y puis-je ? Le ciel m'est témoin que je ne suis pas responsable d'une telle situation. J'aurais moi aussi préféré que les restaurateurs effacent dès le jour de leur découverte ces signes d'écriture ; maintenant ils sont bel et bien là et ne peuvent être passés sous silence...

— Alors, éclata Canisius, trouvez enfin quelque explication à cette damnée apparition !

Le cardinal secrétaire d'Etat repoussa un peu plus Canisius dans l'encoignure, pour s'assurer que son discours enflammé ne serait pas entendu.

— Phil, répondit-il, je fais tout ce qui est en mon pouvoir afin que nos investigations débouchent sur du concret. J'ai chargé *ex officio* Jellinek de résoudre ce problème. Il a convoqué au concile d'excellents spécialistes, spécifiquement pour y discuter de ce problème sous tous les aspects imaginables...

— Discuter ! Ah, rien que d'entendre cela : « discuter »... quand c'est justement à force de discuter qu'on peut provoquer un problème ! En parlant, on peut amplifier une énigme, la gonfler de telle sorte qu'elle devient problème. Je ne crois aucunement à un secret de la Sixtine, en tout cas pas à un secret susceptible de devenir dangereux pour notre Sainte Mère l'Eglise.

— Que le Seigneur veuille t'entendre ! Mais le monde est avide de secrets. Les gens ne savent plus se satisfaire de disposer de nourriture et de vêtements, de posséder une voiture et d'avoir quatre semaines de vacances, les gens veulent des secrets. Ce n'est pas la perfection religieuse qu'on nous demande, mais ce que la religion peut avoir de mystérieux. Huit signes énigmatiques sur une fresque vieille de plusieurs siècles, voilà de quoi exciter les imaginations. Ce qui pourrait nous arriver de pire dans une telle situation, ce serait que cette découverte soit connue de tous avant que nous ayons trouvé un moyen de l'expliquer.

— Seigneur ! Mais alors trouvez donc une explication, et trouvez-la vite. Tu le sais, j'étais dès le départ hostile à cette recherche, et tu sais également pourquoi j'y étais hostile. Mais maintenant que le diable puant se glisse le long des corridors et lâche de-ci, de-là ses petits tas nauséabonds, mon rejet s'est transformé en colère et en haine, et je me demande comment je puis y faire face.

— *Non in verbis, sed in rebus est !* (Cascone sourit, embarrassé.) Je me demande si renvoyer Augustinus a été une si bonne idée que cela. C'est un homme intelligent, et si quelqu'un était capable d'éclaircir ce mystère, ce serait bien lui. Tu aurais dû l'entendre quand il argumentait pendant le concile : en plus de ses vastes connaissances, il est également doué d'une grande perspicacité. Il s'est habilement servi de l'Apocalypse de Jean pour rappeler que toute énigme peut être résolue dès lors qu'on en possède la clef. Et la clef se trouve généralement là où, dès l'abord, on la soupçonnait de se trouver. Qui saurait mieux que lui résoudre l'énigme de la Sixtine ?

— La raison pour laquelle je t'ai prié de remplacer cet oratorien, dit Canisius qui devenait visiblement nerveux, ne tient pas à son incapacité. C'est justement plutôt son flair que je crains et qu'au cours de ses investigations il jette tout sens dessus dessous et mette en pleine lumière ce qu'il aurait mieux valu laisser dans les ténèbres — tu sais à quoi je fais allusion...

Tandis que parlait son ami, le visage de Cascone trahissait un désarroi grandissant. Tout en répondant d'un mouvement de tête aux saluts muets que lui adressaient les choristes qui s'en allaient, il bredouilla :

— On ne saurait abattre un arbre après avoir jeté la cognée...

— Et le bénédictin du Monte Cassino ?

Le cardinal secrétaire d'Etat roula des yeux :

— Oh certes, dit-il, ce *Padre* Pio est un homme d'expérience, et fort cultivé, mais cela fait quarante ans qu'il n'est plus à Rome et la vue d'ensemble d'un connaisseur comme l'est Augustinus lui manque, si tu comprends ce que je veux dire.

— Pio me convient, aucun danger ne peut nous venir de lui. Tandis qu'Augustinus est un effronté, et nul n'est plus effronté que celui qui a conscience de son propre savoir. Un tel savoir devient alors plus effronté que toutes les putains de Babylone réunies, et dans cette effronterie s'incarne toute la puissance du monde, car le savoir est puissance, dixit le diable en personne !

Cela dit, Canisius pointa les lèvres en avant, comme s'il voulait cracher.

— Tss, tss, tss (Cascone l'exhortait à la modération.) Il sera bien difficile d'avancer sans l'aide d'Augustinus... et d'autre part, tant que l'énigme n'est pas résolue, tant que cette menace fatidique demeure suspendue au-dessus de nos têtes, nous avons toute raison de demeurer inquiets. La peur circule déjà dans nos rangs...

— Peur de quoi ? Des idées hérétiques d'un Michel-Ange ? Notre Sainte Mère l'Eglise en a vu bien d'autres, et elle saura surmonter de même cette menace. Là, j'en suis sûr !

Le cardinal secrétaire d'Etat garda longtemps le silence avant de reprendre :

— Pense au roi Belschatsar qui dans son ivresse insulta à la gloire du Seigneur, pense à la muraille du palais de Babylone dont parle le prophète Daniel, à ces doigts invisibles écrivant sur la chaux cette inscription en araméen, le célèbre *Mené, tequèl, oupharsin* qu'on énonce désormais *Mane, thecel, pharès* et qui se traduit par : « Compté, pesé, divisé » ! Tu connais bien sûr les interprétations qui ont été données à ce texte initialement dépourvu de voyelles. D'aucuns disaient qu'il s'agissait de pièces de monnaie : une mine, un sicle et un demi-sicle, mais Daniel est venu et a tout expliqué : *Compté,* le Seigneur a compté ton règne et y a mis fin ; *Pesé,* tu as été pesé dans la balance et tu as été trouvé léger ; *Divisé,* ton royaume sera divisé. Or, dès la nuit suivante, le roi Belschatsar était assassiné et son royaume démembré.

— Mais cela date de plus de deux mille cinq cents ans !

— Qu'importe ?

Canisius réfléchit :

— Michel-Ange était peintre et non prophète...

— Sculpteur ! rectifia Cascone. S'il a aussi été peintre, c'est contraint par Jules II. Sans doute Sa Sainteté, ne connaissant pas grand-chose à l'art, pensait-elle que celui qui était capable de produire dans le marbre une pietà comme celle commandée par le cardinal français Jean de Groslay de Villiers, devait pouvoir être également capable d'embellir le plafond de la chapelle Sixtine...

— Seigneur Jésus ! murmura Canisius, et Cascone enchaîna :

— ... Nous ne devons donc pas nous attendre à ce que, derrière les signes de Michel-Ange, se trouve dissimulée par exemple quelque pieuse maxime. S'il s'en était seulement pris à une question de doctrine ou s'il avait fait le procès de la Sainte Inquisition — bon, nous savons tous que cet organisme n'a pas toujours eu la main heureuse ! — , nous n'aurions alors guère de souci à nous faire. Mais un être dont l'esprit a fait l'expérience, et avec une telle sensibilité, de la nature de l'homme, de son devenir et de sa consumation, qui n'a pas hésité à représenter Notre-Seigneur Jésus-Christ en archange vengeur, crois-moi, mon cher frère ! celui-là n'aura pas agi en saltimbanque, il passera sur les corps qu'il a lui-même créés comme un vainqueur après la bataille.

— Mon cher Giuliano, je conçois que tes déductions se veuillent logiques et pertinentes, toutefois ton imagination dépasse largement mes facultés d'entendement. Ce qu'il m'est en revanche parfaitement possible d'admettre c'est que, à force de rechercher une solution à ce problème, nous finissions par mettre au jour des choses qui pourraient risquer de devenir pour nous tous un casse-tête encore pire que n'était le problème à l'origine. C'est tout ce que j'ai à dire.

Le cardinal secrétaire d'Etat agita son index levé :

— La *causa* sera traitée *specialissimo modo,* ne l'oublie pas !

— C'est justement pour cela que je fais des réserves, car c'est la meilleure façon d'ouvrir la porte aux suppositions et aux spéculations. Trouve-moi l'exemple d'un secret qui soit jamais demeuré secret entre ces murs. Je dirais même que plus il se veut secret plus on en parle ! Et notre plus grave erreur serait de fermer la chapelle Sixtine.

— Mais personne n'y songe ! s'exclama Cascone. Seulement, qu'adviendra-t-il si cette histoire s'ébruite avant que nous puissions l'expliquer ?

— Je m'y suis rendu en personne pour examiner la chose. Pourquoi ne pas vous contenter de baisser l'éclairage en arguant de la nécessité, requise par les restaurateurs, de tenir les couleurs fraîches à l'écart d'une lumière trop vive, ou n'importe quoi du même genre...

Le cardinal secrétaire d'Etat Giuliano Cascone hocha la tête puis ils cheminèrent ensemble jusqu'au bout du corridor qui ramenait à la basilique Saint-Pierre. Tout en marchant, Cascone murmura : « Je ne sais pas... mais j'ai parfois l'impression que cet événement fait partie d'un plan élaboré par le Seigneur, afin de nous troubler dans notre suffisance. Le monde est mauvais, impudique et mensonger, pourquoi devrait-il en aller autrement ici ? »

Après la colonne d'Andréas, à la croisée du transept, ils pénétrèrent enfin dans la basilique inondée par toutes ses fenêtres de l'éblouissante lumière du printemps. En cet endroit se trouvait la longue liste des papes de l'Histoire. On entendait, venus de la capella della Colonna, les chants d'un choral qui répandaient recueillement et dévotion.

En ce même dimanche

En ce même instant et toujours à Saint-Pierre, *monsignore* William Stickler, le camériste du pape, pénétrait par la nef latérale gauche dans la capella Clementina, sous l'autel de laquelle repose la dépouille du pape saint Grégoire le Grand. Il emprunta le passage de la première travée de la nef latérale et marqua un court arrêt devant la tombe du pape Léon XI. Son regard s'attarda sur l'inscription au milieu des fleurs gravées sur le socle : SIC FLORUI, rappelant combien court avait été le règne de ce Médicis, couronné le 10 avril 1605 et mort le 27 du même mois. Mais dans le même temps il surveillait le confessionnal, monstre baroque lourdement ornementé, pour voir si quelque signal n'en émanait pas à son intention. De loin, il était impossible de savoir si un confesseur s'y trouvait ou non. Mais quand brusquement la fenêtre vitrée à deux battants du milieu s'entrouvrit, un mouchoir blanc fit son apparition. Aussitôt le camériste du pape s'avança d'un pas rapide jusqu'au confessionnal où il pénétra par la porte de droite.

Stickler savait déjà qu'il allait retrouver, de l'autre

côté de la grille, le cardinal Giuseppe Bellini, préfet de la Congrégation pour les sacrements et le culte divin.

— Votre Eminence !... bégaya-t-il sans pouvoir cacher son émoi, et il se mit à chuchoter : Jellinek est en possession des pantoufles et des lunettes de Gianpaolo ! Je les ai vues de mes propres yeux !

L'agitation sembla aussitôt gagner l'autre côté de la grille.

— Jellinek ? chuchota à son tour le cardinal Bellini. En êtes-vous sûr ?

— Et comment que j'en suis sûr !

Stickler ayant un peu trop haussé le ton, le cardinal fit « Chuuuut !... » pour le calmer. Alors le caméristе reprit à voix basse :

— Votre Eminence, je connaissais parfaitement les pantoufles de Sa Sainteté, et tout autant ses lunettes... En admettant même que je n'aie pas été capable de les identifier, croyez-vous sérieusement que pourraient traîner n'importe où des objets ressemblant à un tel point à ceux qui ont si mystérieusement disparu à la mort soudaine de Sa Sainteté ? Non, et j'en mettrais ma main au feu : ce sont en toute certitude les pantoufles et les lunettes de Sa Sainteté, et elles se trouvent enveloppées dans un vulgaire papier d'emballage au salon du cardinal Jellinek.

Bellini se signa et marmonna quelque chose dont Stickler ne put rien comprendre, quelque chose du genre : « Que le Seigneur soit avec nous ! » Puis il se reprit et dit d'abord à haute voix, ensuite sur un ton plus feutré :

— Mon très cher frère en Jésus-Christ !... Vous rendez-vous compte de ce que vous venez de prétendre ? Cela signifierait que, si ce n'est pas obligatoirement le cardinal Joseph Jellinek qui tirait les ficelles, du moins est-il complice de la machination dont Sa Sainteté Gianpaolo a été victime...

— Hélas, je ne vois pas d'autre explication, murmura Stickler, et je suis parfaitement conscient de la portée de cette constatation.

— Seigneur Dieu !... Mais comment avez-vous pu faire une telle découverte ?

— Facile à expliquer, Votre Eminence : une fois par semaine, le cardinal Jellinek fait une partie d'échecs avec moi. Il s'agit d'un excellent joueur, il tenait tête jadis à Ottanni, ses gambits sont réputés. Vendredi dernier donc, nous nous sommes retrouvés. Il m'a semblé distrait. Comme à l'accoutumée nous nous étions installés au salon et, bien que son ouverture ait été meilleure que la mienne, j'ai pu le pousser à la défensive en seulement quelques coups. Mon regard s'est machinalement porté vers la commode et là, sur du papier brun d'emballage, pantoufles et lunettes étaient posées.

— Vous voulez dire que le paquet se trouvait bien en vue, ouvert, sans que Jellinek ait pris la peine de le cacher ?

— Exactement, Votre Eminence. Ce fut d'ailleurs, après que la découverte m'eut glacé le sang, mon second choc : prendre soudain conscience que Jellinek avait ouvertement laissé traîner le *corpus delicti*, car ma visite n'avait rien d'improvisé, m'a littéralement coupé le souffle.

— Cela devait donc être intentionnel... murmura Bellini, songeur.

Puis il se signa une seconde fois mais avec un grand geste du bras et lentement, se touchant d'un index tendu le front, la poitrine, les épaules, il geignit tout du long un douloureux *Ave Maria*.

Une fois la prière terminée, Stickler le pria de bien vouloir l'excuser s'il avait proposé un tel lieu de rencontre, mais il le considérait comme le plus sûr car tous les murs du Vatican avaient des oreilles, et il se trouvait à tel point dérouté qu'il ne savait plus à qui il pourrait faire confiance. Bellini répondit qu'il avait bien agi et que le Seigneur viendrait faire justice au Jugement dernier. Puis, les mains jointes, le cardinal récita un passage de la fin de l'Apocalypse de Jean : « *Heureux ceux qui lavent leur robe afin d'avoir droit à l'arbre de vie et d'entrer par les portes dans la ville ! Dehors les chiens, les enchanteurs, les impudiques, les meurtriers, les idolâtres et quiconque aime et pratique le mensonge !* »

Stickler prêtait une oreille attentive à ces mots comme s'il s'agissait d'une intense prière et, quand Bellini en eut terminé, il souffla :

— Je ne parviens pas à y croire, mon cerveau se refuse d'admettre que Gianpaolo ait été victime d'un complot, non, trois fois non ! dit-il en se frappant à trois reprises le front du plat de la main. Ne l'appelait-on pas « le pape tout sourire », le monde entier ne parlait-il pas de sa bonté, de son simple bon sens, n'était-il pas quelqu'un qui aimait véritablement les hommes, allant jusqu'à affirmer qu'il n'était lui-même qu'un homme et rien de plus ?

— Telle était en effet son erreur. Après la mort de Paolo, de ce représentant prématurément vieilli, résigné, indécis, celui qu'attendait la curie sur le trône de Pierre — ou du moins certains cercles de la curie, nul besoin que je cite des noms ! — aurait dû être un véritable prince de l'Eglise, volontariste comme l'avait été Pie le douzième, qui sache fustiger le marxisme, refuser tout secours aux terroristes d'Amérique latine et, d'une manière générale, freiner la sympathie de nos Eglises pour les pays sous-développés. Au lieu de cela, ils ont eu un pape qui souriait à tout venant, qui allait serrer la main du maire communiste de Rome et qui osait raconter que notre Sainte Mère l'Eglise n'était pas précisément à son apogée...

— Mais Gianpaolo ne nous est pas tombé du ciel, ce sont bel et bien les cardinaux qui l'ont élu !

D'un claquement de la langue, Bellini pressa Stickler de modérer son ardeur, puis il reprit :

— Justement, c'est *parce que* c'est eux qui l'ont élu qu'ils en ont d'autant plus été aigris, *parce que* c'est eux qui l'ont préféré à tous les autres *papabili* que leur haine est à tel point devenue incalculable.

— Grand Dieu ! Cela ne les autorisait pas à assassiner Gianpaolo !

Le cardinal ne répondit rien et se tapota le front de son mouchoir.

— Ainsi donc, on l'a assassiné... reprit Stickler d'une voix sourde. En fait, que Gianpaolo ne soit pas mort de façon naturelle, je l'ai soupçonné dès le début. Et même, je n'ai jamais cru à cette fable. Je me souviens de l'ambiance qui régnait alors : on aurait dit qu'au sein de la curie en existait une autre.

— La curie, mon cher, a toujours comporté divers courants, des conservateurs aux progressistes, des élitistes aux populistes.

— J'en conviens, Votre Eminence. Gianpaolo n'a pas été le premier pape que j'ai servi et je puis reconnaître que jamais il n'y eut tant de cachotteries et d'alliances secrètes que pendant les quelques petits trente-trois jours de son pontificat. On aurait dit que chacun était l'ennemi de chacun, et la plupart n'avaient plus que des rapports épistolaires avec Sa Sainteté, ce qui représentait un énorme surcroît de travail pour Gianpaolo.

— Mais oui, le Saint-Père s'est tout simplement surmené...

— C'est la version officielle, était-ce une raison pour refuser de l'autopsier ?

— Stickler ! lança le cardinal sur un ton de reproche. Dois-je vous rappeler que jamais aucun pape n'a été autopsié ?

— Nul besoin en effet, répliqua le caméristе. Je ne m'en interroge pas moins encore sur les raisons qui peuvent pousser à ne pas autoriser l'autopsie d'un pape quand le traitement subi par la dépouille de Sa Sainteté ressemblait à s'y méprendre à celui qu'on peut faire à n'importe quel autre cadavre. Voir la façon dont les employés des pompes funèbres ont attaché les cordes aux chevilles et au torse de Gianpaolo, tirant sur ce corps recroquevillé à en faire craquer les os, n'était pas un spectacle à tel point édifiant. J'y ai assisté, Votre Eminence, le Seigneur m'en est témoin.

— Le professeur Montana a établi la cause du décès : occlusion coronarienne.

— Et que pouvait diagnostiquer d'autre qu'une défaillance cardiaque un médecin trouvant un mort assis dans son lit, les jambes repliées, un dossier sous la main gauche et la droite pendant mollement hors du lit ? Montana s'est contenté de répéter la pénible scène qui m'est restée en mémoire après la mort de Paolo à Castel Gandolfo : il a sorti un petit marteau en argent, a enlevé les lunettes de Gianpaolo qui lui pendaient de travers, les a pliées, posées sur la table de nuit, a frappé trois fois sur le front de Sa Sainteté, lui a trois fois demandé s'il était mort et, comme aucune réponse ne lui venait, il a proclamé que Sa Sainteté le pape était mort conformément au cérémonial de la Sainte Eglise romaine et apostolique.

— *Requiescat in pace*...

— Mais, Votre Eminence, ce n'était encore que le début d'une curieuse série d'événements. A l'arrivée du cardinal secrétaire d'Etat Cascone, vers cinq heures trente, j'ai remarqué qu'il était rasé de frais. Il a bien vu les dossiers tombés au sol et cela ne l'a pas empêché, très calmement, de faire en sorte que la version officielle prétende que c'était *moi* qui avais trouvé au petit matin le Saint-Père mort dans son lit avec non plus des dossiers mais un des livres de *L'Imitation de Jésus-Christ* de Thomas Hemerken. Je me suis évidemment demandé les raisons d'une telle distorsion des faits, pourquoi Gianpaolo n'aurait-il pas pu trouver la mort en étudiant des dossiers, et pourquoi ce ne devait pas être la nonne qui s'en était aperçue la première. Sœur Vincenza ne portait-elle pas chaque matin son café devant sa porte ? Pourquoi tant de mensonges ?

— Et les pantoufles et les lunettes ?

— Ça, je ne sais pas, Votre Eminence... sinon que, dans toute cette confusion qui a suivi, elles ont soudain disparu, de la même façon d'ailleurs que tous les feuillets couverts d'annotations qui se trouvaient dispersés au sol. Sur le moment, je n'y ai pas trop accordé d'importance, j'ai pensé que le cardinal secrétaire d'Etat avait tout pris en main. C'est seulement beaucoup plus tard, vers midi, quand on a transporté ailleurs la dépouille de Gianpaolo, et que j'ai cherché où tous ces objets pouvaient bien se trouver, que l'horrible vérité m'est apparue : quelqu'un les avait volés dans la chambre mortuaire.

— Et Jellinek... je veux dire : à quel moment Jellinek est-il arrivé dans la chambre mortuaire ?

— Jellinek ? Il n'est pas venu du tout. Le jour du décès de Sa Sainteté, pour autant que je sache, le cardinal ne se trouvait même pas à Rome.

— Oui, c'est exact, si ma mémoire est bonne. Certes, Jellinek était présent, *sala Bologna,* au premier *collegium* des cardinaux qui a suivi la vacance du siège apostolique, mais ce n'était évidemment que le lendemain. Donc, en aucun cas le cardinal Jellinek ne peut être coupable de ce délit... en admettant que vous ne vous soyez pas trompé. D'ailleurs, mon cher Stickler, le mieux serait que vous gardiez le silence sur tout cela. D'autant que, si la Sainte Rote devait en venir à examiner cette question, sans doute seriez-vous le suspect numéro un.

Le camériste se leva d'un bond, comme s'il voulait quitter le confessionnal. Aussitôt Bellini l'exhorta à rester, en l'assurant par tous les saints qu'il s'était mal exprimé ou qu'il avait mal été compris, que jamais l'idée ne lui était venue de le soupçonner mais que, face à un tribunal, et à huis clos, Stickler deviendrait obligatoirement le témoin principal puisqu'il avait été le dernier à voir le Saint-Père en vie et que c'était *lui* qui en avait découvert le cadavre.

— Mais non, Votre Eminence, ce n'est pas *moi* qui ai découvert le cadavre ! Cette rumeur, c'est le cardinal secrétaire d'Etat qui l'a fait circuler !

Monsignore Stickler ne parvenait plus à se contenir et Bellini tenta de le calmer en rappelant que ce n'était pas du tout son opinion à lui, Bellini, qui importait dans cette affaire mais le résultat des investigations de la Sainte Rote, laquelle ne se montrait jamais chiche de questions délicates. Et Stickler ne pouvait nier qu'en sa qualité de camériste du pape c'était lui qui pouvait avoir le plus d'occasions de remplir de poison l'un quelconque des petits flacons de médicaments dont le Saint-Père faisait un abondant usage, comme nul ne l'ignorait dans son entourage.

Ces mots furent suivis d'un long et pénible silence. Le cardinal Bellini réfléchissait à ce qu'il venait de penser et de dire au camériste tandis que celui-ci, se remémorant les remarques du cardinal, se demandait soudain si Monseigneur Bellini appartenait vraiment à la tendance qu'il avait toujours supposée. A tout prendre, le préfet de la Congrégation pour les sacrements et le culte divin aurait tout aussi bien pu avoir partie liée avec le secrétaire d'Etat Cascone, à moins d'être de mèche avec son homologue de la Congrégation pour la doctrine de la foi, Jellinek.

— Votre Eminence, finit par demander Stickler d'une voix sourde, comment vais-je devoir me comporter à présent ?

— Qu'avez-vous dit à Jellinek ? Lui avez-vous laissé voir que vous veniez de faire une telle découverte ?

— Non, j'ai simulé un brusque malaise et je m'en suis allé.

— Jellinek ne sait donc toujours pas si vous avez ou non fait cette découverte ?

— Je pense qu'il l'ignore... sous condition qu'il n'y ait rien eu d'intentionnel de sa part.

— *In nomine Domini,* laissez donc dormir cette affaire pour l'instant.

Le soir même, *monsignore* William Stickler écrivit une lettre d'excuses à Son Eminence le cardinal Joseph Jellinek, arguant d'un léger malaise et l'assurant qu'il se réjouissait déjà à l'idée de leur prochaine partie d'échecs.

A la Chandeleur

Ce même soir le cardinal Joseph Jellinek, revenant au *palazzo* Chigi, se décida à rentrer chez lui en passant par l'escalier. La loge d'Annibale était vide, ce qui n'était pas rare, et le cardinal, tout à sa coupable dépravation, se trouvait dans une voluptueuse expectative. Désireux d'annoncer sa venue d'une façon sonore et le cerveau harcelé de honteuses pensées, il tapa et traîna des pieds tout au long de cet escalier aux larges courbures. Enfin, presque arrivé au palier du troisième, il trouva Giovanna qui descendait vers lui, lourde et lente, basculant tout son poids d'une jambe sur l'autre en ballottant des hanches.

— *Buona sera, Eminenza !* lui lança-t-elle aimablement sitôt qu'elle le vit et le cardinal, apercevant le tissu bon marché de sa blouse noire boutonnée sur le devant, se sentit comme Moïse sur le mont Nebo, au sommet du Pisga, tandis que le Seigneur lui montrait la Terre promise, mais se contentait de la lui montrer en lui annonçant qu'il n'y pénétrerait jamais.

— *Buona sera, signora Giovanna !* répondit aussitôt Jellinek, courtoisement, s'appliquant à prendre un ton particulièrement suave.

Mais, comme il n'y parvenait pas, il feignit lamentablement d'avoir à s'éclaircir la voix.

— Enrhumé ? s'enquit, prévenante, la concierge. Eh oui, le printemps se fait attendre cette année !...

Elle s'était arrêtée juste sur la marche au-dessus de celle où Jellinek se trouvait et, sauf à tenter d'entreprendre un large détour pour contourner cet obstacle qui, dressé devant lui, le tourmentait, il s'attendit au pire. Toutefois, étant parvenu à victorieusement surmonter cette épreuve, il répondit en toussotant :

— Rien d'étonnant, *signora* Giovanna, avec un tel temps qui vire sans cesse du chaud au froid !

Et, évitant de lui accorder un second regard — ce qu'il aurait pourtant aimé par-dessus tout dans la position où il se trouvait —, le cardinal parvint à reprendre son chemin.

A la fois désappointé et délivré de cette présence féminine qui le harcelait, Jellinek claqua derrière lui la porte de son appartement. La lumière du salon était allumée. Il sentit immédiatement que quelqu'un s'y trouvait. « Ma sœur ?... » appela le cardinal, mais aucune réponse ne lui vint. Il aurait d'ailleurs été surprenant de retrouver la franciscaine à cette heure tardive. Curieusement, la porte du salon était ouverte et, lorsqu'il la franchit, il ne put que sursauter. Dans son grand fauteuil était assis un ecclésiastique vêtu de noir.

« Qui êtes-vous, que me voulez-vous et comment avez-vous pu pénétrer ici ?... » Voilà du moins ce que Jellinek aurait voulu demander, mais il resta figé, sans parvenir à émettre le moindre son.

L'homme en noir, dont le cardinal n'était pas du tout assuré qu'il pût réellement s'agir d'un ecclésiastique, ou même si ce n'était pas le diable en personne, le regarda et lui dit sans ambages :

— Votre Eminence a-t-elle reçu mon paquet ?

— Ainsi, c'est de vous que me vient ce mystérieux cadeau...

— Pas un cadeau, fit l'autre, un avertissement !

Etonné, le cardinal reprit : « Un avertissement ? » et il parvint enfin à la question qui lui brûlait les lèvres :

— Qui êtes-vous, que me voulez-vous et comment avez-vous pu pénétrer ici ?

L'inconnu fit un geste impatient de la main :

— Le contenu de ce paquet ne vous rappelle donc rien ? Gianpaolo...

— Seigneur Dieu !

Jellinek s'arrêta net. En entendant l'inconnu évoquer Gianpaolo, il venait soudain de prendre conscience de ce que représentait le contenu de cet étrange paquet et il sentit que son sang se mettait à battre contre ses tempes : les lunettes et les pantoufles du pape des trente-trois jours ! Maintenant, il se souvenait. Il n'avait jamais accordé le moindre crédit à tous ces racontars mais à l'époque, et dès les premiers jours d'octobre, la rumeur avait circulé que des objets avaient été dérobés au Saint-Père décédé. Certains allaient même jusqu'à murmurer qu'on l'avait assassiné juste pour s'emparer de ces quelques insignifiantes affaires personnelles...

A l'instant même où tout cela était enfin revenu en mémoire au cardinal, l'inconnu reprit, impassible :

— Vous comprenez maintenant ?

La peur, une inexplicable peur, ridicule, misérable, envahit brusquement Jellinek. La vindicte de cet inconnu vêtu de noir l'emplissait de la même terreur que celle éprouvée par Elie confronté à la malignité de Jézabel.

— Si je comprends ? dit-il presque dans un souffle. Non, je ne comprends rien du tout. Que me voulez-vous, qui vous a envoyé ? Dites-le-moi...

L'inconnu grimaça un répugnant sourire, le sourire ignoble de celui qui sait face à celui qui ne sait pas :

— Vous posez trop de questions, monsieur le cardinal. C'est par une question qu'a commencé le premier péché.

— Dites enfin ce que vous me voulez... insista le cardinal, tout en remarquant que ses mains s'étaient mises à trembler.

— Moi ? s'enquit l'homme en noir sur un ton ironique. Rien ! Ma mission vient de plus haut... de là où l'on souhaite que vous interrompiez vos recherches sur les inscriptions de la Sixtine.

Le cardinal resta bouche bée. Il s'était attendu à toutes sortes de réponses, mais celle-là lui coupait le souffle et il mit un certain temps à le retrouver :

— Monsieur, s'écria-t-il irrité, huit lettres énigmatiques sont en effet apparues à la chapelle Sixtine, elles ne sauraient être éliminées ni par la discussion ni par le silence. Sans doute ont-elles un sens funeste auquel je suis chargé *ex officio* de trouver une explication apte à protéger l'Eglise d'importants dommages. Dans ce but, en tant que régent du Saint-Office, j'ai convoqué un concile qui continuera à se réunir jusqu'à ce qu'une solution soit trouvée. Aussi, quels que soient les motifs de votre souhait, soyez assuré que la pire des sottises serait d'effacer ou de recouvrir ces lettres, ouvrant du même coup la porte à toutes sortes de spéculations...

— Cela peut sembler pertinent, répliqua l'inconnu.

Vous vous trompez seulement sur un point : l'arrêt de vos recherches n'est pas simplement un souhait, c'est un ordre !

— Je suis chargé *ex officio*...

— Votre Eminence, même si c'était le Christ en personne qui vous avait donné cette charge, vous n'en devriez pas moins arrêter vos investigations... Stipendiez un expert quelconque et publiez ses « recherches » mais arrêtez les travaux de votre petit synode.

— Et si je m'y refuse ?

— Je me demande ce qui peut être le plus utile à la curie : un cardinal mort ou vif. On vous a fait parvenir ce paquet pour que vous compreniez combien votre situation devenait délicate. Je veux dire que si, comme on a pu le voir, supprimer un pape sans laisser aucune trace ne représente guère de difficulté, il me semble que vous devriez comprendre, monsieur le cardinal, qu'un cardinal quitte encore plus facilement la scène. Votre disparition ne ferait même pas les gros titres des journaux, un articulet nécrologique dans l'*Osservatore Romano,* à peine une notule dans les quotidiens : « Accident mortel du cardinal Jellinek » ou pis encore : « Suicide du cardinal Jellinek », mais rien de plus.

— Taisez-vous !

— Me taire ? La curie à laquelle Votre Eminence appartient a commis bien davantage d'erreurs en se taisant qu'en parlant. Je regretterais fort que nous ne parvenions pas à un accord. Mais je suis certain que vous ne serez pas assez stupide... Ah, voilà que je commence à me répéter !

Jellinek s'avança vers l'inconnu. Il se trouvait en cet état où la colère peut se muer en courage :

— Ecoutez-moi bien, espèce de monstrueux apôtre !

Et, saisissant l'intrus par les épaules, il lui ordonna :

— Vous allez immédiatement quitter cet appartement, sinon...

— Sinon ? s'enquit effrontément l'autre.

Le cardinal prit soudain conscience du ridicule de sa menace. Résigné, il lâcha prise et l'inconnu se remit à ricaner.

— Fort bien, dit-il en tapotant les endroits de son vêtement que le cardinal venait de toucher. Ce n'est pas mon problème. Je ne suis intervenu ici qu'en qualité de messager, ma mission est remplie. *Laudetur Jesus Christus...*

Cette ultime invocation dite sur un ton de dédaigneux sarcasme, l'homme en noir reprit :

— Ne vous dérangez surtout pas. J'ai su trouver mon chemin pour entrer, je le trouverai de même pour sortir !

Voilà donc ce qui advint à la Chandeleur, et le cardinal ne put établir en aucune manière qui avait été son inquiétant visiteur et comment celui-ci avait pu entrer en possession des effets personnels du pape. Par ailleurs, non seulement il lui semblait impossible d'obtempérer à ses injonctions mais, maintenant que toute cette affaire s'embrouillait encore davantage, devenait de plus en plus ténébreuse, énigmatique et dangereuse, il se convainquit qu'il lui fallait coûte que coûte l'élucider. A l'idée qu'il se trouvait personnellement menacé, sa détermination s'en trouva même curieusement confortée. D'ailleurs, puisqu'il était revêtu de la robe pourpre, n'était-il pas plus que tout autre tenu, *ad majorem Dei gloriam* et au péril de sa vie, de défendre la doctrine de l'Eglise ?

Pour l'instant, il décida de garder le silence sur cette étrange visite, d'une part parce qu'elle aurait semblé peu crédible au regard de quiconque, d'autre part parce qu'il commençait à se demander si ce n'était pas le diable en personne qu'il venait de rencontrer.

Lundi après la Chandeleur

La deuxième séance du concile se tint, toujours sous la présidence du cardinal Joseph Jellinek, le lundi de la Semaine sainte. Aux membres de la réunion précédente s'était joint Gabriel Manning, professeur de sémiologie à l'Atheneum du Latran. Après avoir invoqué le Saint-Esprit, Jellinek s'enquit de savoir si quelque participant n'était pas déjà parvenu à déchiffrer les inscriptions, objets du débat. Aucune réponse positive n'ayant été faite, il expliqua la venue du professeur Manning, reconnu comme étant actuellement le plus éminent spécialiste dans le domaine de l'étude et de la théorie des signes. Pour commencer Manning, qui avait déjà été commis *ex officio* à l'étude de ce problème, insista sur les chances qu'on pouvait avoir de décrypter les inscriptions et les diverses éventualités sur ce qu'elles pouvaient contenir.

Il mit en garde contre une trop hâtive espérance de résolution prochaine de l'énigme. Tous les indices émanant de ces signes donnaient à supposer que la solution devait être recherchée hors les murs de la Cité léonine[1]. Que la série des lettres AIFALUBA soit de huit en était déjà une indication, la symbolique chrétienne donnant quant à elle la préférence au chiffre sept. Il voyait la confirmation de cette théorie dans la conception même, en plages thématiques, du plafond de la Sixtine, là où Michel-Ange avait divisé le nombre chrétien de douze au profit des deux groupes de sibylles et de prophètes. En outre, la thématique picturale de la scène de la Création du monde donnait à penser à une sorte d'universalisme, une croyance postrationaliste en la signification hau-

1. La « Cité léonine » est l'ensemble des constructions religieuses de Rome que le pape Léon IV fit entourer d'un mur en 848 pour les protéger des incursions sarrasines, et qui forment actuellement l'essentiel du Vatican. *(N.d.T.)*

tement symbolique du monde pris en son entier. Ce qui tendait à signifier que tout ce que l'homme voit et perçoit est chiffre, emblème, signe, miroir, allégorie et se trouve en une relation hermétique dont il convient de posséder les clefs. La grande vogue connue par les astrologues, disciples de Pythagore, gnostiques et autres kabbalistes, a précisément eut lieu au moment même de la création des fresques de la Sixtine ; et nombreux furent, en particulier parmi les gens cultivés, ceux qui se trouvèrent séduits par ces théories magico-mystiques qui couraient à l'époque. Ainsi pourrait-on déceler une véritable alchimie linguistique dans laquelle mystiques et magiciens de l'alphabet se préoccupaient essentiellement du son des mots et des lettres, de leur résonance et de sa signification.

Les anciens Grecs, continua-t-il, attribuaient une lettre à chaque son musical, accordant aux vingt-quatre sons de l'aulôs, c'est-à-dire aux vingt-quatre sons de la flûte à deux corps, les lettres de l'alphabet. Pythagore et ses contemporains se montrèrent émerveillés de découvrir que la hauteur du son, suivant en cela les lois naturelles, dépendait de la longueur d'une corde et qu'ainsi ce qui est audible peut être rendu visible. En conséquence, les sons seraient l'incarnation des nombres. Alors pourquoi, s'interrogea ensuite Manning, dans cet espace favorable à la musique, les lettres ne décriraient-elles pas une mélodie, dont le texte chanté détiendrait peut-être la solution du mystère ?

Cela était, prévint-il, la théorie d'*une* des solutions et en réalité d'une des plus simples de toutes. L'affaire se compliquait dès lors que l'inscription demandait à être interprétée à l'aide du nom même des lettres, car le nom des lettres est bien plus ancien que la sagesse grecque. N'est-ce pas l'historien chrétien Eusèbe de Caesarea qui a démontré dans son ouvrage apologétique *Praeparatio Evangelica* que l'appellation des lettres par les Grecs était reprise des Hébreux, et n'en a-t-il pas donné la preuve en rappelant que n'importe quel enfant hébreu, pour peu qu'il étudiât, connaissait la signification de chacun des noms de lettre, alors que Platon lui-même ne possédait pas cette faculté ? Et c'est seulement par la suite que les Pères de l'Eglise ont été à même de donner des interprétations édifiantes de la portée alphabético-acrostique des Psaumes et des Lamentations de Jérémie...

Interrompu par le cardinal secrétaire d'Etat Cascone, lui demandant d'illustrer son propos par un exemple afin que les personnes présentes puissent s'en faire une idée plus précise, le professeur Manning se hâta d'obtempérer : « A » par exemple, la lettre qui ouvre l'alphabet, se trouve être, dans toutes les langues, celle qui exige la plus grande ouverture de la bouche, ce pourquoi c'est à cette voyelle-là qu'est revenu l'honneur d'être utilisée par le Seigneur comme moyen d'ouvrir la bouche de l'Homme afin de lui donner le langage. « I », deuxième lettre de cette suite, symbolise l'égalité, la vérité et l'équité car ce simple trait peut être écrit aussi rapidement et aussi bien même par les enfants et par les vieillards. En revanche le « F » en appelle au contraire : il représente seulement la moitié d'une balance qui était déjà considérée par Pythagore, quand il exhortait ses disciples à ne pas dépasser la balance, comme l'absolu symbole de la justice. Avec ces simples données, il serait déjà envisageable de tenter une interprétation approximative de la première moitié de l'inscription, sous réserve de tenir compte que le contenu des mots pourrait naturellement se manifester sous toutes ses variantes, aussi bien le subjonctif, l'adjectif que le verbe...

Manning se mit alors à inscrire les quatre premières lettres sur un bloc de papier, les mettant les unes sous les autres, chacune accompagnée de sa propre interprétation, ce qui donnait :

A La parole du Seigneur
I est vérité
F mais le mensonge
A se trouve dans la bouche...

Aussitôt les membres de la réunion, et plus particulièrement ceux du clergé régulier, pressèrent le professeur d'expliquer la symbolique et le sens des lettres qui restaient. Mais Manning assura qu'autant la première moitié des inscriptions avait été un jeu d'enfant, autant la seconde lui semblait à tel point compliquée qu'elle convenait mal à ce système. Si le « L » représentait bien le logos, donc la raison, en revanche le « U » et le « B » possédaient des significations multiples et fort peu précises : le « U » de l'écriture latine identique au « V », dit-il, serait la représentation de l'air et des pleurs mais simultanément, outre qu'il était l'équivalent du nombre 5, il symboliserait un triangle debout sur sa pointe, ainsi que le triangle pubien de la femme (à ces mots Desiderio Scaglia, titulaire de San Carlo, se signa) en opposition au losange masculin. Quant à la signification du « B », elle variait fort selon les langues : en latin — le texte avait sans doute été rédigé en cette langue —, cette lettre contient une menace. Aussi, dit-il pour terminer sa péroraison, au vu de ces connaissances trop fragmentaires, une interprétation plausible des inscriptions de la chapelle Sixtine devenait difficile à évaluer. En fait, cela prouvait seulement que le système employé était inadéquat.

Des questions fusèrent pour savoir si le professeur était à même de proposer d'autres possibilités de résolution. Gabriel Manning en vint aussitôt à parler de la signification des catégories de lettres, de la différence entre voyelles et consonnes, différence qui semblait particulièrement frappante dans l'inscription en cause où les voyelles se trouvaient en surnombre. Les pythagoriciens et les grammairiens, dit-il, avaient vu dans cette différence le symbole de celle qui existait entre la psyché et le hylé, entre l'âme et le corps. Les sept voyelles correspondraient dans la mystique des lettres grecques — qui ont en toute certitude servi de base à l'alphabet romain — aux sept entités douées d'une voix, à savoir : 1. ange ; 2. voix intérieure ; 3. voix corporelle de l'homme ; 4. oiseaux ; 5. mammifères ; 6. reptiles ; 7. bêtes sauvages. De leur côté, les consonnes désigneraient en fait les choses muettes : 1. le ciel céleste ; 2. le firmament ; 3. les entrailles de la terre ; 4. la terre terrestre ; 5. l'eau ; 6. l'air ; 7. les ténèbres ; 8. la lumière ; 9. les plantes ; 10. les arbres fruitiers ; 11. les étoiles ; 12. le soleil ; 13. la lune ; 14. les poissons dans l'eau ; 15. les profondeurs de l'océan, et ainsi de suite...

Certes, ajouta Manning, on pouvait sourire de cette conception en la confrontant aux sciences naturelles, elle n'en prouvait pas moins que dans les temps anciens existaient des sciences secrètes qui se préoccupaient du mystère des lettres. Toutefois, continuant sur sa lancée, il en vint également à nier le bien-fondé de toute l'interprétation qu'il venait de faire d'après la mystique grecque, arguant en particulier de l'absence de « Y » — même si cette lettre n'existait pas plus en latin qu'en italien — dans les inscriptions incriminées. N'était-ce pas Pythagore qui avait reconnu dans le « Y » la clef et le symbole de tous les messages envoyés par les lettres ? N'avait-il pas assuré que les trois bras de cette lettre possédaient une signification précise : le tronc représentant les voyelles, les branches se partageant les consonnes sonores et les muettes ? S'il avait fallu rechercher une explication dans ce sens, on aurait dû être assuré de trouver quelque part la clef dans un « Y », symbole de la connaissance.

Cette énumération d'éventualités douteuses commençait à singulièrement inquiéter le cardinal secrétaire d'Etat Cascone. Aussi invita-t-il Manning à se contenter d'évoquer désormais des systèmes réellement envisageables. En fait, demanda-t-il, quelle possibilité d'éclaircissement Manning considérait-il comme la plus plausible ?

Le manque de temps, répondit le professeur, ne lui avait pas encore permis d'entreprendre une recherche plus approfondie. Mais son expérience le poussait à porter plus particulièrement intérêt à deux possibilités : il voyait là, d'une part, des indices allant dans le sens de la gématrie — une variante significative de la mystique des lettres — que l'on retrouvait dans de nombreuses transcriptions grecques, orientales, juives et arabes ; d'autre part, une référence à l'Apocalypse de Jean ne lui semblait pas à exclure...

Le cardinal Jellinek interrompit l'orateur pour lui signaler que cette ultime piste avait déjà été évoquée par le *Padre* Augustinus Feldmann. Manning aurait-il une autre proposition à faire ?

Le professeur Manning enchaîna derechef : l'emploi très particulier fait de ces lettres pourrait par ailleurs fort bien indiquer un notaricon, si souvent utilisé non seulement par l'Eglise archaïque mais, bien avant déjà, par une certaine Ecole mystique et allégorique qu'il hésitait à nommer...

A titre d'exemple, Manning cita le mot grec ICHTHYS, qui dans sa traduction littérale signifie « poisson » et avait déjà été tracé dans le sable par les premiers chrétiens, pour qui c'était un moyen de se reconnaître entre eux et de manifester leur appartenance religieuse. Mais le sens premier du signe « poisson » est vite tombé dans l'oubli et seul est demeuré le symbole qu'il a fallu déchiffrer et redéfinir beaucoup plus tard. Car, en fait, derrière les lettres de ce mot ICHTHYS se cachait une formule : *Jesu Kristus Theou Uios Sôter,* soit Jésus-Christ, fils de Dieu, Sauveur du Monde. Allant plus loin, dans son *Compendium theologicae veritatis,* le maître à penser de saint Thomas d'Aquin, l'illustre dominicain Albert le Grand, au XIIIe siècle, décrypta le mot « Jésus » par l'intermédiaire d'un notaricon, en considérant ce mot comme un groupe de lettres prenant seulement sa signification en référence aux initiales d'autres mots. Ainsi imagina-t-il la combinaison suivante : J*ucunditas maerentium,* E*ternitas viventium,* S*anitas languentium,* U*bertas egentium,* S*atietas esurientium.* Il est bien connu que savants et philosophes, ceux-là en particulier, se sont ensuite fort intéressés à la mystique des lettres. Ainsi donc pouvait-on voir que l'anagramme du Florentin avait été précédée de très célèbres exemples...

Jellinek demanda quelle était cette doctrine secrète que Manning évitait de nommer.

Le volubile sémiologue répondit que l'utilisation des lettres à des fins symboliques et mystiques avait avant tout été le fait des kabbalistes juifs. En raison même de l'organisation et de la répartition des fresques de la Sixtine, mais en considérant également cette inhabituelle série de lettres, on ne pouvait exclure que Michel-Ange ait voulu se référer à cette doctrine théosophique et ésotérique des anciens juifs.

En cet instant la salle du Saint-Office devint le théâtre d'une fort grande agitation, cardinaux, *monsignori* et professeurs s'interpellant d'une voix forte, et l'Eminentissime cardinal Lopez, prosecrétaire de la Congrégation pour la doctrine de la foi et archevêque *in partibus* de Caesarea, en venant même à s'écrier à plusieurs reprises que le diable en personne était en train de donner du fil à retordre à la Sainte Mère l'Eglise : du fil à retordre, *horribile dictu !*

A la remarque acerbe de l'Eminentissime cardinal Bellini selon qui tout cela n'était que du pipeau, tour de passe-passe et charlatanerie, Manning rétorqua que sa mission n'avait pas été de vérifier si l'inscription de la Sixtine correspondait à une vérité, mais seulement de décrypter ce contenu. Une fois le décryptage établi, il reviendrait à l'honorable concile d'en vérifier le bien-fondé.

Jellinek approuva, mais Bellini persista à ne rien vouloir entendre. Il se mit à traiter tous les sémiologues d'ennemis jurés de la foi, capables de démontrer n'importe quoi et son contraire, et rappela, pour mémoire dit-il, qu'ils avaient tenté de prouver que Shakespeare et Bacon n'avaient été qu'une seule personne et que Goethe s'était lui-même adonné à la kabbale.

Conciliant, le professeur Manning n'en disconvint pas et se contenta de répéter qu'au stade actuel il s'agissait de décrypter les inscriptions et non d'en discuter le sens. La mystique des lettres contenait de nombreux impondérables et, en mettant en corrélation les valeurs numériques de mots différents, l'isopsephie servait au moins aussi souvent à ses détracteurs qu'à ses adeptes. Il n'en restait pas moins que cette pseudo-science, prenant pour base la numérotation de 1 à 24 de l'alphabet grec pour tenter d'expliquer diverses énigmes de l'univers, avait séduit nombre d'hommes exceptionnels, leur permettant parfois d'obtenir d'étonnants résultats, même si beaucoup d'autres semblaient particulièrement spécieux comme par exemple de prétendre que Napoléon, ayant entendu parler dans sa jeunesse de l'isopsephie, s'était senti prédestiné en calculant à sa manière que « Bonaparte » avait la valeur numérique de 82, soit exactement la même que « Bourbon ». Mais déjà parmi les anciens israélites s'étaient levés de farouches contempteurs de l'isopsephie pour démontrer par l'absurde tout ce qu'il y avait de douteux en elle. Ainsi pouvait-on tout aussi bien assurer que le Livre saint de la Genèse possédait la même valeur numérique que « tromperies et mensonges », ou que le Seigneur tout-puissant pouvait se traduire isopsephiquement par « d'autres dieux »... Tout cela, reconnut l'orateur, n'ayant strictement aucun rapport avec le véritable problème auquel les membres du concile se trouvaient confrontés, puisqu'il leur fallait une explication qui contienne en elle-même la preuve de son exactitude.

C'est alors que le cardinal Jellinek extirpa une feuille de papier de la lisière boutonnée de sa soutane. Tous les regards se portèrent aussitôt vers le président du concile. Il s'était lui-même modestement essayé, dit-il, à rechercher une interprétation des inscriptions, et jusqu'ici le courage de proposer sa tentative d'explication lui avait manqué. Mais, dès lors qu'il semblait évident que tant d'autres éventualités pouvaient être proposées, dont un bon nombre ne manquaient pas de ridicule, il allait, si les membres du concile lui en donnaient l'autorisation, oser leur soumettre son propre essai. Il inscrivit donc les huit lettres en question les unes en dessous des autres, puis il griffonna d'une écriture nerveuse un mot en regard de chacune d'entre elles. Ce qui donna :

A atramento
I ibi
F feci
A argumentum
L locem
U ultionis
B bibliothecam
A aptavi

Il brandit son papier en l'air, afin que chacun puisse le voir, et articula lentement : « *Atramento ibi feci argumentum, locem ultionis bibliothecam aptavi.* » Soit : « Avec de la peinture noire j'ai établi une preuve et élu la bibliothèque comme lieu de ma vengeance. »

Un long silence s'ensuivit. Cardinaux, professeurs et simples *monsignori* restaient le regard figé sur la feuille que, d'une main tremblante, tendait le cardinal.

La bibliothèque comme lieu de vengeance, comment devait-on comprendre cela ? Que cachait donc la bibliothèque du Vatican ? Tous, les uns après les autres, se mirent à chercher des yeux l'archiviste en chef, le *Padre* Augustinus, mais c'était le *Padre* Pio, son successeur, qui occupait maintenant son siège. Se sentant ainsi en point de mire, un peu désemparé, il haussa les épaules et, se montrant aussi perplexe que l'avait été le pèlerin Cléophas à l'apparition du Seigneur, il tourna les paumes vers l'extérieur en un geste d'impuissance. Mais aucun signe ne se manifesta qui aurait ouvert les yeux de l'assistance sur la connaissance.

Le cardinal secrétaire d'Etat Giuliano Cascone eut un sourire gêné et s'enquit de ce que pensait le professeur Manning de cette nouvelle interprétation.

« Rien ! » répondit sans détour le sémiologue, et il étaya cette réponse par l'absence totale de preuve qu'offrait une telle solution, certes d'une simplicité séduisante mais totalement dépourvue de logique.

Pourquoi la première lettre de l'alphabet aurait-elle pu signifier une fois *atramentum*, une autre *argumentum* et une autre encore *aptare* ? Et, même en admettant cela, où se trouvait la justification de cette interprétation ? Non : Michel-Ange n'aurait sûrement pas opté pour une telle facilité, une telle négligence, pas Michel-Ange !

Mais entre-temps le cardinal secrétaire d'Etat Cascone s'était déjà repris et, manifestant à la fois sa déception et son irritation, il s'enquit de savoir pourquoi Manning pouvait se montrer à tel point assuré que la proposition de l'Eminentissime cardinal Jellinek était à jeter aux orties quand il s'était lui-même montré incapable d'en trouver une de valable. Et, comme le professeur se tenait coi, Cascone se tourna vers Jellinek en lui demandant s'il pouvait donner une justification, soit sur le fond soit sur la forme de sa solution.

Jellinek répondit qu'il ne pouvait se justifier ni sur le fond ni sur la forme, il avait simplement laissé libre cours à son imagination, de la même façon que Michel-Ange aurait pu le faire en son temps. Michel-Ange n'était pas un sémiologue, encore moins un scientifique, il créait avec son cœur, transformait ses sentiments en matière, ce pourquoi lui, Jellinek, doutait que l'artiste ait longuement réfléchi aux lettres qu'il allait peindre et pour quelle raison il les peindrait en tel endroit plutôt qu'en tel autre. En ce qui concernait le fond, le cardinal ne voulait aborder ce sujet qu'en privé et priait en conséquence le cardinal secrétaire d'Etat de lui accorder un entretien *specialissimo modo* dès la fin du concile.

Alors se levèrent les ecclésiastiques suivants : le *Padre* Pio, des moines prêcheurs ; l'abbé Desiderio, titulaire de San Carlo ; Pier Luigi Zalba, père mariste. Mais le jésuite Adam Melcer, dont les verres de lunettes plats et ronds lançaient des éclairs menaçants, se mit à violemment frapper la table du poing et, aussi irrité qu'Elie le Tchischbite face aux émissaires du roi de Samarie, se lança dans un discours enflammé d'où il ressortait que ce concile se transformait en farce puisque certains devaient en savoir plus long que d'autres et qu'en conséquence lui, Adam Melcer, donnait sa démission dudit concile.

Aussitôt, non seulement les trois ecclésiastiques qui s'étaient déjà levés mais d'autres, l'approuvant hautement, décidèrent de se joindre à lui, parmi lesquels l'Eminentissime Giuseppe Bellini, préfet de la Congrégation pour les sacrements et le culte divin. En peu de temps la salle du Saint-Office devint la proie d'un grand désordre que, dans la confusion générale, même les bras largement ouverts de Jellinek ne parvinrent pas à endiguer.

Avec le plus grand mal pour se faire entendre, le préfet de la Congrégation pour la doctrine de la foi parvint à donner l'assurance que chacun des membres de cette sainte réunion aurait accès à toutes les informations nécessaires, mais rappela que certains documents, soumis aux conditions particulières des archives secrètes du Vatican, demeuraient *specialissimo modo* inaccessibles, même aux plus hautes autorités de la curie. Ces dernières paroles provoquèrent le retour en lice de Melcer. Critiquant vertement le cardinal, il demanda si ce concile n'était pas en train de mener une bataille fictive contre un adversaire inconnu, et si cet énigmatique secret des fresques n'avait pas été depuis longtemps élucidé mais restait, pour d'obscures raisons, dissimulé à l'assemblée. Comment sinon, dit-il, interpréter les explications de l'Eminentissime Jellinek ? En sa qualité de gardien de premier rang du secret, il assurait avoir trouvé la solution, qui aurait pris son origine dans les archives secrètes, lesquelles n'en demeuraient pas moins inaccessibles au commun des mortels... Le véritable contenu des inscriptions, répéta Melcer, était sans doute connu depuis longtemps mais se montrait à tel point dévastateur pour l'Eglise que ce concile n'avait été réuni que pour trouver une inoffensive explication de remplacement. Une telle attitude était aussi pharisienne que les questions spécieuses posées à Jean au-delà du Jourdain par les scribes et par les lévites...

Jellinek se leva d'un bond et, brandissant son index, somma Melcer de se taire, taxant son discours d'indigne d'un chrétien, par surcroît irréfléchi, d'autant que si ses soupçons étaient fondés le silence aurait sans nul doute été la meilleure solution. Toutefois, bien qu'un tel discours ait été injurieux et digne d'une *causa* devant un tribunal d'honneur, *monsignore* Jellinek, considérant que leurs nerfs à tous venaient déjà d'être mis à trop rude épreuve et persuadé que Melcer regretterait dès le lendemain ses paroles, préférait s'abstenir d'entamer la moindre poursuite. Lui-même, se déclarant ignorant, avait seulement voulu donner une indication et respectait l'opinion du professeur Manning.

Quant à Manning, il trouvait anormal, scandaleux et pour tout dire totalement dépourvu de charité chrétienne de le charger de la recherche concernant une affaire déjà élucidée depuis longtemps et qu'on avait juste besoin d'enjoliver pour ne pas aller à l'encontre de la curie. C'est pourquoi il exigeait d'avoir accès aux archives secrètes, faute de quoi il rendrait son mandat.

Mis au pied du mur, Jellinek voulut annoncer à son tour qu'il priait l'assemblée d'accepter sa démission, mais il fut tout aussitôt interrompu par le cri de « *Impossibilis est, ex officio !* » lancé par le cardinal secrétaire d'Etat Cascone, qui continua en les suppliant tous de respecter la paix de ce lieu.

Ce fut ainsi que le deuxième concile se termina prématurément, et d'une façon totalement imprévue, sans avoir pu avancer — n'aurait-ce été que d'un petit pas — en direction d'une solution. Bien au contraire même, à la confusion générale s'était maintenant ajoutée une méfiance tout aussi générale : ceux du clergé régulier se méfiaient des cardinaux, les cardinaux des professeurs, les professeurs des cardinaux, le cardinal Bellini du cardinal Jellinek, celui-ci se méfiant du cardinal secrétaire d'Etat Cascone, lequel le lui rendait bien, tout cela de la même façon et de part et d'autre entre le cardinal Jellinek et *monsignore* Stickler, sans compter la méfiance de

Melcer toujours envers ce même Jellinek... à croire qu'à la curie le cardinal Joseph Jellinek ne comptait plus que des ennemis ; à croire que la colère du Tout-Puissant s'étendait maintenant au-dessus du Vatican comme elle l'avait fait jadis au-dessus de Sodome et Gomorrhe.

Ce même jour, chez les oratoriens de l'Aventin, avait lieu une étonnante rencontre entre l'abbé du monastère et le père Pio Segoni. L'abbé assurait n'avoir jamais rencontré le bénédictin de Monte Cassino, mais celui-ci ne voulait pas en démordre, assurant avec une telle vigueur qu'ils étaient allés au même séminaire que l'abbé, les mains enfouies dans les manches de son habit monastique, se trouva contraint de l'exhorter à la modération.

Alors Pio, les yeux brillants, se mit à parler de certains documents qu'il avait aperçus en cette époque lointaine.

— Ils doivent se trouver ici, dans ce monastère, je le sais : un tel transfert pour ailleurs n'aurait pas pu être gardé secret. Dites-moi où ils sont cachés !

L'abbé tenta de calmer le *Padre* Pio qui semblait dans tous ses états :

— Mon cher frère, les documents auxquels vous faites allusion ne se trouvent sans doute que dans votre imagination. S'ils existaient vraiment, je serais au courant, cela fait quand même la moitié d'une vie humaine que je suis ici !

— Certes monsieur l'abbé, répliqua Pio Segoni, un sourire quelque peu cynique à la commissure des lèvres, si vous êtes parvenu à surmonter sans dommage cette histoire c'est sans nul doute grâce à votre aptitude à garder le silence.

— Il est plus aisé, mon cher frère, de garder le silence que de modérer ses paroles !

— Oui, je le sais. Je ne me suis jamais fait que du tort en disant toujours ce que je savais. Toute ma vie il m'a fallu payer pour quelque chose dont je n'étais pas responsable. Cela fait mal. On m'a ballotté d'une abbaye à l'autre, d'un prieuré à l'autre. Mon Dieu, j'ai l'impression d'être le lépreux de la Sainte Bible...

— Vous vivez selon l'*Ordo Sancti Benedicti,* mon frère, et la règle vous impose d'accomplir votre mission en quelque lieu que vous vous trouviez. Et maintenant, veuillez vous en aller.

C'est ainsi que prit fin ce dialogue d'où tous deux sortirent fort en colère, nonobstant la recommandation de Paul : « *Que le soleil ne se couche pas sur votre colère !* »

Le jour de Quinquagésime, probablement

Peu de temps après — probablement le jour de Quinquagésime mais la vérification ne peut plus en être faite, ce qui au demeurant n'a strictement aucune importance pour la suite de notre récit —, peu de temps après donc, Jellinek s'en vint aux Archives à une heure tardive, ce qui n'avait rien d'exceptionnel de la part d'un homme à tel point occupé, comme cela n'avait non plus rien d'exceptionnel d'entendre dans les couloirs du palais pontifical le caquet du basson de *monsignore* Raneri.

Jellinek était parvenu à la conviction qu'il était le seul à pouvoir effectivement contribuer au décryptage des inscriptions par ses recherches dans les archives secrètes du Vatican. Et cela d'autant que, si pas plus Bellini que Lopez n'étaient autorisés à pénétrer dans un lieu à tel point réservé, Cascone de son côté semblait vouloir bien davantage se préoccuper d'étouffer l'affaire que de l'éclaircir. Comme à son accoutumée Jellinek passa par la porte arrière et, après avoir tambouriné le signal convenu, se fit ouvrir par un des *scrittori.* Il s'agissait d'un jeune homme — dont le cardinal ne connaissait pas plus le nom que celui des autres employés du lieu — qui faisait montre d'une réserve naturelle envers les livres, pour ne pas dire d'une crainte respectueuse. Quant à lui, Jellinek, cette réserve envers les livres il ne la ressentait aucunement. Au contraire, les livres le provoquaient, le stimulaient de la même façon que la présence pulpeuse de la *signora* Giovanna. Il aimait caresser, pétrir les livres, les retirer voluptueusement de leur étui : les livres étaient sa véritable passion.

Dans le labyrinthe minotauresque constitué d'étagères couvertes de livres et de noires armoires au trésor, on ne pouvait jamais réellement être assuré que quelqu'un d'autre ne s'y trouvait pas également, ou si l'on était bien seul à régner sur les doctrines, les enseignements hétérodoxes et sur le Verbe qui — comme dit par l'Ecriture — s'est trouvé au commencement de tout. Seul celui qui, comme Jellinek, savait reconnaître aussi bien que son *Pater Noster* le parcours des mots, pouvait pressentir quelque chose de la toute-puissance du Verbe, de la terrible et infinie force de la lettre qui, bien plus que les guerres et leurs guerriers, possédaient à la fois le pouvoir de construire ou de détruire les empires. Le salut et la condamnation éternelle, la vie et la mort, le ciel et l'enfer — nulle part les antipodes ne se trouvaient aussi rapprochés qu'en un tel lieu. Jellinek le savait. Ayant accès aux arcanes les plus profonds, il avait plus que quiconque conscience de cette situation enivrante, et c'était justement pour cela que, plus encore que n'importe quel autre membre de la curie, il redoutait les inscriptions du Florentin. Il les redoutait justement parce que nul ne connaissait autant que lui les livres et que du même coup il prenait conscience que, malgré tout son savoir, cela ne représentait encore qu'une infime parcelle et que mille vies n'auraient pu lui suffire pour sonder jusqu'au fond les mystères de l'*Archivio Segreto*.

Jellinek prit la torche des mains du *scrittore* et se dirigea vers la *Riserva*. Le *Padre* Augustinus ne l'avait jamais laissé monter seul l'escalier en colimaçon qui menait, au dernier étage de la tour, à la petite porte qu'il n'avait lui-même pas le droit de franchir. Mais Jellinek avait donné au *Padre* Pio l'autorisation de ne pas l'accompagner. D'ailleurs, c'était désormais le cardinal qui, sur la suggestion du *Padre* Pio, conservait dans sa soutane la clef à double panneton. Partout, tandis qu'il grimpait l'escalier, régnait cette odeur forte, agressive, des produits chimiques désinfectants qu'il haïssait d'autant plus qu'elle couvrait le stimulant parfum des livres. Enfin parvenu à la porte noire, il enfonça la clef dans la serrure.

A l'instant même où Jellinek ouvrait la porte, il lui sembla qu'une pâle lumière s'évanouissait, impression fugitive qu'il repoussa tout aussitôt : ce n'était pas vraisemblable... Il referma donc la porte à clef et, se frayant un chemin à la lueur de sa torche, alla vers l'armoire en acier qui contenait les documents secrets du Florentin.

Tandis qu'il faisait un tri entre les documents qu'il connaissait déjà et ceux qu'il lui faudrait encore parcourir, Jellinek se demandait pourquoi les artistes malheureux devaient justement être ceux qui atteignaient aux plus hauts sommets de leur art. La fureur, le chagrin, les soucis, le dépit et l'affliction transparaissaient dans toutes les lettres de Michel-Ange, à presque croire qu'il était né pour le malheur. Tout le poussait au *taedium vitae* : partout entouré d'intrigants, de fripons, d'ennemis ! et même parfois il lui semblait qu'une meute d'assassins s'était jetée à ses trousses ; des frayeurs apocalyptiques le prenaient et, dès que ce n'étaient plus les autres qui le tourmentaient, il se tourmentait lui-même, ruminant sans cesse sur des problèmes existentiels, pris de nostalgiques ou imaginaires ardeurs et toujours emprisonné par une irrépressible mélancolie. Etait-ce là le marécageux terrain nourricier de son art ? Fallait-il être esclave pour goûter la douceur de la liberté, aveugle pour apprécier la vue, sourd pour entendre ?

Rapport rédigé d'une main inconnue et concernant Michel-Ange, déjà âgé d'*ottante* années, architecte à Saint-Pierre. Il y était écrit que le vieillard bavait et montrait des signes évidents de gâtisme impliquant qu'il était grand temps de le décharger du projet qu'il avait esquissé sur le papier car il serait douteux qu'il puisse jamais parvenir à le concrétiser. Michel-Ange incriminait des livraisons défectueuses de pierres calcaires qu'il imputait, lorsqu'elles ne convenaient pas à son imagination bouillonnante, à Nanni Bigio, autre architecte encore dans sa jeunesse qui depuis longtemps piaffait d'impatience pour accéder aux fonctions du Florentin. De toute façon, ce conflit ne pouvait être que dommageable pour l'édifice à construire, ce pourquoi il convenait de remercier Michel-Ange et d'installer Bigio à sa place.

Suivaient de petits poèmes, écrits de la main du sculpteur mais qui n'étaient jamais parvenus à leurs destinataires. Du limpide et de l'abscons à la frontière de l'existence : mais chacun de ces parchemins ne pouvait-il mener aux indications recherchées ? Jellinek lut un de ces poèmes avec quelque difficulté, butant presque sur chaque mot :

Ici, à l'extrême limite de l'océan de la vie,
J'apprends trop tard, ô monde, à reconnaître
La nature de tes joies. Tu promets la paix,
que tu ne peux dispenser, et la sérénité
de l'existence, déjà morte avant que de naître.
Effrayé, je regarde en arrière maintenant que le [ciel
A donné un terme à mes jours ; devant les yeux
J'ai toujours l'ancienne et douce erreur
Qui détruit l'âme de celui qui s'en trouve saisi.
A présent j'en apporte la preuve : le plus [heureux destin
Attend dans l'au-delà celui qui, dès la naissance,
Se tourne vers la mort par le plus court chemin.

Il semblerait difficile d'étiqueter « chrétiennes » de telles pensées, elles iraient plutôt dans le sens de l'adage de Sophocle selon lequel ne pas être né surpasse toute connaissance. Quelle douce erreur, quelle douce illusion avaient donc dévasté l'âme de Michel-Ange ?

Bref d'un certain Carlo, argousin à la solde de la Sainte Inquisition : Michel-Ange se serait montré suspect en se rendant de nuit — et parfois en plein jour, sans nullement tenter de se cacher pour autant d'une telle indignité — dans certaines demeures des faubourgs, habitées par des hérétiques et des kabbalistes, ce que tout véritable chrétien se garderait même d'envisager : *Confutatis maledictis flammis acribus addictis.*

Michel-Ange kabbaliste, adepte d'une doctrine ésotérique juive ? Aussi invraisemblable que cela paraissait, certains indices pouvaient effectivement militer en ce sens. Pourquoi, quelques jours avant sa mort, le Florentin avait-il brûlé par cartons entiers nombre de ses écrits et esquisses ? Oui, pourquoi ? Une note de Donati de Carpi, son médecin et ami, en fait foi. Et que contenait le coffre en bois que ses amis Daniele da Volterra et Tommaso Cavalieri ont ouvert après sa mort ? n'était-ce vraiment que les huit mille écus qu'ils ont assuré y avoir trouvé ? Les deux amis fidèles n'y auraient-ils pas également découvert un document par trop compromettant qu'ils se seraient empressés de transporter en un endroit sûr ? Et pourquoi Michel-Ange ne voulait-il surtout pas être enterré à Rome, où il avait passé ses trente dernières années et obtenu ses plus grands triomphes ?

Copie d'une lettre du médecin Gherardo Fidelissimi da Pistoïa au grand-duc de Toscane : « Ce soir nous a quittés pour une vie meilleure l'excellent *messer* Michelangiolo Buonarroti, véritable merveille de la nature et comme, ainsi que d'autres médecins, j'ai eu l'honneur de le soigner lors de sa dernière maladie, j'ai pu prendre connaissance de son souhait que sa dépouille soit ramenée à Florence. D'autre part, comme Lionardo son neveu n'a pu arriver avant l'issue fatale et puisqu'il est mort intestat, je prends sur moi d'informer Votre Excellence, qui savait si bien apprécier ses qualités, pour que son ultime vœu soit exécuté et que les ossements du plus grand homme que la terre ait jamais porté confèrent à cette ville, où il a vécu dès sa petite enfance, une gloire encore plus grande — fait à Rome, le 20 février 1564, par Gherardo, docteur en médecine par la grâce et la libéralité de Votre Excellence. »

Pourquoi, *Domine Deus,* toutes ces fiches, ces lettres et copies étaient-elles conservées aux archives secrètes du Vatican ? Pourquoi des missives furent-elles interceptées, des dossiers constitués ? S'il y avait une explication, ce ne pouvait être que celle-ci : Michel-Ange, ce sublime artiste qui a mieux que quiconque aidé à la gloire de l'Eglise, était soupçonné d'hérésie et, après sa mort, ce soupçon semble d'une façon ou d'une autre avoir été confirmé car un soupçon par lui seul ne pourrait justifier la préservation dans de telles conditions de toute cette matière.

Plongé dans de sombres réflexions, Jellinek passait en revue à la lueur de sa torche document après document, quand un parchemin glissa au sol. Le cardinal s'étant baissé pour le ramasser, sa torche qu'il tenait de la main gauche éclaira soudain le côté d'une étagère vide, tout près du sol, de telle sorte qu'il aperçut l'autre côté de l'étagère. *Deus Sabaoth !* cela ne pouvait pas être, ne *devait* pas être ! De l'autre côté de l'étagère il vit deux chaussures et si, pendant un court instant, il avait pensé se tromper, espéré que l'atmosphère oppressante qui régnait là l'avait induit en erreur, cet espoir fut bientôt anéanti quand les chaussures s'éloignèrent sur la pointe des pieds. Le cardinal en resta pétrifié, de la même façon que la femme de Loth avait été transformée en statue de sel pour avoir osé regarder en arrière quand le Seigneur fit pleuvoir le soufre et le feu sur Sodome et Gomorrhe. « Halte ! cria-t-il, suffoqué. Qui est là ? » et il brandit sa torche dans l'obscurité. Puis il contourna l'étagère, se rendit à l'endroit où cette apparition avait eu lieu, tenta d'éclairer l'enfilade de *buste* mais la lueur de sa torche était trop faible pour aller jusqu'aux ultimes recoins, et précautionneusement il s'avança encore, criant à nouveau : « Qui est là ? » sans doute davantage pour se donner du courage que dans l'espoir d'obtenir une réponse. « Qui est là, qui est là ? Y a-t-il quelqu'un ? »

Le cardinal sentait sa peur, impression qui ne lui était guère familière et qui lui était venue en cet instant face à ce qu'il y avait d'étrange et d'inconnu dans une telle situation. D'un geste vif, il tourna sa torche vers l'emplacement qu'il venait de quitter. La tache lumineuse dansait nerveusement et chacune des *buste* projetait sur les murs et le plafond de grandes ombres vacillantes qui semblaient soudain s'éveiller à la vie. Certaines prenaient la forme d'énormes pattes griffues de monstres prêts à se saisir de lui. Etait-ce à cause de ces apparitions fantasmagoriques ou de l'air vicié de cette pièce dépourvue de fenêtres ? Il lui sembla entendre soudain une voix, criant d'abord de façon désordonnée puis très distinctement : « *Que vois-tu là, Jérémie ?* »

Et comme si cela allait de soi, Jellinek répondit : « *Je vois une branche d'amandier* », et la voix répliqua : « *Tu as bien vu, car je veille sur ma parole pour l'exécuter.* » Puis elle reprit : « *Que vois-tu ?* » et le cardinal, la tête tourneboulée, répondit : « *Je vois une chaudière bouillante, du côté du septentrion* », et la voix dit : « *C'est du septentrion que la calamité se répandra sur tous les habitants de ce pays. Car voici, je vais appeler tous les peuples des royaumes du septentrion ; ils viendront et placeront chacun leur siège à l'entrée des portes de Jérusalem, contre ses murailles tout alentour, et contre toutes les villes de ce pays. Je prononcerai mes jugements contre eux, à cause de toute leur méchanceté, parce qu'ils m'ont abandonné et ont offert de l'encens à d'autres dieux, et parce qu'ils se sont prosternés devant l'ouvrage de leurs mains. Mais toi, je t'établis en ce jour sur tout le pays comme une ville forte, une colonne de fer et un mur d'airain, contre les rois de ce pays, contre ses chefs, ses prêtres et son peuple !...* »

Tandis que le cardinal, comme ivre, écoutait retentir encore ces mots dans la semi-obscurité, il lui sembla apercevoir une lueur dans un coin reculé, une petite flamme hésitante qui se dirigeait vers le plafond. De plus en plus timidement, il interrogea encore : « Qui est là ? Il y a quelqu'un ? » Mais aussitôt il poussa un cri de terreur, comme si l'être qui partageait avec lui la solitude ténébreuse de cette pièce venait de le tirer par la manche.

Jellinek pointa sa torche sur le côté et comprit ce qui était advenu : il avait heurté un folio qui dépassait de son étagère. Et sa torche ayant soudain éclairé le dos du volume, des lettres d'or lui apparurent comme un message venu des profondeurs de l'abîme :

LIBER HIEREMIAS. Le Livre de Jérémie.

Le cardinal Jellinek se signa : la lueur du fond était toujours là, désormais immobile. Il se demanda pour un instant s'il ne devait pas prendre la fuite, laisser le mystère à son mystère, et ce qu'il adviendrait s'il en faisait ainsi. Mais lui vint alors à l'esprit l'idée que, dans cette étrange apparition, résidait peut-être le remède à tout ce désastre, et que cet autre qu'il supposait là-bas cherchait peut-être la même chose que lui. A pas de loup, il s'avança donc vers l'étrange lueur jusqu'à une étagère bondée d'ouvrages. Mais, après avoir braqué sa torche vers l'arrière et passé prudemment la tête derrière l'étagère en question, il ne vit qu'une lampe de poche dirigée vers le plafond. Dans le même instant, un puissant bruit se faisait entendre du côté opposé : non seulement la porte des archives secrètes venait bruyamment de se refermer, mais Jellinek perçut nettement le bruit caractéristique de la clef à double panneton dans la serrure. Il ramassa la lampe, alla vers la porte : elle était effectivement verrouillée. Ainsi donc, se dit-il, les archives prétendues secrètes l'étaient beaucoup moins qu'il n'avait pensé.

Le cardinal ouvrit, signala sa présence par un léger toussotement, et tout aussitôt revint le *scrittore* qui l'avait fait entrer.

— Avez-vous vu quelqu'un ici ?... s'enquit Jellinek, en s'appliquant à donner à sa question un caractère anodin.

— Quand ça ? demanda le *scrittore*.

— Juste à l'instant.

Le *scrittore* secoua la tête :

— Le dernier visiteur est parti depuis deux heures. C'était un moine du Collegium Teutonicum. Il a laissé son nom dans le registre d'entrée.

— Mais.. aux archives secrètes ?

— Votre Eminence ! s'écria le *scrittore,* horrifié, comme si rien que d'y penser il commettait déjà un péché.

— N'avez-vous pas entendu la porte des archives secrètes ?

— Evidemment, Votre Eminence, mais je savais bien que c'était vous !

— C'est bon, c'est bon, bougonna le cardinal, remettant les deux lampes à leur place. Ah oui, au fait : combien de lampes sont-elles réservées pour les archives secrètes ?

— Deux, répondit le *scrittore.* Une pour chacun de ceux qui y ont accès, c'est-à-dire Sa Sainteté et vous-même.

— C'est bon, c'est bon, répéta Jellinek. Et quand avez-vous vu ici Sa Sainteté pour la dernière fois... ou le cardinal secrétaire d'Etat ?

— Oh ! cela fait si longtemps, Votre Eminence, si longtemps que je ne m'en souviens même pas.

Ce disant, il se baissa pour ramasser au sol un rouleau de parchemin :

— Votre Eminence a perdu quelque chose...

— Moi ? fit Jellinek, regardant médusé ce parchemin que l'autre tenait entre ses mains, mais il parvint vite à cacher sa surprise. Donnez-le-moi, je vous remercie infiniment.

Le *scrittore* s'inclina respectueusement et se retira. Aussitôt le cardinal alla s'installer à l'une des écritoires qui longeaient le mur et, après s'être assuré que personne ne l'observait, il étala le rouleau devant lui : c'était un document portant le sceau du pape Adrien VI. L'intrus inconnu l'avait sans doute perdu pendant sa fuite.

Avidement, Jellinek lut ce texte écrit en latin et qui disait : « Nous, Adrien le sixième, souverain pontife par la grâce de Dieu et représentant de Jésus-Christ sur la terre, voyons avec inquiétude et affliction prendre de l'ampleur la maladie qui ronge l'Eglise aussi bien à sa tête que dans ses membres. Alors qu'il convenait d'orner l'Eglise avec ses prêtres, on a orné ses prêtres avec l'Eglise ! Les lois de cette Eglise ne semblent plus exister que pour être transgressées. Cardinaux et membres de la curie se sont à tel point écartés du droit chemin qu'ils deviennent pour le bas clergé non plus des modèles de dévotion mais de péché. Pour cette raison parmi bien d'autres, dont les personnes concernées auront été dûment informées par message personnel, et afin de mettre un terme à cette situation, j'ai décidé d'entreprendre une profonde réforme de la curie... » Là, s'arrêtait brusquement l'écrit.

Cela ressemblait fort à un projet de bulle que le pape Adrien VI n'avait pourtant jamais édictée : projet avorté fortuitement ou par la force ? Le pape Adrien, le dernier non italien pour quatre siècles et demi encore, était décédé le 14 septembre 1523, à peine un an après avoir été mis sur le trône de saint Pierre. Le bruit avait aussitôt couru que son médecin l'avait empoisonné[1]. Pour l'heure, c'était surtout sur le lien qui pouvait exister entre ce parchemin et le mystérieux intrus que Jellinek s'interrogeait. Et, si ce lien éventuel n'existait pas, quel autre processus pouvait être en train de se dérouler, *hic et nunc*, sans que lui-même en ait eu la moindre idée ? Pour finir, il glissa le parchemin entre les boutons de poitrine de sa soutane et s'en fut.

Le cardinal fit un détour par la *Sala di merce* pour vérifier si le caméristе du pape avait joué son coup sur l'échiquier. Cela lui semblait le meilleur moyen de réfléchir posément et de parvenir à se libérer des questions qui harcelaient sans cesse son cerveau : Que se passe-t-il effectivement ici ? Qui essaie de

1. Dès le lendemain de la mort du pape Adrien VI, fut apposé à la porte de ce médecin — Giovanni Antracino — un placard qui disait : « *Liberatori Patriae S.P.Q.R.* » Soit : « Au libérateur de la Patrie, le Sénat et le Peuple romain reconnaissants. » *(N.d.T.)*

cacher quoi ? Et qui tente de résoudre quelle énigme ?

La classique partie commencée sur le précieux échiquier de la *Sala di merce* s'était transformée, sans que le cardinal y ait pris garde, en « variante espagnole ». Jellinek avait bien ouvert en e2-e4, *monsignore* Stickler avait suivi par e7-e5, puis le cavalier de Jellinek avait sauté de g1 en f3, celui de Stickler avait aussitôt fait de même de b8 en b6. Là-dessus, le cardinal ayant fait prendre la diagonale f1-b5 à son fou, Stickler avait longtemps hésité à reprendre le jeu. Il n'y avait rien d'étonnant à cela : répondre une fois encore de façon symétrique en mettant son propre fou en b4 n'était en effet guère recommandé. Comme il n'y avait pas encore de cavalier sur c3, le pion qui s'y trouvait aurait pu contraindre le fou à prendre la fuite. Mieux valait y réfléchir à deux fois, ce pourquoi sans doute Stickler avait attendu deux petites semaines avant de répliquer en posant son pion sur a6. Le déroulement de la partie s'était ensuite accéléré — on en était maintenant au douzième coup au cours duquel Jellinek avait à nouveau déplacé son cavalier de f3 en g5. Cette avancée avait vraisemblablement surpris Stickler, car cela faisait plusieurs jours qu'il hésitait.

Cette nuit-là, Jellinek ne parvint pas à réellement trouver le sommeil. Il s'était couché assez tard, contrairement à ses habitudes, mais le mystérieux visiteur des archives secrètes continuait à l'obséder : qui, en dehors de lui-même, pouvait tant s'intéresser aux inscriptions de Michel-Ange, et à quelle piste le parchemin du pape Adrien menait-il ? Dans son demi-sommeil, le cardinal avait cent fois élaboré cent théories, passé en revue cent noms de membres de la curie, autant de fois en pure perte. Il finit par se lever vers minuit et enfila sa robe de chambre écarlate. Les mains enfoncées dans les poches, il se mit à marcher de long en large. Par la fenêtre, il pouvait apercevoir de l'autre côté de la rue une station-service. Elle fermait justement à minuit. Le pompiste, en sifflotant, avait déjà enfourché sa bicyclette et il disparut bientôt. Dans une cabine téléphonique, sur le même trottoir, un homme parlait, la mine sérieuse et, après avoir éclaté de rire, il quitta la cabine pour se diriger tout droit vers l'entrée du *palazzo* Chigi. Jellinek ouvrit sa fenêtre. Dans la lumière qui éclairait crûment la rue, il vit l'homme disparaître à l'intérieur du palais. Ce n'était pas la première fois que le cardinal voyait ainsi des individus en train de téléphoner de cette cabine pour aussitôt s'engouffrer dans le porche de sa maison. Il prit sur lui de se rendre derrière la porte de son appartement et d'y coller une oreille. Il entendit résonner des pas, qui s'arrêtèrent devant la loge du gardien.

Il ferma un instant les yeux, tentant de s'imaginer aussi bien Thomas d'Aquin qu'Augustin, Ambroise, Jérôme, Athanase ou Basile, tous réputés pour l'orthodoxie de leur enseignement et la sainteté de leur vie, en train de laisser un document secret, rédigé dans le trouble mental des derniers jours de leur existence, élaborant de funestes doctrines de la foi aux arguments théologiques exceptionnellement probants, et qui seraient soudain susceptibles de se révéler porteuses d'un danger mortel pour l'Eglise tout entière. Mais, dès l'instant suivant, il se frappa la poitrine pour avoir eu des pensées à tel point sacrilèges et chuchota passionnément : *Libera me, Domine, de morte aeterna in die illa tremenda, quando coeli movendi sunt et terra.*

Il en était là de sa prière quand il entendit un rire dans l'escalier. Celui de Giovanna !

Mercredi des Cendres

C'est le mercredi des Cendres qu'advint ce qui semblait depuis longtemps inévitable : le quotidien communiste *L'Unità* informait en première page de la mystérieuse découverte sur les fresques de la chapelle Sixtine.

Dans son bureau de l'Istituto per le Opere Religiose, meublé aussi sobrement qu'avec goût, Phil Canisius se saisit du journal, le frappa contre sa table, s'écriant au comble de l'irritation : « Comment cela a-t-il pu se produire ? C'était justement ce qu'il fallait éviter à tout prix ! C'est un cas pour la Rota ! »

Au Vatican, pouvait-on lire, régnait une fébrile effervescence depuis que les restaurateurs avaient découvert des inscriptions cachées par Michel-Ange au plafond de la chapelle Sixtine. Il s'agirait d'initiales énigmatiques, d'ores et déjà étudiées et en cours d'interprétation par des experts, qui mettraient l'Eglise dans un grand embarras, d'autant que Michel-Ange n'était pas réputé pour avoir été ami des papes.

— Il ne peut s'agir que d'une indiscrétion volontaire ! s'indigna Canisius, qui répéta : Un cas pour la Rota !

Le cardinal secrétaire d'Etat Giulio Cascone, qui se trouvait là comme toujours flanqué de son premier secrétaire, *monsignore* Raneri, dit sur un ton qui se voulait apaisant :

— Nous n'en avons aucune preuve, nous ignorons qui peut bien être le mouton noir de notre troupeau...

— Je jure sur Dieu et ma vieille maman que je n'ai rien à voir avec tout cela, grommela le professeur Gabriel Manning.

Et le directeur général des Musées et Bâtiments pontificaux, le professeur Antonio Pavanetto, affirma tout également sous serment qu'il n'était pour rien dans cette publication. De son côté, le professeur Ricardo Parenti, appelé en hâte, assura même qu'il se laisserait plutôt trancher la langue que de divulguer le moindre mot tant que le mystère des inscriptions ne serait pas élucidé.

— Je peux vous avouer franchement, assura Canisius, qu'il m'est totalement indifférent de savoir de quelles invectives Michel-Ange entendait accabler l'Eglise et la curie. Eclaircir ce point est *votre* problème ; mais ce qui est tout à fait dommageable pour moi, pour nous et pour notre I. O. R., c'est cette agitation et cet espionnage dans les dossiers confidentiels : car le véritable capital de notre banque, c'est l'absolu secret...

L'Istituto per le Opere Religiose — plus couramment dénommé I. O. R. — se trouve au pied des appartements privés du pape et a la forme d'un D majuscule mais, à ce qu'on prétend du moins au Vatican, ce tracé est tout à fait l'œuvre du hasard et ne saurait en aucun cas faire référence à l'initiale du diable ! Cet I. O. R. est donc la banque du Vatican. Depuis sa fondation, au temps du pape Léon XIII, il se trouve en transformation permanente. Créé pour mieux collecter des fonds destinés aux projets de l'Eglise, il a été autorisé depuis Pie XII à gérer des placements, ce qui en fait de nos jours une entreprise florissante jouissant, contrairement à toutes les autres banques de par le monde, d'une totale exonération de charges fiscales. Les accords de Latran, sous le pape précédent en 1929, permettant de constituer des « corporatives cléricales » lui ont été appliqués. Leur article 11 protège explicitement les administrations du Vatican de toute ingérence de l'Etat italien, en conséquence de quoi l'I. O. R. est particulièrement prisé par les gens fortunés. Voici d'ailleurs comment Phil Canisius, docteur en droit canonique et directeur de cet établissement, a résumé une telle situation : « Il suffit de pénétrer au Vatican avec une valise bourrée de devises pour que deviennent caduques les lois italiennes concernant celles-ci. »

... Canisius, ne pouvant se contenir plus longtemps, frappa de nouveau et à plusieurs reprises sa table avec le journal. Cela claquait comme s'il voulait extirper l'information de son support, et il n'arrêtait pas de répéter : « Il faut soumettre ce cas à la Rota, je l'exige ! » Le secrétaire d'Etat Giuliano Cascone ajouta, avec une égale véhémence, qu'il convenait d'assurer les coupables des plus sévères sanctions prévues par le Codex Iuris Canonici pour les dommages incommensurables causés par leur faute à la curie et à la Sainte Mère l'Eglise. (Pendant tout ce discours, *monsignore* Raneri ne manqua pas de hocher affirmativement la tête). Le professeur Pavanetto renchérit aussitôt, assurant qu'il convenait désormais de se hâter et de résoudre l'énigme par n'importe quel moyen.

— Comment dois-je comprendre cela ? s'enquit avec méfiance le professeur Manning. Que peut signifier : par n'importe quel moyen ?

— Cela signifie que nous ne pouvons nous permettre de continuer à tâtonner dans le noir, en attendant que la science veuille bien nous proposer une solution. Nul d'entre nous n'ignore quels dommages ont été causés, jusqu'à ce que l'Eglise prenne enfin une position claire, par l'interminable controverse sur l'authenticité du suaire de Turin.

— La mère de la science, répliqua Manning, imperturbable, est la véracité et non la précipitation. Certes, cette publication vient mal à propos, mais elle me contrarie seulement dans la mesure où il semble nécessaire, dans l'intérêt général, que j'accorde encore plus de soin à mes recherches.

— *Mister,* dit Canisius (parfois ses origines américaines lui revenaient dans ses discours), la curie vous a alloué une somme plutôt rondelette pour vos recherches. Il me semble que cette somme, pour peu que vous mettiez les bouchées doubles et nous délivriez dans les prochains jours une quelconque explication plausible afin que l'air à l'intérieur de la Cité léonine redevienne respirable, eh bien, il me semble que cette somme pourrait elle aussi être doublée !

Parenti se mit à rire sous cape et les autres le regardèrent avec surprise.

— Vous voulez savoir pourquoi je ris ? Avouez que la situation ne manque pas d'un certain piquant. D'ores et déjà, alors que pas un seul signe n'a encore pu être décrypté, Michel-Ange est parvenu à jeter la curie entière dans une folle effervescence. Alors, imaginez ce qui va se passer quand toutes ces lettres se mettront à parler !

— Je vais préciser ma pensée, reprit Phil Canisius, voulant ignorer cette interruption. *Professore* Manning, si vous n'êtes pas en mesure d'élucider ce problème dans la semaine qui vient, la curie se verra contrainte de faire appel à d'autres experts.

Manning se leva d'un bond et, surexcité, brandit son doigt sous le nez de Canisius :

— Serait-ce une menace ? Votre Eminence ne parviendra pas à m'intimider : dès lors que la science est en jeu, je ne puis accepter ni qu'on tente de me soudoyer ni qu'on s'essaie à me faire du chantage !

Le cardinal secrétaire d'Etat Cascone s'employa à le calmer :

— Mais non, dit-il, ce n'est pas ce que nous avons voulu dire, *professore,* loin de nous l'idée de vouloir vous mettre sous pression ! Mais vous devez comprendre que cette situation hors du commun nous contraint, si nous voulons protéger l'Eglise de cette nuisance, à agir au plus vite...

Parenti se reprit à rire, avec une ironie encore plus féroce :

— Depuis bientôt cinq siècles, Michel-Ange a inscrit quelque chose au plafond, dont nous ignorons s'il s'agit d'une initiative pieuse ou hérétique ; depuis bientôt cinq siècles cela trône tout là-haut et l'on peut supposer que, au début du moins, quiconque avait des yeux pour voir aurait pu s'y intéresser. Ce qui n'a pas été le cas. Et voici que ces inscriptions doivent être décryptées en une semaine ! Vous me pardonnerez, mais je trouve que c'est parfaitement ridicule. Jamais je n'aurais accepté une mission importante soumise à une telle contrainte.

— Je vous supplie de comprendre, larmoya le professeur Pavanetto (et *monsignore* Raneri ne manqua pas de hocher à nouveau la tête d'un air convaincu), combien la situation de l'Eglise est précaire !

— Au fait, s'enquit Manning, pourquoi pensez-vous tous que derrière cette combinaison de lettres, AIFALUBA, ne peut se cacher qu'un méchant blasphème ou une effroyable découverte ? Michel-Ange n'aurait-il pu aussi bien vouloir honorer à sa façon une citation de l'Ancien ou du Nouveau Testament ?

Cascone s'approcha de Manning et lui dit doucement, comme en un chuchotis :

— *Professore,* vous sous-estimez la méchanceté de l'Homme. Le monde est méchant...

Manning, Parenti, Pavanetto semblèrent tous s'enfermer dans un silence embarrassé, que seule la sonnerie du téléphone vint troubler.

— *Pronto !* répondit Canisius... C'est pour toi, Eminence, dit-il en tendant l'écouteur à Cascone.

— *Pronto ?* fit ce dernier de mauvaise grâce.

Et en une seconde le visage du cardinal secrétaire d'Etat n'exprima plus qu'une horrible consternation. La main tremblante, il se cramponnait au combiné...

— J'arrive immédiatement ! parvint-il à articuler dans un souffle.

Et il raccrocha.

Toute l'assemblée le regardait mais, le visage livide, il se contenta de secouer la tête.

— Mauvaise nouvelle ? fouina Canisius.

Cascone se pressa la bouche des deux mains et finit par se décider à parler.

— Le *Padre* Pio vient de se pendre dans la salle des Archives, dit-il d'une voix mal assurée.

Et aussitôt il se mit à réciter : « *Domine Jesu Christe, Rex Gloriae, libera animas omnium fidelium defunctorum de poenis inferni et de profundo lacu...* », prière qu'il termina par trois signes de croix.

Les autres, suivant son exemple, répondirent en chœur : « *Libera eas de ore leonis, ne arbsorbeat eas tartarus, ne cadant in obscurum ; sed signifer sanctus Michael, repraesentet eas in lucem sanctam, quam olim Abrahe promisisti, et semini eius.* »

Le *Padre* Pio Segoni était pendu à une croisée, dans un coin reculé des Archives. Il s'était passé sa large ceinture de bénédictin autour du cou et l'avait nouée à la fenêtre entrouverte. Il avait donc accompli ce qui leur semblait à tous invraisemblable.

Quand Cascone arriva, les cardinaux Jellinek et Bellini étaient déjà sur place. Jellinek, monté sur une chaise, s'apprêtait à couper la ceinture avec son couteau de poche mais Cascone l'en dissuada.

— Votre Eminence, vous voyez bien qu'il n'y a plus rien à faire ! dit-il en montrant les yeux exorbités du *Padre* Pio et la langue qui pendait de sa bouche béante. Laissez cela à d'autres. Qu'on appelle un médecin. *Professore* Montana, où est le professeur Montana ?

Le *scrittore* qui avait découvert le cadavre répondit que le *professore* Montana avait été prévenu et qu'il devrait arriver d'un moment à l'autre. Jellinek joignit les mains et se mit à murmurer comme une antienne : « *Lux aeterna luceat ei, lux aeterna luceat ei...* »

Montana arriva enfin, flanqué de deux hommes en blanc. Il tâta le pouls du pendu, secoua aussitôt la tête et fit signe aux deux hommes en blanc de décrocher le mort. Ils allongèrent le *Padre* Pio sur le sol. Son regard fixe était effrayant. Montana lui ferma la bouche et les yeux, examina les marques rouge sombre de strangulation. Puis, calmement, il dit :

— *Exitus. Mortuus est.*

— Mais comment cela a-t-il pu lui arriver ! s'étonna le cardinal Bellini. C'était un homme tellement compétent...

Jellinek approuva et Cascone, se retournant vers le *scrittore,* lui demanda :

— Avez-vous une explication, mon frère, le *Padre* Pio vous avait-il semblé dépressif ?

L'autre dit que non, mais rappela qu'on ne pouvait jamais vraiment savoir ce qui se passait à l'intérieur de quelqu'un. Le *Padre* Pio avait passé presque toutes ses journées et même des nuits entières au milieu des étagères de l'*Archivio,* il ne restait qu'à supplier le Seigneur d'avoir son âme en miséricorde. Aucun des archivistes et *scrittori* ne s'était inquiété de ne pas voir venir le *Padre* Pio ce matin-là : pénétrer dès l'aube dans l'une ou l'autre des salles des Archives était dans ses habitudes, on ne le voyait que vers midi, quelque part à la bibliothèque. Certes, le *Padre* Pio semblait parfois comme absent, tenant en main des notes et des manuscrits, ou les enfouissant dans ses tiroirs ou dans ses poches, mais il n'avait jamais rien dit de ses recherches. De toute façon, il se montrait toujours plutôt taciturne. Aussi, tant les archivistes que les *scrittori* avaient-ils supposé qu'il travaillait à cette mission secrète...

— Quelle mission secrète ?

— A ce qu'on m'a dit, elle serait en rapport avec Michel-Ange et les fresques de la Sixtine...

— Et qui l'aurait chargé d'une telle mission ?

— C'est *moi* qui l'en ai chargé ! assura tout aussitôt le cardinal Jellinek.

Le cardinal secrétaire d'Etat s'étant enquis de savoir si cela avait donné de quelconques résultats, ce fut le *scrittore* qui répondit.

— Non, et c'est bien étonnant d'ailleurs que nos archives comprennent si peu de documents concernant Michel-Ange. Même s'il avait été frappé d'anathème, d'habitude on dispose ici de bien davantage de renseignements !

— Je pourrais peut-être en donner le pourquoi... murmura Jellinek.

Mais comme Cascone le regardait avec étonnement, il reprit :

— Oui, je pourrais l'expliquer, sinon que le *Codex Iuris Canonici* l'interdit, je pense me faire comprendre...

— Je ne comprends rien du tout ! fulmina le cardinal secrétaire d'Etat, et j'exige que vous m'informiez *ex officio* !

Mais quand Jellinek lui eut calmement répondu : « Votre Eminence sait parfaitement où s'arrête son pouvoir *ex officio...* », Cascone sembla réfléchir, comprendre, et il s'abstint de pousser plus loin. Se retournant vers le *scrittore,* il finit par dire :

— Vous avez parlé de manuscrits trouvés par *Padre* Pio, et qui auraient disparu dans certains tiroirs ou dans ses poches. Pourriez-vous nous donner des précisions à ce propos ?

Le *scrittore* répondit que le *Padre* Pio rangeait essentiellement ses trouvailles dans son meuble de bureau, mais qu'il lui arrivait d'en conserver dans les poches de sa soutane.

Cascone fit signe de vider les poches du mort à l'un des hommes en blanc, chargeant l'autre d'aller vérifier le contenu des tiroirs du bureau. De la poche droite émergea un mouchoir. Dans celle de gauche se trouvait un papier griffonné d'une écriture hâtive : « *Nicc. III anno 3 lib. p. aff. 471* ».

— Cela vous dit-il quelque chose ? demanda-t-il au *scrittore.*

— Il me semble qu'il pourrait s'agir d'une cote prise dans le *Schedario Garampi,* ce qui désignerait des dossiers datant de l'époque du pape Nicolas III.

— Faites-nous apporter ce document sur-le-champ ! ordonna nerveusement le cardinal secrétaire d'Etat.

— Cela ne va pas pouvoir se faire aussi rapidement... répondit le *scrittore.*

— Et pourquoi donc, s'il vous plaît ?

— Le *Schedario Garampi* n'est plus archivé dans sa forme initiale : depuis le temps, nombre d'autres cotes s'y sont ajoutées. Cela va être bien délicat, sans même connaître ses attendus ou son contenu, de dénicher le dossier correspondant. Par ailleurs...

— Par ailleurs ?

— En fait, cette cote ne me semble en aucune façon pouvoir résoudre le cas qui vous préoccupe : le pape Nicolas III est mort — si je ne m'abuse — en 1268, plus de deux siècles avant la naissance de Michel-Ange ! Je crois que le seul qui pourrait vous aider, dans une telle situation, c'est le *Padre* Augustinus.

— Le *Padre* Augustinus est parti en retraite et doit y rester.

— Votre Eminence, intervint le cardinal Jellinek, insiste pour que l'on trouve rapidement une solution à ce problème et, dans le même temps, elle envoie en retraite l'unique personnage qui serait apte à nous rapprocher un tant soit peu d'une telle solution. Je ne sais plus ce qu'il me faut en penser, sinon que nous avons besoin du *Padre* Augustinus.

— Nul n'est irremplaçable ! répliqua sèchement Cascone. Pas plus Augustinus qu'un autre.

— Je n'en disconviens pas, monsieur le cardinal secrétaire d'Etat. Reste néanmoins la question de savoir si la curie peut se permettre, dans la situation où nous nous trouvons, de se passer des services d'un homme comme le *Padre* Augustinus. Car les Archives du Vatican n'ont pas seulement besoin de quelqu'un qui soit apte à maîtriser les données techniques de l'archivage, il faut aussi qu'il ait la force de caractère d'assumer sa tâche : Montecassino n'est pas la cité du Vatican ! ajouta-t-il en regardant la dépouille du *Padre* Pio.

Ainsi, devant le cadavre du bénédictin, les deux cardinaux se laissaient-ils de plus en plus entraîner dans une véhémente dispute au cours de laquelle Jellinek finit par menacer de saboter les recherches puisqu'il lui était impossible *ex officio* de donner sa démission. Alors Cascone accepta de faire revenir le *Padre* Augustinus.

Jeudi suivant

Le moins qu'on puisse dire, c'est que l'article de *L'Unità* ne passa pas inaperçu. Au service de presse du Vatican, ce fut bientôt la cohue.

— AIFALUBA, ça veut dire quoi exactement ?

— Est-ce l'abréviation d'un code ?

— Qui a découvert cette inscription ? Depuis combien de temps le savez-vous ?

— S'agit-il d'un faux, allez-vous l'effacer ?

— Pourquoi le Vatican ne réagit-il que maintenant à cette révélation ?

— A quoi rime le silence de la curie ?

— Qui sont les spécialistes chargés de cette affaire ?

— Michel-Ange aurait-il été un hérétique ?

— Si tel est le cas, de quoi la curie a-t-elle peur ?

— A-t-on jamais entendu parler, dans toute l'histoire de l'art, d'une affaire de ce genre ?

Le matin même, le cardinal secrétaire d'Etat Cascone avait recommandé le silence à tous les membres du concile. C'était à lui seul, en sa qualité de préfet du Conseil pour les Affaires publiques de l'Eglise, qu'incombait de donner les informations de quelque nature qu'elles fussent. Il entendait s'en charger dans les prochains jours... Mais, poussé par les professeurs qui le conjuraient de publier au plus vite le peu qu'on pouvait savoir, afin de tuer dans l'œuf toutes les rumeurs fantaisistes qui risquaient de circuler désormais, et sous le coup de l'impérieuse menace du cardinal Jellinek, le cardinal secrétaire d'Etat Cascone finit par admettre que la curie devait prendre officiellement position... En conséquence de quoi, il organisa une conférence de presse où il se contenta de lire une déclaration et de répondre par « *No comment !* » à toutes les questions, en précisant toutefois que, sitôt les résultats des recherches en cours obtenus, ils seraient annoncés par lui-même.

Le cardinal Joseph Jellinek mit à profit le jeudi suivant l'émouvante liturgie du mercredi des Cendres pour mettre de l'ordre dans ses idées. Cela faisait sept semaines qu'il tâtonnait dans le noir, et il se voyait maintenant encore plus éloigné d'une quelconque issue que jamais. Il avait surtout pris conscience que ce mystère en cachait bien d'autres, et ceux-là en lui-même. Une seule conviction le tenait : derrière les inscriptions de la Sixtine, ne se dissimulait pas seulement le blasphème d'un homme torturé mais une entreprise diabolique visant à nuire d'une façon ou d'une autre à la curie et à l'Eglise. Souvent, dans la chapelle Sixtine, Jellinek avait scruté le prophète Jérémie dans son profond désespoir, en train de regarder le sol où toutes traces s'effacent et se perdent ; et maintenant il relisait ses prophéties à propos du temps de Jojakim et de Sédécias, et ses menaces contre les Egyptiens, Philistins, Moabites, Ammonites et Edomites ainsi qu'à l'encontre d'Elam et de Babylone. D'un trait vertical il avait marqué les versets 1 à 3 du chapitre 26, là où il est dit : « *Au commencement du règne de Jojakim, fils de Josias, roi de Juda, cette parole fut prononcée de la part de l'Eternel en ces termes : Ainsi parle l'Eternel : Tiens-toi dans le parvis de la maison de l'Eternel, et dis à ceux qui de toutes les villes de Juda viennent se prosterner dans la maison de l'Eternel toutes les paroles que je t'ordonne de leur dire ; n'en retranche pas un mot. Peut-être t'écouteront-ils, et reviendront-ils chacun de leur mauvaise voie ; alors je me repentirai du mal que j'avais pensé leur faire à cause de la méchanceté de leurs actions...* »

Hélas, même en répétant sans cesse ces versets, Jellinek n'en avait pas été plus avancé pour autant. Tout ce qu'il avait appris jusqu'alors dépassait amplement sa compréhension, et les suppositions parfois contradictoires qu'il se trouvait contraint de faire le précipitaient en d'épouvantables et indignes pensées. Mais, par-dessus tout, le cardinal ne savait plus à qui se fier au sein de la curie ni envers qui il lui fallait demeurer sur ses gardes. Maintenant, pour la première fois de son existence, il se mettait à douter des idéaux chrétiens : la foi, l'amour du prochain, la miséricorde... et il savait que, rien que d'en douter, cela représentait déjà un péché. En dehors de toute spéculation d'ordre théologique, il considérait le problème auquel il se trouvait confronté d'un œil très différent. C'était aussi de lui-même et de sa mission qu'il doutait, tout autant que des membres de la curie impliqués dans cette affaire. Le suicide du bénédictin l'avait profondément perturbé. Comme les cercles provoqués à la surface des eaux par la chute d'une pierre, les lignes de son bréviaire se dissolvaient, et les prières de pénitence qu'il tentait de s'imposer se volatilisaient sitôt qu'il se demandait si le *Padre* Pio était parvenu à résoudre l'énigme et, du même coup, n'avait pu supporter de connaître la vérité. La liturgie se révélant inefficace, son âme demeurait aveugle et ses pensées éphémères.

Occupé à tenter de cataloguer tous les faits ayant eu lieu depuis la découverte des inscriptions, comme s'il manœuvrait sur un échiquier en accordant à telle ou telle de ses pièces des mouvements interdits à d'autres, le cardinal prit conscience de toute la sagesse renfermée dans ce jeu très ancien, et de ce qu'à tout prendre la curie n'était rien d'autre qu'un immense échiquier aux règles immuables. Un reflet de la vie en quelque sorte. Il perçut même que ce n'était pas, là non plus, de la figurine la plus haut placée qu'émanait le plus de puissance et que la véritable puissance, le véritable danger, résidaient dans l'ensemble de toutes les autres pièces, les pions y compris.

En sa qualité de préfet de la Congrégation pour la doctrine de la foi, donc particulièrement concerné par les théories et croyances erronées, le cardinal Jellinek n'ignorait rien des attaques éventuelles auxquelles l'Eglise risquait d'offrir prise, mais ce qui l'inquiétait surtout et l'angoissait était de ne rien savoir de ce nouvel et invraisemblable ennemi.

Jellinek ne se sentait vraiment pas bien, souffrait de crampes d'estomac : il dut aller s'allonger sur le sofa du salon, et là, ferma les yeux. Comment se pouvait-il qu'une inscription vieille de près de cinq siècles mette ainsi toute la curie en effervescence ? Et pourquoi des hommes pourvus de la plus haute autorité semblaient-ils soudain frappés de déraison ? Pourquoi la méfiance s'installait-elle partout ? Cela pouvait-il être la crainte et l'angoisse des ignorants, face à ceux qui savaient ?

Soudain lui revint en mémoire cette première fois où il s'était trouvé en présence du réel savoir. Pour lui, tout au long de son existence, le savoir s'était incarné dans les livres, les collections de livres, les bibliothèques, les archives. En ce jour lointain — il devait à peine être âgé de neuf ans — il avait pénétré pour la première fois dans une bibliothèque. Ses parents l'avaient envoyé à la grande ville, chez des étrangers. Sans doute s'agissait-il d'un oncle et d'une tante mais, pour le petit Joseph, ils étaient demeurés dans les années suivantes comme des étrangers.

Il venait de sa campagne, un hameau d'une douzaine de fermes. La plus petite et la moins coquette était celle de sa famille. Ses parents travaillaient dur, de même leurs quatre enfants et surtout lui qui en était l'aîné. On ne peut dire pour autant qu'il avait eu une enfance malheureuse, elle était aussi heureuse que peut l'être celle d'un enfant qui n'a pas de désirs parce qu'il ignore ce que sont les besoins. Sa vie se déroulait au rythme des saisons, les dimanches en marquaient l'accent. Ces jours-là, les Jellinek se rendaient dans leurs plus beaux habits à l'église du plus proche village et, en ressortant, faisaient parfois un arrêt à l'auberge où le père se commandait une bière, la mère et les enfants se partageant deux limonades. Ce qui rendait ces dimanches encore plus exceptionnels. Le curé, l'harmonium et l'auberge provoquaient en Joseph une exaltation sans pareil. Par la suite, alors qu'il était déjà prêtre, sa mère lui avait raconté qu'à peine en âge d'aller à l'école il lui avait une fois demandé le plus sérieusement du monde pourquoi chaque jour ne pouvait être un dimanche.

La ville lointaine, qu'il ne connaissait que par de rares visites en compagnie de sa mère, représentait pour lui l'inconnu, l'équivoque, le séduisant. Pour y parvenir il fallait, après un parcours d'une demi-heure à pied, emprunter le petit chemin de fer à une seule voie qui servait essentiellement aux enfants pour mettre sur les rails des pièces de monnaie afin de les laisser aplatir par les roues du train. Il s'y était lui-même essayé un jour avec une pièce de cinq pfennigs dont le volume important lui avait permis d'obtenir un rond bien plus grand que celui de ses camarades. Mais cela lui avait également valu d'être ensuite battu par son père, désireux de lui inculquer le respect de l'argent, trop difficile à gagner et nullement fait pour être écrasé.

Joseph avait abordé avec méfiance la vie dans la grande ville : il lui semblait étrange, anormal, que les maisons, les magasins, les automobiles, les gens soient à tel point entassés. Pourtant, il avait lui-même plutôt l'air d'un citadin que d'un habitant de la campagne. Il n'était ni robuste avec des joues bien rouges, ni impétueux comme on pouvait s'attendre à ce que soit un petit paysan. Non ! Joseph était gracile, presque fluet et aussi pâlichon que sa mère — qui venait de la ville. C'était ce qui expliquait peut-être la complicité qui les unissait.

Jusqu'à sa scolarisation, rien ne distinguait particulièrement le petit Joseph des autres enfants du hameau, avec lesquels il s'en allait à pied jusqu'à l'école du village, le temps des cars de ramassage n'existant pas encore. Même s'il avait existé cela n'aurait au demeurant rien changé car le chemin boueux et défoncé de deux profondes ornières aurait été mal approprié pour accueillir un engin de cette sorte. Dès le début, tout changea pour Joseph Jellinek. L'école ne comptait que deux classes, celle des petits jusqu'à neuf ans et celle qui menait au certificat. Mais, à l'évidence, le garçon possédait des dons sortant du commun. C'était surtout ce que l'institutrice expliquait aux plus grands qu'il aimait à écouter et, du coup, bientôt meilleur que tous ses camarades, il sauta la deuxième année. A la fin de la troisième, l'institutrice convoqua ses parents et leur tint un long discours après lequel Joseph les entendit pendant plusieurs soirs de suite discuter jusqu'à une heure tardive. Pour finir, sa mère lui annonça qu'on avait décidé de l'envoyer dans un collège, afin disait-elle « qu'il devienne quelqu'un ». Il pourrait loger à la ville chez une vague cousine, justement mariée à un professeur.

Le professeur, distingué philologue, portait une barbiche grise et pointue, des lunettes chromées et régnait sur un intérieur bourgeois comportant une gouvernante bien en chair et une servante plutôt délurée. D'entrée la maîtresse de maison, donc sa tante, diaphane, élégante et distante, l'informa des us et coutumes de la maison. Le tout était parfaitement nouveau pour lui, comme par exemple le fait de prendre de façon intangible les repas à heure fixe. Même si Joseph disposait là d'une petite chambre pour lui seul, l'atmosphère douillette et la chaleur humaine de sa famille lui manquaient cruellement. Cependant, cette grande maison impeccablement entretenue, ces inconnus d'une élégance raffinée, toutes ces découvertes le fascinaient un peu, mais son attention se portait surtout sur une certaine pièce où on lui permit d'accéder et où il finit par se sentir bientôt vraiment comme chez lui. Il s'agissait du salon-bibliothèque aux étagères qui couraient du sol jusqu'au plafond en stuc, bondées de livres aux reliures rouges, brunes et dorées, une pièce où il pouvait laisser aller libre cours à ses pensées, où il pouvait partir en exploration, où il pouvait rêver. C'était essentiellement le soir, après le souper, que le jeune Jellinek gagnait la bibliothèque, ce qui ravissait d'ailleurs le professeur. Ce fut là qu'il découvrit et prit conscience d'aimer cette odeur un peu moisie du vieux papier et du cuir tanné, odeur d'un savoir inépuisable prisonnier entre les pages qu'il suffisait de lire pour se l'approprier.

Et ce fut là aussi qu'il alla se réfugier, vers la fin de la guerre, quand on l'informa de la mort de sa mère. Il avait alors trouvé son seul réconfort à l'intérieur du Livre des livres, ce lourd volume relié de cuir et gravé d'or qu'il avait toujours aimé manipuler, dans la sobre profession de foi que Paul avait inscrite dans sa première Epître aux Corinthiens : « *Je vous rappelle, frères, l'Evangile par lequel vous êtes sauvés si vous le retenez tel que je vous l'ai annoncé. Je vous ai avant tout enseigné, comme je l'avais reçu, que Christ est mort pour nos péchés, selon les Ecritures ; qu'il a été enseveli et qu'il est ressuscité le troisième jour selon les Ecritures...* »

Ce fut peut-être à cette époque que naquit sa vocation.

Depuis lors, le cardinal Jellinek avait pu étudier des milliers de livres, la plupart pour son propre plaisir et quelques autres par devoir. Il sentait malgré tout que son savoir demeurait insuffisant, insuffisant en tout cas pour la solution d'une énigme à tel point imbriquée dans l'histoire qu'il ne lui restait plus, à lui comme à tous les autres gros bonnets du Vatican, qu'à capituler.

Avant le premier dimanche de Carême, Invocavit

Pour mieux saisir la suite des événements, il convient que nous quittions Rome et nous rendions dans l'un de ces monastères où le silence est la règle suprême. Parmi les moines de ce monastère se trouvait un homme de grande culture et de grande piété nommé frère Benno. Il arborait un de ces visages garnis de lunettes épaisses dont on a toujours du mal à s'imaginer qu'ils aient pu être jeunes. Pour le monde, son identité était : docteur Hans Hausmann, mais nul ne l'avait jamais appelé ainsi dans ce monastère hors du monde. D'ailleurs aucun de ses condisciples n'avait eu connaissance de son nom. Frère Benno faisait partie de cette cohorte qui, après s'être formée à un métier laïc, se singularisait par une vocation tardive. Il avait accompli de solides études d'histoire de l'art, et la Renaissance italienne avait donné un sens à sa vie. Jusqu'à ce que, après la guerre, il entre brusquement et contre toute attente dans un monastère, celui-là justement dont il est question ici. Depuis lors ce savant homme, jadis pétulant de vie, était tenu pour un être réservé, renfermé, parfois même étrange, évitant les contacts qui, de toute façon, étaient déjà parcimonieusement accordés aux membres de sa communauté, et se distinguant essentiellement par son mutisme.

Mais, les très rares fois où il lui arrivait de parler, c'était l'occasion pour les autres moines de longuement méditer sur ce qu'il leur disait.

Tandis qu'au cours de la promenade dominicale dans les jardins du monastère, exactement mesurée à une heure pile, les autres moines aimaient à mutuellement se parler de ce qu'avaient été leur vie laïque, leur jeunesse, leur enfance et surtout le profond attachement qui les avait liés à leurs parents et que nombre d'entre eux éprouvaient encore, frère Benno se tenait de toute évidence à l'écart. On savait seulement que son père, marchand aisé de charbon, s'était au sens strict du terme enivré à mort quand Benno avait eu dix ans et que c'était apparu pour sa famille plutôt comme une grâce que comme un coup du sort. Essentiellement d'ailleurs pour son épouse, superbe et intransigeante femme. Benno avait aimé, comme s'il s'agissait de quelque chose de surnaturel, cette fierté autoritaire qu'elle affichait, ses sourcils noirs relevés et les ridules tombantes au pli de ses lèvres étroites. Se soumettre à une mère aussi belle était devenu pour lui à la fois une nécessité et une source d'infinie volupté. C'était elle qui l'avait poussé vers les arts et les lettres qui lui tenaient bien plus à cœur que le commerce marital du charbon domestique. Il lui en était et lui en serait humblement, dévotement, reconnaissant pour le reste de ses jours.

Les études du jeune Hausmann s'étaient essentiellement déroulées à Florence et à Rome. Latiniste chevronné, il n'avait guère eu de difficulté à finir par parler couramment l'italien. Sa thèse de doctorat traitait de l'œuvre de Michel-Ange. Une certaine indépendance financière, venue de sa famille, et une petite bourse allemande de la Bibliotheca Hertziana de Rome avaient permis à Benno un début de carrière sans soucis. Sans doute aurait-il pu devenir un éminent historien d'art si, comme souvent pour ne pas dire toujours, la force du destin n'était plus puissante que les rêves. Nous reviendrons plus tard sur sa métamorphose en moine. Mentionnons simplement qu'elle n'avait pas été produite par cet irrépressible élan de la dévotion investissant habituellement celui qui se décide à revêtir la robe monacale.

Pour en rester à ce jour dont il est ici question, il se trouva qu'après le bénédicité un des moines faisait à haute voix la lecture d'un journal, ce qui était d'usage une fois par semaine à jour fixe et leur donnait à tous une fugitive ouverture sur le monde. Après en avoir terminé des habituelles informations politiques et sportives, vint celle d'un article relatant la découverte sur les fresques de Michel-Ange. A ces mots, frère Benno se figea et laissa tomber la cuillère avec laquelle il était en train de manger sa soupe. La cuillère rebondit bruyamment sur les pavés de l'austère réfectoire, ce qui ne manqua pas de provoquer la réprobation muette de tous les compagnons de frère Benno. Il bredouilla quelques mots incompréhensibles d'excuse, se hâta de ramasser sa cuillère et demeura là, sans reprendre son repas, seulement attentif au reste de la lecture. Sans doute son voisin de table, un moine long et osseux, au crâne chauve et rouge vif, remarqua-t-il que Benno n'avait plus pris la moindre bouchée ce soir-là, mais il n'imagina pas un instant qu'il ait pu y avoir le moindre rapport de cause à effet entre le soudain jeûne de son voisin et la lecture du journal.

Seulement, comme le lendemain Benno continua à refuser toute nourriture, se contentant de regarder fixement dans le vide, les mains enfouies dans les manches de sa robe noire, l'autre se risqua à lui demander :

— Qu'as-tu donc, mon frère, on dirait qu'un chagrin te ronge. Ne veux-tu pas te confier à moi ?

Sans pour autant se retourner vers lui, Benno secoua la tête :

— C'est que je ne me sens pas bien... assura-t-il. Tu sais : l'estomac, ou peut-être la bile. D'ici quelques jours j'irai mieux, tu ne devrais pas te faire de souci pour moi.

Et il retourna à son silence pendant tout le reste du repas auquel il ne toucha pas.

Ce sont en général la tentation ou le péché qui incitent les moines à se taire et à se punir par le jeûne des jours durant. Le voisin de Benno y vit la cause du mutisme de son compagnon — dans la mesure où rien ne gâche davantage la langue que le péché — et il se garda d'insister.

Le repas terminé, frère Benno se leva et, visiblement en proie à une intense émotion, grimpa l'escalier menant aux cellules pour aller s'enfermer dans celle qui, au bout d'un sombre corridor, était son refuge la nuit et pendant les heures sereines du recueillement solitaire. Un monstre en bois servant de lit, une caisse méritant à peine le nom d'armoire, la commode couverte d'une dalle froide sur laquelle était posée une bassine pour les soins du corps, enfin un prie-Dieu juste devant la lucarne, unique ouverture donnant aimablement sur le monde extérieur, voilà tout l'ameublement de cette pièce. Et partout, à même le sol, dispersés, entassés, empilés, des livres rappelant l'étudiant que Benno n'avait jamais cessé d'être.

Comme il l'avait fait le jour précédent, il extirpa du tiroir supérieur de sa commode la coupure du journal qui relatait la bouleversante découverte de la Sixtine et qu'on l'avait autorisé à prendre. Une fois encore, une fois de plus, il la relut. Il en épela chaque mot avec application, puis la remit dans son tiroir et enfin, en proie au plus profond désespoir, se laissa lourdement tomber sur son prie-Dieu et joignit les mains.

Lundi suivant l'Invocavit

Un certain personnage en savait bien plus que quiconque, mais il faisait partie de ceux à qui la connaissance impose le silence. Il savait même ce qu'un chrétien, aussi cultivé soit-il, ignore habituellement, car il avait passé la moitié de sa vie aux sources du savoir. Mais, par-dessus tout, il savait se taire. Il savait même ne rien dire dans des domaines dont d'autres avaient fait le but de leur existence, que cela ait été à des fins pieuses ou abjectes. Cet homme, c'était le *Padre* Augustinus.

Etre étrange, Augustinus cadrait imparfaitement avec la tenue noire de son Ordre. Ses cheveux gris coupés court, hérissés sur sa tête, son visage profondément buriné et son comportement donnaient irrésistiblement à penser à une tique : on aurait fort bien pu imaginer que ce *Padre,* une fois accroché à une affaire, n'en démordrait plus. On pouvait même se douter que, dès lors qu'une mission lui était confiée, ce religieux aussi effacé qu'appliqué se mettrait au travail avec l'énergie d'un taureau. D'ailleurs les *scrittori* l'avaient souvent trouvé endormi au matin à même le sol, quelques *buste* malodorantes en guise d'oreiller, parce que le chemin jusqu'à son monastère lui semblait par trop pénible ou simplement parce que, l'aube arrivant jusqu'à laquelle ses recherches l'avaient entraîné, s'en retourner ne lui servirait plus à rien. Augustinus Feldmann n'avait jamais tenu ses tâches pour un travail mais pour l'accomplissement de ses devoirs, dont on lui avait accordé la grâce de le charger pour la plus haute gloire du Seigneur. Ce qui aidait plus particulièrement l'oratorien dans cet accomplissement était une mémoire prodigieuse qui lui était venue peu à peu et s'était affinée, amplifiée tout au long d'une activité de trente ans, et qui lui permettait par exemple de retrouver infailliblement tout document à quelque époque qu'il l'ait lui-même répertorié. A l'inverse d'autres responsables vieillissants et aux sens émoussés, Augustinus disposait encore d'une vue remarquable et n'avait en conséquence aucun besoin de lunettes pour lire.

Sa satisfaction, il la trouvait maintenant dans le fait qu'après la mort tragique de son successeur on ait plus que jamais besoin de lui. Aussi répondit-il dès le lendemain à l'invite du cardinal secrétaire d'Etat. Mais l'homme qui revint ce jour-là sur les anciens lieux de son travail était un autre. Il n'était pas parvenu à surmonter la vexation de sa mise en retraite anticipée et avait conscience qu'une fois le citron pressé on le jetterait à nouveau. Froidement, impitoyablement, Cascone n'avait tenu aucun compte de ses supplications quand il avait assuré qu'il ne pourrait vivre sans ses *buste*. Augustinus avait alors été horrifié à la pensée que, derrière le cardinal secrétaire d'Etat, se cachait peut-être le diable. En tout cas, il ne lui reconnaissait pas la moindre bribe de vertu chrétienne.

Naturellement, il soupçonnait et croyait même être assuré des raisons pour lesquelles Cascone l'avait si précipitamment chassé : celui qui, pendant trente ans, se trouve près de la source du savoir sait tout. Dans ces Archives quelques dossiers sont et ne sont pas, ils existent mais on veut les ignorer. Ils sont frappés de « périodes de latence » destinées à garantir que, pendant la vie de la personne concernée, nul ne pourra en prendre connaissance. De presque tous ces dossiers, un seul chrétien risquait de savoir ce qu'ils contenaient : le *Padre* Augustinus. Et Cascone, qui ne pouvait au mieux en avoir qu'un aperçu fragmentaire, craignait à l'évidence qu'au cours des recherches entreprises par Augustinus sur les inscriptions de la Sixtine trop d'éléments peu susceptibles de plaire à l'Eglise ne viennent à être découverts.

La haine n'est sûrement pas un ornement pour une grande âme. Mais le Seigneur n'a-t-il pas dit à Moïse : « *A moi la vengeance et la rétribution* » ?

En ce même jour, le cardinal Joseph Jellinek convoqua l'oratorien au Saint-Office. Là, le cardinal trônait derrière un immense bureau totalement dénudé. Augustinus n'aimait pas spécialement Jellinek mais du moins, contrairement à ce qu'il ressentait envers Cascone, n'éprouvait-il aucune haine à son encontre.

— Mon frère, je vous ai fait venir, commença le cardinal sur un ton embarrassé, pour vous exprimer ma joie de votre retour inespéré. Vous êtes certainement le plus apte parmi tous ceux qui ont jamais dirigé nos Archives, et certainement le mieux placé pour nous aider à résoudre notre problème. Pour être tout à fait franc, autant vous dire d'emblée que nous n'avons pas avancé d'un pouce depuis votre départ.

Augustinus apprécia la franchise du cardinal. Il aurait aimé demander pourquoi on l'avait si précipitamment démis de ses fonctions, pourquoi on l'avait privé de ces *buste* sans lesquelles, comme nul ne l'ignorait, un homme comme lui ne pouvait survivre. Mais il n'en fit rien et se tut.

— Vous êtes aussi très intelligent, reprit le cardinal, parlons donc de façon tout à fait informelle, d'homme à homme. Où, selon vous, pourrait-on trouver une solution ? Je veux dire : auriez-vous un soupçon en particulier ?

Augustinus répondit aussitôt :

— Toutes mes hypothèses, je les ai déjà exposées au cours du concile. Je n'ai aucun soupçon concret. Il se pourrait que la vérité soit déposée aux archives secrètes, mais je n'y ai pas accès..., rappela l'oratorien, visiblement dépité. Par ailleurs...

— Par ailleurs ?

— Les véritables secrets ne sont pas enfouis dans les archives secrètes, les véritables secrets sont en fait accessibles à tout un chacun, sinon que personne n'en connaît l'emplacement. Et c'est cela, je crois, qui est la raison prédominante de l'inquiétude et des troubles qui règnent au Vatican depuis la découverte des inscriptions de la Sixtine. Je veux moi aussi être franc : tant de groupes d'intérêts et d'alliances diverses traversent la curie — ce n'est pas à vous, monsieur le cardinal, que je vais l'apprendre — que chacun me semble redouter les découvertes que pourrait faire son voisin.

Sans un mot, Jellinek sortit alors un vieux parchemin de son tiroir et le poussa sur le plateau de son bureau jusqu'à Augustinus.

— Un soir, dit-il, j'ai trouvé cela à même le sol des Archives. Quelqu'un avait dû le perdre. A votre avis, qui pourrait bien porter intérêt à un tel document ?

Augustinus, après avoir lu, déclara qu'il connaissait ce document.

— Pourrait-il avoir un rapport avec le suicide du *Padre* Pio ?

— J'ai du mal à le croire. Toutefois, ce parchemin présente une certaine spécificité : il fait partie des documents qui, aux Archives, se trouvent en perpétuelle mouvance.

— Que voulez-vous suggérer par là ?

— Il y a tout simplement une série de documents que j'ai rangés dans certains *fondi* particuliers et qui en ont disparu pour réapparaître ensuite en d'autres endroits. Tous les *scrittori* ont juré qu'ils n'y étaient pour rien. En tout cas, ce document compte parmi ceux qui ont mystérieusement migré. Vous connaissez le chaos des Archives, avec ses multiples systèmes et nomenclatures. Garampi l'avait classé dans un dossier ouvert au nom de Nicolas III, dossier fort curieusement vide de tout autre manuscrit alors qu'il y aurait eu tant de choses à dire, et à écrire, sur ce pape-là... C'est pourquoi je l'ai attribué à un *fondo* particulier et plus approprié où il se trouve moins perdu. J'ai en effet créé une rubrique spécifique pour les documents concernant ou rédigés par des papes ayant trouvé une fin... je dirais : imprévue et/ou qui n'ont gouverné que quelques mois, quelques semaines, ou parfois même quelques jours. Depuis l'élection de Célestin IV au conclave de 1241, ils ont été plus d'une douzaine à recevoir un tel sort en partage.

— Quel étrange classement, mon cher frère !

— Votre Eminence peut certes trouver cela étrange, mais après la mort de Gianpaolo c'est devenu pour moi une nécessité car, sitôt qu'un pape disparaît aussi rapidement, les soupçons ne manquent pas de se propager sur un éventuel assassinat.

— Allons, *Padre* Augustinus : on n'en a que très rarement la preuve !

— C'est justement pour cela que j'ai collationné tous les indices que j'ai pu trouver. Célestin est mort dix-sept jours après son élection, et Gianpaolo trente-trois. Alors là, je me refuse à croire que le doigt de Dieu y soit pour quelque chose...

— Des preuves, *Padre,* des preuves !

— Je ne suis pas criminologue, Votre Excellence, mais simple collectionneur de documents.

Le cardinal Jellinek fit un geste vif de la main, mais Augustinus ne se laissa pas déconcerter pour autant.

— Jusqu'à ce jour, nul ne sait encore où est passé le document que *monsignore* Stickler a apporté à Sa Sainteté le soir précédant la mort mystérieuse de celui-ci. Jusqu'à ce jour reste également inexpliquée la disparition des lunettes et des pantoufles rouges de Sa Sainteté...

Jellinek, ébahi, regarda fixement l'oratorien. Il sentit la sueur froide dans sa nuque. Il suffoquait, comme si l'Ange exterminateur venait de mettre ses mains autour de son cou.

— On ne déplore donc pas seulement la disparition du document ?... bafouilla-t-il.

— ... Non, quelle qu'en puisse être la signification, également celle de ses pantoufles et de ses lunettes.

— Quelle qu'en puisse être la signification... répéta machinalement le cardinal.

— J'imagine que je ne vous surprends pas, reprit l'oratorien après une courte hésitation. Tout cela est bien connu.

— Certes, fit Jellinek, tout est connu mais n'en reste pas moins bien étrange.

Il se sentait misérable, son estomac se rebellait. Il tenta de respirer profondément, sans y parvenir. Un invisible étau lui enserrait la poitrine. Le simple fait qu'on lui ait fait parvenir les pantoufles et les lunettes ne signifiait-il pas déjà que Jean-Paul Ier avait effectivement été assassiné ? Et, si tel était le cas, par qui, pour quel motif ? Et quelle raison pouvait-il y avoir pour qu'on le menace à son tour d'un même sort ?

— A l'époque, je n'étais pas encore membre de la curie, dit-il comme s'il lui fallait se justifier. Mais que peut bien signifier la disparition de ces petits objets familiers ?

Jellinek restait toujours dans l'expectative : Augustinus en savait-il davantage que ce qu'il voulait bien reconnaître ? Ne cherchait-il pas à le mettre à l'épreuve ? Que pouvait savoir ce monsieur-je-sais-tout ?

— La disparition des documents, répondit l'oratorien, pourrait être tenue pour expliquée. Avant que *monsignore* Stickler les ait apportés au pape, il a fort bien pu prendre connaissance de leur contenu ; et, par la suite, d'autres que lui également. Un contenu vraisemblablement fort peu flatteur pour la curie, monsieur le cardinal. Jean-Paul Ier était un phénomène de franchise. Après sa disparition, certains sont même allés jusqu'à prétendre : un phénomène de candeur. La dévotion, la sainteté, telles étaient ses uniques ambitions. Pour lui, n'existaient que le Bien et le Mal. Et rien au milieu. En ce sens, c'est exact, il se montrait vraiment naïf. Il ignorait tout ce qui se trouve entre ces deux extrêmes et qui pourtant constitue la vie. Il oubliait que les pires fléaux de l'Histoire n'ont pas été fomentés par le Mal mais au nom d'idéologies d'hommes présumés bons. Oui, Gianpaolo projetait une grande réforme de la curie. S'il avait mis ses plans à exécution, plusieurs membres de cette curie ne seraient plus en place aujourd'hui. Et votre ami William Stickler pourrait, en admettant qu'il le veuille bien, vous en livrer les noms. Seule alors demeurerait mystérieuse la disparition des lunettes et des pantoufles. Et là, j'avoue n'y voir aucune explication plausible.

— Et si ces objets réapparaissaient soudain ?

— De toute évidence, et je tente de m'exprimer avec modération, cela ne pourrait venir que de la part de quelqu'un que la disparition du pape arrangeait...

Soudain, le cardinal Jellinek pensa entrevoir les raisons de l'étrange comportement de William Stickler au cours de leur partie d'échecs. Lui-même n'avait-il pas laissé traîner, sans malice, bien en vue, ces objets ? Cela n'avait pu manquer d'inciter Stickler à le soupçonner avec effroi de faire partie de la conspiration contre Sa Sainteté... Mais, maintenant, comment allait-il devoir se comporter ?

— Vous ne voyez pas d'autre possibilité ?

Le *Padre* Augustinus secoua la tête :

— Comment voudriez-vous l'expliquer autrement ? A moins de disposer vous-même d'une autre explication...

— Oh non, répliqua le cardinal, vous avez sûrement raison. De toute manière, il ne s'agit que d'une hypothèse...

Dans son monastère habituellement si tranquille, l'agitation qui avait saisi frère Benno depuis qu'il avait pris connaissance de ce qui s'était passé à la Sixtine ne s'était toujours pas calmée. Bien au contraire, il se comportait maintenant d'une façon si singulière qu'elle ne pouvait manquer d'attirer l'attention de ses condisciples. Sans évoquer ses véritables motivations, il vint demander au père prieur de lui accorder accès au tiroir où étaient conservés les papiers dont même un moine ne saurait totalement se dessaisir, ainsi que de modestes objets personnels. Le tout se trouvait, au sein de la chambre de l'abbé, dans un grand placard à glissières garni de très nombreux tiroirs, tous fermés à clef. L'abbé n'avait pas souvenance que le frère Benno lui ait jamais encore demandé cette faveur, qu'il accorda sans poser la moindre question. Puis, tandis que le visiteur fouillait fébrilement dans ses papiers, il se remit pour la forme à étudier ses propres dossiers.

Evidemment, le curieux comportement de son moine n'avait pas échappé à l'abbé. Mais il n'y accordait guère d'importance sinon que, connaissant le passé de frère Benno, il se doutait de l'intérêt particulier que celui-ci pouvait porter à la découverte concernant Michel-Ange, auquel il avait consacré sa thèse dans sa jeunesse. Il avait d'abord envisagé de lui demander si tel était bien le sujet de ses préoccupations actuelles mais, de crainte de le mettre dans l'embarras, il s'en était dispensé. D'autant qu'il avait éventuellement tout loisir de se servir ensuite de la clef du tiroir.

La nuit puis le jour qui suivirent

La nuit suivante s'étira bien davantage que toutes les précédentes. Malgré une profonde fatigue qui lui paralysait les membres, le cardinal Jellinek ne parvenait pas à trouver le sommeil. Il avait peur, peur de l'inconnu qui s'ouvrait devant lui en menaçant de l'engloutir. Il quitta son lit, jeta une nouvelle fois le regard par la fenêtre en direction de la cabine téléphonique d'en face, y remarqua un homme qui, après avoir brièvement téléphoné, disparut dans la maison. Mais, de retour dans son lit, moitié éveillé moitié sommeillant, ce fut vers Jérémie, les prophètes et les sibylles qui surgissaient devant lui d'obscures crevasses de la terre que se dirigèrent ses pensées. Dans ses oreilles vrombissaient les flots du déluge se précipitant à l'assaut des plus hautes cimes. Et lui, devenu petit comme un enfançon, s'agrippait à la cuisse dénudée de sa mère, éprouvant de la volupté dans son angoisse mortelle. Il observait avec avidité la création de la femme issue de la côte d'Adam : désirable et aux formes arrondies, dans son attitude toute de modestie face au Seigneur, la bonté personnifiée. Bien à l'abri dans sa cachette, il contemplait Eve en train de se saisir, nue, de la pomme que lui tendait le serpent de l'arbre de la connaissance. Et il se mit à crier : « Giovanna, Giovanna !... » puisque seul ce nom-là lui venait à l'esprit, tout autre s'étant effacé de sa mémoire.

Il tendit l'oreille dans la nuit, incapable de détourner son regard des forfaits et des maux dont se rendaient soudain coupables les prophètes. Retentissait soudain à ses oreilles le « A » inscrit sous Joël, qu'il entendit contrefaire par des obscénités ses propres prophéties, suggérant au peuple de s'enivrer, de saccager les vignes, de gâter les aires de blé, de mettre à sec les cuves de moût et d'huile, et d'aller enfin piller chez les autres ce dont il avait besoin. Puis ce fut au tour du vieil Ezéchiel qui, toujours aussi vaniteux qu'un paon, confiant ses écritures au vent, se proposait sexe dénudé aux hommes de passage, faisant crouler ses amants sous les présents pour aussitôt après courir après les lubriques nonnes égyptiennes afin de leur tâter les seins. Isaïe, le plus distingué des prophètes, ne faisait aucunement le distingué maintenant, esquissait des pas de danse avec les filles de Sion, se complaisant à admirer leurs regards effrontés, leurs bandeaux, les psellions qui enserraient leurs chevilles, et se commettant avec sept d'entre elles au point que c'en devenait un délice que de suivre leurs ébats. « Que viennent les sculpteurs d'idoles ! » ne cessait-il de crier. « Qu'on les amène ! Façonnez vos propres idoles, des idoles tant que vous en voudrez, offrez-leur donc de l'encens, jetez à terre les anciens commandements, foulez-en les débris !... » Ensuite, il s'enduisit le corps entier d'onguent, tendit sa main à la sibylle de Delphes, l'invitant à danser et martelant le sol d'un même pas avec elle. Plongée dans le ravissement, ses yeux en amande chavirés d'extase, la sibylle jeta sa tête en arrière, laissant tomber son bandeau qui se transforma aussitôt en vipère. Et ce n'était pas ce couple débridé que le serpent menaçait de sa langue sifflante, mais bien le cardinal Jellinek, lequel se mit dans son lit à piétiner convulsivement le monstre.

Un stylite aux traits de Jérémie, vieux à n'y pas

croire, se tenait debout tout en haut d'une colonne dressée jusqu'au ciel. Il étendit les bras, comme s'il voulait s'envoler, et lorsqu'il leva une jambe pour que le vent gonfle les plis de sa robe, Jellinek le conjura de n'en rien faire, au risque sinon de tomber comme une pierre. Mais ce fut en vain. Jérémie s'était laissé choir, la tête la première, dans les profondeurs insondables tandis que le vent s'engouffrait dans sa robe en crépitant. La chute du prophète semblait se dilater dans l'espace-temps, elle dura une infinité au milieu de laquelle, quelque part, ils se trouvèrent comme des poissons dans un aquarium, visage contre visage : celui du prophète volant et celui du cardinal rêvant. Et Jellinek s'écria : « Où t'envoles-tu, vieux Jérémie ? » Et Jérémie répondit : « Vers le passé ! » Et Jellinek demanda : « Que cherches-tu dans le passé, Jérémie ? » Et Jérémie répliqua : « La connaissance, mon frère, la connaissance ! » Et Jellinek s'enquit encore : « Pourquoi es-tu désespéré, Jérémie ? » mais alors Jérémie ne répondit rien. Seulement, venue des profondeurs où le prophète se trouvait déjà invisible, Jellinek entendit sa voix qui lui criait : « Le commencement et la fin ne font qu'un. Il te faut comprendre cela ! » Alors le cardinal se réveilla en sursaut.

Ce rêve exalta Jellinek de diverses manières. Les danseurs extatiques continuaient à lui passer devant les yeux, et il ne parvenait pas à chasser de son esprit les gestes obscènes des prophètes et des sibylles. Ce matin-là, il descendit par l'escalier, traînant les pieds pour que sa venue soit perçue mais il ne rencontra pas Giovanna. Ensuite, il ne parvint pas à se concentrer sur les tâches qui l'attendaient à propos des doctrines erronées, dérivant des diableries communistes, des prêtres sud-américains derrières lesquels le Mal se tenait à l'affût. Au lieu de cela, debout dans un coin de son austère bureau, le cardinal s'essaya à de strictes prières, tentant hélas en vain de se purifier. Alors il se rendit à la chapelle Sixtine afin d'y contempler les images de ses rêves qui devenaient sa drogue.

Il se planta au beau milieu de la Sixtine, au-dessous de la scène de la création de la femme, jeta la tête en arrière comme il l'avait déjà fait d'innombrables fois, et laissa vagabonder son regard avec la volupté d'un voyeur. Quelques instants passèrent à peine, ce monde aux couleurs luxuriantes se mit à tournoyer et le cardinal fut pris de vertige. Il entendait dans le lointain, issue de ses rêves, la voix de Jérémie : « Le début et la fin ne font qu'un. Il te faut comprendre cela ! ». Jérémie au plus vaste savoir parmi tous les prophètes, Jérémie le prophète par excellence arborant le faciès de Michel-Ange : oui, ce Jérémie-là devait être la clef des inscriptions. Et si ces mots, issus du rêve de Jellinek, avaient un rapport avec ces inscriptions, quelle signification conviendrait-il de leur donner ?

Le cardinal, acérant son regard, chercha les inscriptions du Florentin. Qu'en serait-il si la fin correspondait au début de ces écritures ? Partant de Jérémie, il passa donc sous la sibylle de Perse, sous le prophète Ezéchiel, sous la sibylle d'Erythrée, et enfin sous le prophète Joël, lisant à mesure en ânonnant : A...B...UL...AFI...A, suite de lettres qui ne semblaient avoir dans ce sens pas davantage de signification que dans l'autre mais qui, peut-être, pouvaient permettre une nouvelle interprétation totalement différente.

Jellinek alla rendre compte de cette découverte au *Padre* Augustinus, lequel se tapa aussitôt sur le front en pestant contre sa propre stupidité : Jérémie, fils d'un des principaux sacrificateurs d'Anathot, n'écrivait évidemment qu'en hébreu, c'est-à-dire de droite à gauche, et cela ouvrait effectivement une nouvelle voie aux recherches. L'archiviste inscrivit les lettres sur un petit papier :

— Regardez donc, Votre Eminence ! s'écria-t-il. Mais ce mot a un sens !

ABULAFIA, lut Jellinek. Oui, tel était le nom d'un adepte de cette doctrine ésotérique de lointaine origine israélite, la Kabbale, qui vers le milieu du XIIe siècle s'était particulièrement développée en Provence occidentale pour irradier d'abord en Espagne puis en Italie, où elle avait causé de si graves dommages à l'Eglise que celle-ci n'avait pas manqué de la condamner sévèrement.

— Quel diable que ce Florentin ! s'exclama le cardinal Jellinek. A présent, nous disposons bien d'un nom, mais reste à savoir ce qu'il peut signifier ainsi séparé de tout contexte. Je ne pense pas que Michel-Ange se soit donné la peine de l'inscrire au plafond pour son simple plaisir...

— Je ne le crois pas non plus, admit Augustinus. Il doit se cacher derrière tout ça bien des choses, je dirais même une foule de choses. Rien que de connaître un tel nom trahit déjà l'immense culture du Florentin. Montrez-moi donc une encyclopédie laïque, quelle qu'elle soit, qui le cite ! Vous ne le trouverez nulle part. Si donc Michel-Ange a pu le mentionner, c'est qu'il en savait beaucoup plus, y compris sur l'enseignement d'Abulafia et peut-être même sur la doctrine occulte de celui-ci.

Jellinek se mit à prier, les mains jointes : « *Pater noster qui es in coelis...* »

— Amen, dit le *Padre* Augustinus.

Aussitôt, le cardinal Joseph Jellinek, préfet de la Congrégation pour la doctrine de la foi, convoqua pour le lendemain un autre concile chargé d'étudier ces nouvelles données.

Ce même jour, dans son monastère du silence, frère Benno s'était essayé à rédiger une lettre, échouant lamentablement dès l'exorde dans toutes ses tentatives. Il avait écrit : « Votre Sainteté, voici l'unique timide démarche que, de toute ma misérable et peut-être vaine existence que le Seigneur m'a octroyée, j'entreprends afin de peut-être me rendre de quelque utilité. Je m'enhardis donc à vous écrire dans l'espoir que ces lignes parviendront à Votre connaissance... » Frère Benno relut lesdites lignes et, une fois de plus, déchira son papier en petits morceaux. Puis il se remit à la tâche : « Très cher Saint-

Père, depuis de nombreux jours la découverte faite dans la chapelle Sixtine ne cesse de me tarauder. Il m'a déjà fallu bien du courage et coûté un terrible effort sur moi-même rien que pour rédiger ce préliminaire, sans même encore pouvoir aborder le sujet réel de ma lettre... » Frère Benno s'arrêta, lut cet autre début, le jugea à son tour inconvenant, le déchira et s'abîma de nouveau dans ses méditations. Pour finir, il se leva, se rendit au travers du sombre couloir qui longeait les cellules jusqu'à l'escalier de pierre qui menait à la chambre du prieur et là, frappa timidement à la porte.

— *Laudetur Jesus Christus*... (Le prieur vint à sa rencontre.) Cela fait des jours que je t'attends. Je te sens perturbé, mon frère, dit-il en poussant aimablement un siège vers lui. Epanche-toi sans crainte, tu peux t'ouvrir à moi.

Le moine s'assit et commença avec un certain embarras :

— Mon Père, la découverte dans la chapelle Sixtine me préoccupe bien plus encore que vous ne pouvez l'imaginer. Comme vous le savez, j'ai longuement étudié l'œuvre de Michel-Ange et cet événement me bouleverse profondément.

— Aurais-tu un soupçon sur ce que ces inscriptions peuvent signifier ?

— Un soupçon ?...

Frère Benno se tut.

— Ton étrange comportement doit bien avoir une raison !

— La raison... (là, frère Benno fit une longue pause) la réponse est que j'en sais beaucoup sur Michel-Ange, peut-être même plus que n'en croient savoir ceux qui ont en charge de résoudre cette énigme. Je veux dire que je pourrais peut-être me rendre utile dans leur tentative de décryptage...

— Mais comment peux-tu t'imaginer cela ?

— Mon Père, je dois partir pour Rome ! Je vous supplie de ne pas me le refuser !

La fête de l'apôtre Matthieu

Comme de coutume, le concile au Saint-Office commença par le sobre rituel d'invocation au Saint-Esprit puis fut suivi par l'énumération des personnes présentes faite par le cardinal Joseph Jellinek, président de séance, qui ne manqua pas de rappeler combien il convenait, *ex officio,* d'avoir à garder ce débat strictement confidentiel. Il semblait en effet que les pires craintes se confirmaient : la lecture des inscriptions faites par le Florentin, de droite à gauche selon le mode hébraïque, livrait le détestable nom d'Abulafia !

L'évocation de ce nom provoqua chez les membres du concile des mouvements divers. Les spécialistes, comme Gabriel Manning, professeur de sémiologie à l'Atheneum du Latran ; Mario Lopez, prosecrétaire de la Congrégation pour la doctrine de la foi et archevêque *in partibus* de Caesarea ; Frantisek Kolletzki, prosecrétaire de la Congrégation de l'éducation catholique et recteur du Collegium Teutonicum ; Adam Melcer, de la Compagnie de Jésus ; ainsi que le professeur florentin Riccardo Parenti, grand spécialiste de l'œuvre de Michel-Ange, tous réagirent par de vives exclamations, preuve de ce qu'ils étaient conscients de la portée d'une telle découverte. Quant aux autres, ils se bornèrent à regarder fixement le cardinal Jellinek, dans l'attente de ce qui allait suivre.

Manning reconnut à son tour sa honte de ne pas avoir pensé lui-même à une simple anastrophe permettant la véritable lecture de ces lettres. Aussitôt les autres participants se mirent à les inscrire dans l'ordre inverse. Cette interprétation, donnant enfin un sens au mot obtenu, contenait en elle-même la justification dont il avait parlé au cours du concile précédent. Sans nul doute, elle était donc la bonne.

— Un exemple typique de décryptage sémiotique... expliqua-t-il avec emphase.

— Ce qui signifierait quoi, exactement ? s'enquit le cardinal secrétaire d'Etat Giuliano Cascone sur un ton peu amène.

— Tout doux, tout doux... le reprit le cardinal Joseph Jellinek. Sans doute savons-nous maintenant que Michel-Ange a voulu se référer à la Kabbale, mais rien de plus.

— Et alors, c'est pour cela que nous nous mettons dans un tel état ? reprit Cascone véritablement irrité. C'est pour cela que nous convoquons un concile puis un autre, pour cela que toute la curie entre en transes ?... Mais la Kabbale n'est jamais qu'une des nombreuses doctrines aberrantes qui ont tenté sans succès d'ébranler notre Eglise. S'il devait s'avérer que Michel-Ange en était un adepte, eh bien, cela ne serait certes pas précisément d'une grande utilité pour l'Eglise, mais ne nous empêcherait pas de vivre pour autant !

Gabriel Manning leva un doigt menaçant :

— Que voilà de bien hâtives conclusions, monsieur le cardinal secrétaire d'Etat ! Un Michel-Ange inscrivant un tel nom au plafond de la Sixtine doit avoir un autre but que la banale et sarcastique révélation d'un patronyme.

— Allons donc, *professore* ! Je propose que nous donnions une explication officielle, indiquant que Michel-Ange avait probablement été kabbaliste et qu'il avait inscrit le nom d'un obscur membre de sa secte par défi envers la papauté. Cela provoquera quelques remous, mais l'émotion passera et nous pourrons classer définitivement cette affaire.

— Pas question ! s'insurgea le cardinal Jellinek. Ce serait le plus sûr moyen d'ouvrir la porte aux spéculations et au scandale. Nos beaux esprits ne se contenteraient sûrement pas d'un nom jeté en pâture, ils persisteraient à fouiner, trouveraient de nombreuses raisons à sa présence et cette discussion n'en finirait plus.

Alors le professeur Parenti prit à son tour la parole, pour rappeler qu'il n'était aucunement prouvé que Michelangelo Buonarroti ait été kabbaliste, même si certaines recherches le concernant avaient déjà fait se lever un tel soupçon. Par ailleurs, cette découverte représentait un véritable événement pour l'ensemble des chercheurs qui allaient avoir grâce à elle du pain sur la planche pendant des années, si ce n'était même des décennies. Puis, se tournant vers Bruno Fedrizzi, le restaurateur en chef, Parenti demanda s'il ne restait pas une possibilité que des signes supplémentaires, ayant un lien avec le nom d'Abulafia, puissent apparaître en d'autres endroits de la Sixtine.

Fedrizzi répondit par la négative : après la découverte des fameuses lettres chaque surface envisageable avait été soumise, et sans résultat, à un examen spécifique à la lampe à quartz. Il convenait donc d'exclure, de façon absolument certaine, la découverte d'autres signes.

— Raison de plus pour nous préoccuper de cette unique information, estima l'archevêque Mario Lopez. Qu'en pensez-vous, *Padre* Augustinus ?

Augustinus se tortilla sur sa chaise comme le serpent autour de l'arbre de la connaissance. Depuis la veille, il n'avait guère eu l'opportunité de réunir une documentation exhaustive, dit-il, d'autant qu'à sa grande surprise aucune *busta* au nom d'Abulafia ne semblait exister, quand bien même ce nom apparaissait dans les annales du Vatican.

— Le *Padre* Augustinus pourrait-il se montrer un peu plus explicite ? s'enquit sur un ton bourru le cardinal secrétaire d'Etat Cascone.

— Eh bien, commença l'oratorien, Abraham Abulafia était sans conteste un savant homme, même s'il se montrait quelque peu sectaire. Il est né à Saragosse en 1240 et, pendant toute son enfance, a étudié sous la férule de son père l'Ancien Testament ainsi qu'en partie la Mischna et la Gemara, bref : le Talmud. Ensuite il est parti pour le Moyen-Orient afin d'étudier la Kabbale et les Théosophes. Ainsi a-t-il assuré avoir découvert ce qui n'était pas permis de transmettre par écrit... ce qui ne l'a pas empêché de rédiger vingt-six thèses sur la Kabbale et vingt-deux œuvres prophétiques. A ce sujet, il a d'ailleurs précisé qu'il aurait bien aimé coucher sur le papier un certain nombre de ces choses qu'il lui était interdit de dévoiler. Mais, comme il ne voulait pas y renoncer totalement, s'il écrivait bien en omettant certains passages, il y revenait en d'autres par allusions voilées. Telle était sa façon de procéder...

Le cardinal secrétaire d'Etat Giuliano Cascone l'interrompit :

— *Padre* Augustinus, quelle épithète lui donneriez-vous, à votre Abulafia : philosophe ou prophète ?

— Sans doute convient-il de les donner toutes deux. Arrivé à l'âge de trente et un ans, « l'esprit prophétique » comme il l'a lui-même appelé s'est emparé de lui et des visions démoniaques l'ont troublé. Pendant près de quinze ans il avait erré en aveugle, Satan se tenant à sa droite. C'est seulement alors qu'il a commencé à rédiger ses écrits prophétiques, usant de toutes sortes de pseudonymes répondant à la même valeur numérique que son prénom d'Abraham. Ainsi s'est-il nommé Zechariah ou encore Rasiel, mais ses œuvres prophétiques ont presque toutes disparu.

Après s'être laborieusement éclairci la voix, le cardinal Joseph Jellinek s'écria :

— *Ad rem, Padre Augustinus !* Vous avez laissé entendre que cet Abulafia avait eu des contacts avec le Vatican... quand et dans quelles circonstances cela a-t-il eu lieu ?

— Pour autant que je le sache, c'était en 1280.

— Sous le pape Nicolas III ? s'écria aussitôt le cardinal Jellinek, tout surpris.

— En effet. Ce fut une confrontation remarquable à divers points de vue. En fait, il n'y eut jamais entre eux de rencontre effective. C'est d'ailleurs là que commencent un certain nombre de bizarreries. Il me faut vous rappeler au préalable qu'à cette époque les kabbalistes propageaient la thèse selon laquelle, quand arriverait la fin des temps, le Messie irait sur l'ordre du Seigneur à la rencontre du pape pour réclamer la libération de son peuple. Ce serait seulement alors qu'on pourrait considérer que le Messie était réellement descendu sur terre. En ce temps-là, Abulafia résidait à Capoue et sa renommée était fort grande. Quand le pape Nicolas apprit qu'il entendait venir à Rome pour lui transmettre un message, il donna l'ordre de capturer cet impie avant qu'il ait franchi les portes de la Ville, de le mettre à mort et de brûler hors les murs sa dépouille. Abulafia, au courant de cette injonction, n'en tint aucun compte. Il pénétra dans la Ville, pour apprendre aussitôt qu'en cette même nuit le pape Nicolas était mort. Retenu pendant vingt-huit jours dans un couvent de Franciscains, il fut libéré et disparut sans laisser de trace. Quel message entendait-il transmettre ? A ce jour encore, cela demeure une énigme.

— Si je vous comprends entre les mots, répliqua le cardinal secrétaire d'Etat, en évoquant le pape Nicolas III vous faites implicitement référence au nom mentionné sur la note découverte dans la poche du *Padre* Pio quand on l'a trouvé pendu.

— C'est cela même. La cote « NICC. III » correspond bien à ce pape, même si la *busta* portant ladite cote est justement celle qui a disparu.

Le jésuite Adam Melcer, qui jusqu'alors s'était tu, prit enfin la parole :

— Cette histoire, dit-il, me semble suffisamment mystérieuse pour concorder avec toutes ces énigmes se rapportant à la découverte qui nous préoccupe ! Est-il besoin de rappeler qu'à ce jour la mort du pape en question n'a toujours pas été élucidée ?

— Seriez-vous en train de sous-entendre que des indices peuvent subsister sur l'éventualité d'une mort violente de ce pape ? s'enquit Cascone avec véhémence.

Melcer, se dispensant de répondre, haussa les épaules. Aussi le cardinal secrétaire d'Etat enchaîna-t-il :

— Nous sommes réunis ici pour approfondir des faits et non pour exprimer des hypothèses. Je répète donc ma question : Détenez-vous des preuves d'une mort violente de Sa Sainteté le pape Nicolas III ? Mettez-les sur la table. Et si ce ne sont que des suppositions, alors taisez-vous.

— En sommes-nous donc déjà parvenus au point où même les idées doivent être réprimées ? s'écria le jésuite au comble de l'émotion. Si tel est le cas, je prie Votre Eminence de m'exempter.

Le cardinal Jellinek, après être parvenu tant bien que mal à calmer les esprits surchauffés, exhorta avec insistance les participants à revenir au véritable sujet de leur réunion.

— Je constate, admit-il, qu'un lien mystérieux doit exister entre le kabbaliste Abulafia, Sa Sainteté Nicolas III, le peintre Michelangelo Buonarroti et le bénédictin *Padre* Pio. Les deux premiers ont vécu au XIIIe siècle, Michel-Ange au XVIe et le *Padre* Pio au XXe... L'un d'entre vous verrait-il là de quoi nous faire avancer dans nos recherches ?

Avec une telle question, le cardinal ne récolta qu'un profond silence.

Compte tenu des nouvelles données, et pour favoriser la réflexion de tout un chacun, le concile fut alors ajourné jusqu'au vendredi de la deuxième semaine du Carême.

Reminiscere

Frère Benno, qui ne s'était plus déplacé depuis de nombreuses années, avait conservé en mémoire combien les voyages étaient éprouvants. Dans l'exprès qui le menait maintenant à Rome, il était installé dans un fort confortable compartiment et ne parvenait pas à se rassasier du paysage aux sages collines qui défilait devant ses yeux. Il était seul. De temps en temps il prenait son bréviaire, essayait de se plonger dans sa lecture mais, au bout de quelques phrases à peine, il le mettait à nouveau de côté. Enfant, il avait toujours aimé écouter le rythme des roues et former des mots s'accordant au fracas qu'elles provoquaient. A présent, ce rythme était à peine perceptible. Le chaos et le fracas avaient laissé place à de douces secousses. Malgré lui, frère Benno cherchait de nouveaux mots plus en rapport avec ce rythme ronronnant. D'un coup, cela martela dans sa tête : « Luc affabule, Luc affabule, Luc affabule... » et, malgré ses efforts pour éliminer cette espèce de litanie et trouver d'autres mots, c'étaient ceux-là qui revenaient sans cesse comme un infini supplice : « Luc affabule, Luc affabule... »

Tandis que, tel un ver, le train se faufilait vers le sud tantôt entre des talus escarpés tantôt le long de rivières bruissantes, frère Benno pensait à Michel-Ange, ce solitaire bourru qui, loin de chercher à parler des plus hauts sommets de l'art qu'il créait, tentait sans cesse de s'en voiler, de telle sorte qu'en ce jour beaucoup de ses facettes demeuraient encore une énigme ; ce Michel-Ange qui proclamait sous forme de plaisanterie qu'il avait sucé l'amour de la pierre en même temps que le lait de sa robuste nourrice, l'épouse d'un humble tailleur de pierres du village de Settignano à laquelle Francesca, sa mère à peine âgée de dix-neuf ans, épuisée, avait dû le confier ; ce Michel-Ange, pur produit de la Renaissance mais qui ne se soumit jamais au goût du jour, inventant son propre univers, un monde exalté droit venu de l'Antiquité grecque, du néoplatonicisme et de l'imagination débridée de Dante.

A la mort précoce de sa mère, il n'avait plus été qu'un enfant mal aimé, souvent battu, jusqu'à ce que son père Lodovico, un infatigable podestat, finisse par accepter à contrecœur de l'envoyer à l'école et en apprentissage chez les trois frères Domenico, David et Benedetto Ghirlandajo, les maîtres peintres les plus réputés de la ville. Revêche et peu avenant, le garçon ne parvint jamais à surmonter la perte d'affection causée par la mort de sa mère. Dès lors une femme, pour lui, se devait d'être une déesse ou une inaccessible sainte. Tout au long de son existence, il allait vivre de façon monacale — tout comme par la suite le frère Benno en ferait à son tour l'expérience — non tant par contrainte morale que par une sorte de dévotion, de sentiment d'amour sublimé dont l'idéal lui semblait être la Béatrice de Dante. Ainsi avait-il créé des figures exemplaires de pietàs juvéniles et maternelles, de madones et de sibylles d'une exceptionnelle délicatesse. Il attachait une grande importance à son passé et même à la lointaine lignée d'ancêtres (« *di nobilissima stirpe* » se disait-il) dont il était issu. Ce pourquoi sans doute les visions d'un père apparaissent-elles parfois elles aussi dans son œuvre.

Michel-Ange avait quatorze ans quand il put enfin échanger le crayon et le pinceau contre le burin, à la grande joie de Laurent de Médicis qui se tenait magnifique à la tête de l'Etat florentin et accueillit l'adolescent en son palais. C'est au cours de ces jeunes années qu'allait se produire l'imprévisible : une altercation avec Torrigiani, un de ses compagnons d'apprentissage, d'où il sortit défiguré, le nez à jamais brisé. Quelle désespérance cela a-t-il dû provoquer, par-delà la douleur physique, chez un adorateur inconditionnel de la beauté humaine tel qu'était Michel-Ange !...

... Voilà à quoi pensait d'abord frère Benno tandis que l'exprès filait vers le sud. Puis son esprit se porta sur le jeune homme de dix-neuf ans en train d'écouter, sous la coupole du Dôme de Florence, le prédicateur dominicain Savonarole exhortant avec véhémence à la mortification, fustigeant le luxe des puissants de ce monde et ce péché contre la foi qu'était la suffisance des dignitaires ecclésiastiques. Tel un rustre monté en chaire, Savonarole n'hésitait pas à dénoncer la corruption de l'Etat et de l'Eglise à la doctrine tombée jusqu'à en perdre toute signification. Petit, décharné, au visage d'ascète, il lançait à la face de ses fidèles accourus par milliers des visions apocalyptiques propageant l'effroi et qui, dans un pays en proie aux guerres, aux invasions et aux complots contre ses dirigeants, semblaient parfaitement plausibles. Il prêchait la colère de Dieu et la déchéance de Florence : *Ecce, ego abducam aquas super terram,* le jeune Michel-Ange a dû écouter cela avec terreur et ce sont ces images de la colère de Dieu et des flots envahissant la terre qui ont resurgi des années plus tard au plafond de la chapelle Sixtine avec la même violence que dans les prédications du prieur dominicain.

Pour l'essentiel, Michel-Ange restait un autodidacte, étudiant ce qu'il pouvait voir, admirant les sculptures antiques qui ornaient les jardins des Médicis, les œuvres de Donatello et de Ghiberti, celui dont il disait qu'avec son art il avait ouvert la porte du paradis. Il négligeait de plus en plus son maître Ghirlandajo. Ses premières œuvres de sculpteur ont disparu à l'exception d'une Pietà qui devint célèbre, cette sculpture d'une madone à peine adulte, la dépouille de Jésus sur ses genoux. Belle comme une déesse grecque, exécutée dans du marbre de Carrare avec la subtile sensibilité des mains d'un orfèvre. Interpellé au sujet de cette éclatante beauté juvénile de la madone — on ne peut que songer à l'âge de la mère de Michel-Ange quand elle mourut —, le sculpteur avait répondu qu'une femme chaste ne saurait vieillir, qu'elle était toujours bien plus fraîche qu'une impudique, et combien plus belle et plus fraîche encore devait être celle dont l'âme ne s'était jamais égarée dans le moindre désir coupable. Il n'y avait donc rien d'étonnant à ce qu'il ait représenté la Vierge d'entre les vierges plus jeune par rapport à son fils que le vieillissement normal de l'être humain ne l'aurait exigé. Ce jeune homme de vingt-deux ans était à tel point fier de cette création que, pour la première et unique fois de sa carrière, il osa graver son nom à même son œuvre : *Michaelangelus Bonarotus Florent. Faciebat.*

Un artiste ne peut totalement se soustraire à son temps et à son environnement. Quand, par la suite, Michel-Ange revint à Florence, il y trouva une situation bien changée : les disciples de Savonarole s'étaient multipliés de jour en jour, des processions de pénitents traversaient sans cesse la ville et de plus en plus nombreux étaient ceux qui s'y joignaient. La peste et la famine faisaient d'innombrables victimes, et toujours retentissait la voix perçante de Savonarole pour exiger le repentir et des mœurs austères. Le prieur de San Marco se nommait lui-même « l'instrument de Dieu », mais aux yeux de ses disciples ce dominicain était un véritable prophète.

De Rome et par trois fois, le pape l'avait mis en demeure de cesser de prononcer en chaire ses virulentes diatribes contre lui et l'Eglise. Pour finir Alexandre Borgia prononça son excommunication, ce qui n'eut pour effet que de pousser le prédicateur de la pénitence à durcir encore plus son discours. Pour lui, la bulle n'était pas une raison de se taire et, bien au contraire, il se mit à fustiger — en arguant de sa propre conscience — la décadence des mœurs à la cour pontificale. Fra Girolamo accusa le pape de simonie par la vente éhontée de fonctions ecclésiastiques. Ses adversaires parvinrent enfin à le faire arrêter et, forcé aux aveux par la torture (aveux qu'il s'empressa en vain de désavouer aussitôt après), cela ne lui épargna pas le procès de l'Inquisition. Le pape, qui aurait préféré l'avoir à Rome, envoya à Florence un légat qui prononça la condamnation à mort attendue. Le jour de l'Ascension de l'an 1498, Savonarole fut pendu puis brûlé sur la place de la Seigneurie, face au majestueux Palazzo Vecchio.

Michel-Ange ne se trouvait pas au pied du bûcher parmi les badauds. Il séjournait à Rome. Même s'il n'a pu voir de ses yeux l'horrible spectacle, cet artiste sensible a dû se sentir ébranlé par la méchanceté humaine qui infestait jusqu'aux plus dévots parmi les dévots. Hélas, c'étaient les plus dévots parmi les dévots qui lui donnaient du travail et du pain. Ainsi vint à naître un conflit intérieur.

Il travaillait davantage en tant que sculpteur que peintre. Trois madones peintes sur des tableaux sphériques — des *tondi* — représentaient le maigre résultat de ces dernières années. Craignait-il d'avoir à affronter Léonard de Vinci, le Pérugin et Raphaël dans ce domaine ? Nul ne le saura jamais. Aussi ne doit-on pas s'étonner qu'il ait accepté de répondre à plusieurs reprises aux appels de Jules II qui, désireux d'exploiter son art de la sculpture, le voulait à Rome. Ce pape était plus un guerrier qu'un berger, plus un politicien qu'un prêtre, plus véhément que paisible, mais — ce qui concordait mal pourtant avec le portrait d'un tel personnage — il aimait l'art tout autant que le glaive et savait admirer les œuvres de quelques grands artistes. C'était l'un d'entre eux d'ailleurs, l'architecte Giuliano da Sangallo, qui avait pour la première fois attiré son attention sur ce jeune Florentin. Sans but précis, il fit parvenir à Michel-Ange cent écus pour le voyage destiné à lui permettre de faire à Rome sa connaissance. C'est seulement par la suite que lui vint l'idée de lui commander son propre monument funéraire à l'intérieur même de la cathédrale de Saint-Pierre. Mais leur collaboration se métamorphosa rapidement en un violent conflit où la désinvolture du berger suprême et l'obstination de l'artiste se contrebalancèrent, pour culminer par la retentissante déclaration de Michel-Ange assurant que, s'il devait rester encore à Rome, ce ne serait plus le mausolée du pape mais le sien qu'il lui faudrait construire. Et, la colère dans l'âme, le Florentin quitta la Ville sainte.

Il avait été contraint de s'endetter pour payer le marbre et les ouvriers. Condivi, un de ses élèves, a évoqué par la suite « la tragédie de ce monument funéraire » et lui-même avait fait ce commentaire : « Si dans ma jeunesse j'avais appris à fabriquer des bâtonnets à soufre, je ne me trouverais pas maintenant dans un tel désespoir. » Quant au pape, il trouva des mots emplis de fiel pour fustiger le fugitif : les manières de cette engeance ne lui étaient pas inconnues, disait-il... Pourtant, si Michel-Ange lui revenait, il ne serait pas sanctionné. Alors, très sérieusement, les Florentins se mirent à craindre que le pape ne veuille déclencher une guerre à cause de cet encombrant sculpteur. De son côté, Michel-Ange envisageait tout de bon de fuir à Constantinople et d'y passer le restant de ses jours grâce aux libéralités du sultan. On lui proposait là suffisamment de travail, en particulier la construction d'un pont enjambant la Corne d'Or jusqu'à Pera. Comme il fallait en finir, le pape et Michel-Ange firent chacun un bout de chemin et se rencontrèrent à Bologne que Jules II venait de conquérir avec seulement cinq cents cavaliers. Ce fut là que le pape commanda à Michel-Ange une statue en bronze de quatre mètres de haut, statue le représentant, bien évidemment. Seulement réussie à la seconde fonte, elle fut détruite trois ans plus tard sitôt le retour triomphal des Bentivoglio, les anciens tyrans de la ville. Ce qui en resta servit à fondre la bouche à feu d'un canon.

Enfin revenu à Rome, Michel-Ange voulut reprendre son travail pour le monument funéraire. Mais Jules II tentait maintenant de l'en dissuader. Des quarante statues projetées, Michel-Ange ne put seulement mener que Moïse à son terme, tout ce marbre qu'il avait laissé en dépôt derrière Saint-Pierre, près de son domicile, ayant été volé. Un jour, le pape mit le sculpteur au désespoir, en lui donnant pour mission de peindre les fresques de la chapelle Sixtine, un édifice construit un quart de siècle plus tôt par son oncle, l'ignominieux Sixte IV, et inauguré par lui.

Michel-Ange s'y refusait, il y fut contraint.

Dès les esquisses, de nouveaux conflits éclatèrent. Mais Michel-Ange se montra à tel point intransigeant que, de guerre lasse, le terrible pape finit — du moment que son sculpteur acceptait de se transformer en peintre — par lui céder et par le laisser œuvrer de la façon qu'il entendait. Michel-Ange se décida donc pour l'évocation de la création originelle, mais d'une manière étrange et pour le moins atypique !

... A tout cela réfléchissait frère Benno pendant son voyage tandis que le train répétait au rythme de ses roues : « Luc affabule... Luc affabule... »

Lundi après Reminiscere

Ce même jour, après longue et mûre réflexion, le cardinal Jellinek alla trouver William Stickler et lui expliqua comment l'étrange paquet lui était parvenu avec son insidieux contenu déposé à son intention par un inconnu, probablement d'ailleurs le même individu qui avait pénétré chez lui peu de temps après pour le mettre en garde s'il s'obstinait dans ses recherches.

Le camériste du pape écouta silencieusement le récit de Jellinek puis, toujours sans autre commentaire, se saisit du téléphone.

— Votre Eminence, dit-il, le cas Jellinek vient de prendre une curieuse tournure, vous devriez venir écouter cela par vous-même...

Peu de temps après, le cardinal Giuseppe Bellini apparut et Jellinek recommença à expliquer comment, sans y être pour rien, il était entré en possession des lunettes et des pantoufles.

— Et pourquoi des aveux si tardifs ? s'enquit Bellini.

— Un aveu ne peut venir qu'après un sentiment de faute commise, rétorqua Jellinek. La possession de ces objets, aussi mystérieuse soit-elle, n'a provoqué en moi aucune impression de culpabilité. J'en veux pour preuve que je n'ai même pas songé à ranger ce paquet quand *monsignore* Stickler est venu pour reprendre notre partie d'échecs. Si un quelconque soupçon m'était venu sur ce que pouvait signifier ce paquet, je l'aurais peut-être caché mais sûrement pas laissé traîner. N'oubliez pas ceci : quand le pape Gianpaolo est mort, je n'appartenais pas encore à la curie !

A brûle-pourpoint, le cardinal Bellini demanda :

— De quel côté vous rangez-vous ?

— De quel côté, que voulez-vous dire ?

— Vous ne pouvez pas ne pas avoir remarqué que la curie est très loin de former un tout homogène et que chacun de ses membres n'est pas forcément tenu de toujours apprécier celui-ci ou celui-là... Rien de plus normal, avec des gens aux origines et nationalités tellement diverses. Aussi ne suis-je pas en train de vous demander de prendre position mais simplement de me dire si je peux vous considérer comme un ami !

Jellinek ayant aussitôt hoché positivement la tête, le cardinal Bellini poursuivit :

— Le pape Gianpaolo a été victime d'un complot, pour moi c'est une évidence, et croyez-moi : la disparition de divers objets en est seulement un des indices.

— Je connais ces rumeurs, répondit Jellinek, mais il me faut reconnaître que jusqu'à il y a peu je demeurais plutôt sceptique : la mort inattendue d'un pape a toujours été l'occasion de nombreuses spéculations...

— Et cet étrange paquet ?

— Cela m'a effectivement porté à modifier mon point de vue. Sans conteste, une volonté délibérée se cache là-derrière. En retenant l'hypothèse selon laquelle Gianpaolo aurait effectivement été assassiné, il me faut interpréter la livraison de ce paquet comme une réelle menace. Dans la mesure où cette menace n'avait pas eu l'effet escompté, on m'a envoyé par la suite un messager chargé de clairement l'expliciter... A propos, dit encore Jellinek en se tournant vers Stickler, quels étaient donc ces documents qui ont également disparu ?

Bellini coupa net :

— Le silence a été imposé au camériste du pape. Ce n'est pourtant pas un secret : le dossier contenait une liste de noms de membres de la curie.

— Je comprends... murmura Jellinek.

— Vous êtes un homme courageux, dit Bellini après un court silence. J'ignore comment j'aurais réagi à votre place. Je crois que je serais plutôt comme Pierre que comme Paul et, par Dieu, il n'y a rien de honteux à cela !

Ce fut sur ces mots qu'ils se séparèrent. Mais,

après cette conversation, Jellinek ne savait toujours pas à quelle coterie il convenait de rattacher Bellini, qui étaient ses adversaires et qui étaient ses amis. Il en tira la conclusion qu'il lui fallait, lui aussi, se méfier de tout et de chacun.

Une fois parvenu à Rome, frère Benno passa sa première nuit dans une pension bon marché de la via Aurelia. Le lendemain il se rendit à la maison de la Congrégation de l'Oratoire, sur l'Aventin. Son supérieur, le père Odilo, reçut le prêtre étranger avec cette prévenance qui caractérisait son établissement depuis des siècles, proposant aussitôt à frère Benno de s'y établir pendant tout son séjour romain. Frère Benno le remercia et accepta — « Pour ces quelques jours », dit-il.

Il ne manqua pas d'indiquer à son hôte qu'il avait déjà fréquenté l'Oratoire, au cours d'un précédent séjour à Rome — il y avait bien longtemps de cela, pendant la dernière guerre —, et y avoir entrepris certaines recherches dans la bibliothèque.

— Et c'était quand, plus précisément, cher frère ?

— Vers la fin de cette guerre, au temps où les troupes allemandes occupaient déjà Rome.

Le père Odilo eut un haut-le-corps.

— Oui, c'était une fin fort peu glorieuse, enchaîna frère Benno. Et je préfère ne pas trop y penser. J'avais été enrôlé dans les toutes dernières semaines : l'art et mes recherches...

— Et maintenant vous revenez avec l'intention de reprendre vos recherches...

— En effet, répondit frère Benno. A l'âge où me voici parvenu, on aime renouer avec ce qu'on n'a pu mener à bien au cours de ses jeunes années.

— C'est bien vrai ! fit le père supérieur qui ajouta : Je suppose donc que vous comptez à nouveau utiliser notre bibliothèque.

— Tout à fait exact, monsieur l'abbé.

— Je crains seulement qu'elle n'ait beaucoup changé depuis ce temps-là...

— Qu'à cela ne tienne, je me débrouillerai bien.

L'assurance dont faisait montre ce moine rendit méfiant le père Odilo : au cours des décennies toute bibliothèque change d'aspect, comment cet étranger pouvait-il savoir l'état dans lequel se trouvait désormais celle d'ici ? Comment pouvait-il être à tel point certain de s'y retrouver ? Tandis qu'ils montaient silencieusement les marches de l'escalier menant à la bibliothèque, l'abbé se demandait s'il avait bien fait d'accueillir ce moine étranger d'une façon si chaleureuse. Mais, parvenu à l'étage, il n'en recommanda pas moins aux *scrittori* de se montrer serviables envers son hôte. Et, tandis que frère Benno les saluait en serrant la main de chacun, il l'abandonna à son travail.

Après la prière du soir, le père Odilo se rendit, dans une aile retirée de l'Oratoire, à la cave d'une tour d'angle où d'innombrables et fort vieux documents se trouvaient entreposés. Ce n'étaient pourtant pas ces documents qui intéressaient le père abbé mais toute une pile de caisses en bois brut. Il les compta, vérifia qu'elles étaient toutes bien fermées, puis il quitta la cave sans avoir touché à rien d'autre.

Mardi après Reminiscere

A l'hôtel Excelsior, un des établissements les plus distingués de Rome et dont l'entrée était encore ornée par des portiers en uniforme démodé, sept messieurs, tous discrètement vêtus de gris, se retrouvèrent en fin d'après-midi. Entre les velours et les miroirs aux fines dorures, ils se rendirent vers l'un des nombreux salons mis à disposition pour conférences et autres assemblées. Aucun carton sur la porte n'indiquait de quelle sorte de réunion il allait s'agir, et c'était justement cette omission qui laissait supposer combien importante pouvait être cette rencontre-là.

En fait, ces discrets messieurs étaient les présidents et vice-présidents de la Banca d'Italia, de la Continental Illinois National Bank & Trust Company of Chicago, de la Chase Manhattan New York, du Crédit Suisse de Genève, de la Hambros Bank de Londres et de l'Unione Bancaria di Roma. Phil Canisius, le président de l'Istituto per le Opere Religiose, qui avait volontairement renoncé à son col blanc de prêtre pour se vêtir de gris comme les autres participants, gardait une mine embarrassée. Ces messieurs demandaient en effet une explication et ce qui va être maintenant rapporté n'est que la récapitulation de ce que l'on est parvenu à établir par la suite.

— La seule explication que je puisse vous donner aujourd'hui, dit Canisius, est : pour l'instant, la présence du nom d'Abulafia demeure inexpliquée.

— Allons donc ! écuma Jim Blackfoot, vice-président de la Chase Manhattan. Nous n'en avons rien à faire de cette curieuse inscription ! Ce qui nous intéresse c'est ce que vous comptez entreprendre pour couper court à d'autres polémiques et cachotteries au Vatican.

Urs Brodmann, du Crédit Suisse, prit aussitôt le relais :

— Ma société ne tient en aucune manière à ce que son nom soit évoqué, de quelque façon que ce soit, dans les gros titres de vos journaux.

— Voyons messieurs ! fit Canisius, tentant de calmer le jeu. Il n'en est évidemment pas question. Pour l'instant, toute cette affaire ne concerne que les scientifiques. Ils cherchent à établir la signification du nom d'Abulafia inscrit par Michel-Ange au plafond de la Sixtine. Un point, c'est tout.

— Et je dirai que c'est bien suffisant, répliqua Antonio Adelman de l'Unione Bancaria, un des banquiers les plus estimés de Rome et dont la parole avait un grand poids auprès de ses confrères. Il n'y a rien de plus sensible que le marché monétaire. En tout cas, nous avons déjà enregistré les premiers retraits... Aussi donc : faites quelque chose, Canisius ! Faites-le vite et aussi discrètement que vous le pourrez !

Phil Canisius avait l'air réellement désolé. Bien qu'étant en fait du même avis que le banquier, il lui fallait tenter de temporiser. Aussi pensa-t-il pouvoir faire la remarque que si, à chaque nouvelle découverte d'inscriptions, le marché devait se trouver déséquilibré, il convenait de supprimer purement et simplement toute recherche scientifique.

— Je le répète, répliqua Blackfoot, il ne s'agit pas ici de ces inscriptions, qu'elles soient dues à Michel-Ange, Léonard de Vinci, Raphaël ou n'importe quel autre. Pour nous, il s'agit exclusivement de la confiance dans nos institutions bancaires. Nos opérations communes ne manquent pas d'un certain piquant, ai-je donc besoin de vous le rappeler, Eminentissime monsieur Canisius ? Jusqu'à ce jour l'I. O. R. était un parfait garant du secret bancaire. Je crains que cela ne change si n'importe qui se met à faire ses propres investigations.

Douglas Tenner, de la Hambros Bank, renchérit :

— Souvenez-vous seulement de la mort inopinée du dernier pape et des rumeurs se rapportant à son éventuel assassinat : il a fallu trois ans pour que le marché s'en remette. Non, Canisius ! Notre intérêt à tous est la confiance dans la stabilité du Vatican. Cette étrange comédie n'y contribue pas vraiment.

— A quoi bon discutailler, s'enflamma Neil Proudman, vice-président de la Continental Illinois qui connaissait Canisius depuis de nombreuses années. Dès qu'il s'agit de blanchir de l'argent, l'I. O. R. se trouve toujours au premier plan et nous tous, réunis ici, ne répugnons pas à thésauriser ce que vous blanchissez... mais nous savons que ce procédé est illégal et que, s'il était découvert, ce ne serait pas véritablement profitable pour notre réputation. Je suis donc chargé de vous signifier que, si la situation au Vatican ne s'améliore pas dans un bref délai, mon groupe se verra contraint de mettre fin aux transactions qu'il entretient avec vous.

Les autres, sans vouloir s'avancer aussi nettement, n'en évoquèrent pas moins des positions approchantes.

Tandis que les présidents de banque siégeaient ainsi à l'hôtel Excelsior, le cardinal Joseph Jellinek se trouvait aux archives secrètes du Vatican, où il recherchait des renseignements complémentaires sur Abraham Abulafia. Mais cette investigation ressemblait fort à vouloir trouver une aiguille dans un tas de foin. Le cardinal se frayait fébrilement un chemin au travers d'innombrables *buste* et ses yeux le brûlaient tant il lui fallait déchiffrer de vieux manuscrits. L'odeur insolite du passé l'enivrait comme une drogue. Il avait beau se trouver éloigné de ces documents et de ces dossiers par les siècles engloutis, il lui semblait réellement côtoyer tous ces hommes qu'il y rencontrait.

Le cardinal se sentait surtout de plus en plus proche de Michel-Ange, au point qu'il se mit à lui parler à haute voix et à répondre aux questions rhétoriques que l'artiste posait dans ses lettres. Ainsi s'habitua-t-il peu à peu à ce ton rude qui l'avait d'abord tant fait sursauter, aux invectives et bordées d'injures contre le pape et son Eglise. Cette recherche de la clef menant à Abulafia prenait progressivement l'allure d'une aventure, comme s'il s'agissait d'un voyage dans un pays inconnu avec ses lieux et ses rencontres. Il visitait certains de ces endroits avec passion mais y perdait ses repères, et se montrait alors heureux de pouvoir découvrir d'autres pistes. S'il préférait parfois faire un grand détour plutôt que certaines rencontres, dans d'autres il s'attardait longuement. Bref, cette tâche exaltait le cardinal. Aucune puissance au monde, même la perspective d'une découverte extrêmement fâcheuse, n'aurait été capable de freiner sa soif d'aller encore plus avant. Il était parfaitement conscient que, puisque lui seul avait accès à la *Riserva,* nul autre ne saurait résoudre l'énigme d'Abulafia.

Tard, aux approches de minuit, le cardinal Joseph Jellinek pénétra dans la *Sala di merce* et joua son quinzième coup : le transport de sa Dame de c5 en d4. Il était impatient de connaître la suite qui y serait donnée.

Mercredi de la deuxième semaine du Carême

Le cardinal Jellinek convoqua pour le lendemain à une réunion *in situ* le professeur Parenti, le restaurateur en chef Bruno Fedrizzi ainsi que le professeur Antonio Pavanetto, directeur général des Musées et Bâtiments du Vatican, pour une analyse pictographique des fresques avec l'espoir de débusquer le mystère qui s'y trouvait.

Parenti restait dubitatif :

— D'entières générations d'historiens d'art se sont déjà essayées à une interprétation, dit-il, chacun étant parvenu à un résultat différent sans jamais pouvoir apporter la moindre preuve de ce qu'il avançait !

Ils étiraient tous les quatre le cou vers le plafond et Jellinek, sans pour autant détourner son regard, demanda :

— Vous avez donc, vous aussi, votre interprétation personnelle ?

— Bien sûr ! répliqua Parenti. Sinon que comme toutes les autres ma version est seulement subjective.

Alors le cardinal s'enquit :

— Selon vous, *professore,* Michel-Ange était-il croyant ? Oh, je conviens qu'une telle question en un tel lieu puisse vous surprendre... se hâta-t-il d'ajouter.

Le regard de Parenti revint à Jellinek :

— Monsieur le cardinal, cette question me surprend moins que ma réponse ne va vous étonner, car je réponds : non. Michel-Ange était, du point de vue de notre Sainte Mère l'Eglise, un mauvais chrétien. Mais non pour avoir haï le pape. Cela mis à part, c'est un tout autre déclic qui me semble se trouver à l'origine des modifications dans sa vie et sa pensée, et l'avoir guidé vers d'autres voies.

— On assure, nota le professeur Pavanetto venu à la rescousse, qu'il a été en contact dès ses plus jeunes années avec Marcilio Ficino.

— Ficino, intervint Fedrizzi, qui est-ce ?

— Marcilio Ficino, expliqua Parenti, était un humaniste et philosophe qui enseignait à l'Académie florentine créée par Laurent de Médicis et ramenait toute pensée philosophique à Platon, ce pourquoi on a pu parler de néoplatonicisme.

— Un hérétique en quelque sorte...

Parenti haussa les épaules :

— Ficino a été ordonné prêtre en 1473. On eut beau l'accuser ensuite de sorcellerie, il a été lavé de tout soupçon. Il disait que l'âme humaine était une infime partie de Dieu aspirant à se refondre dans sa source originelle. Effectivement, pour nombre d'hommes d'Eglise de l'époque, en particulier pour le pape Innocent VIII, cela apparaissait comme une hérésie...

— Et pourquoi ? s'insurgea Pavanetto. Un homme qui pratiquait à tel point les enseignements de la Bible n'aurait pas dû être tenu pour hérétique !

— Vous allez trop vite en besogne, répliqua Parenti. L'histoire a démontré que les plus grands contempteurs de l'Eglise étaient également les meilleurs connaisseurs de la Bible. Me faudrait-il citer des noms ?

— Oublions pour l'instant les inscriptions découvertes, interrompit Jellinek en s'adressant directement au professeur Parenti. Comment expliqueriez-vous à un profane ce que Michel-Ange a voulu représenter sur ce plafond ?

— Fort bien, répondit Parenti. Je vais tenter de faire abstraction de mon opinion personnelle et m'en tenir à une analyse générale. Par la correspondance échangée entre l'artiste et Jules II, nous savons que Michel-Ange ne s'est pas soumis aux injonctions du pape et que celui-ci a fini par lui laisser les mains libres. Des experts que l'on peut prendre au sérieux ont mis en doute que la paternité de son iconographie puisse être réellement attribuée à Michelangelo Buonarroti et, selon l'hypothèse qu'ils ont émise, son origine serait à rechercher dans un projet théologique élaboré par un inconnu.

— Et de qui pourrait-il s'agir ? s'enquit gravement Jellinek.

— A ce jour, monsieur le cardinal, nul n'a pu encore répondre à cette question.

— Et comment faudrait-il nous représenter un tel projet théologique, *professore* ?

— Je vais vous donner un exemple : A en croire un certain chercheur britannique, la disposition des prophètes et des sibylles répondrait par elle-même à l'ensemble des douze éléments de la profession de foi apostolique. En effet, a-t-il assuré, certains de ces dogmes présenteraient d'étonnantes similitudes avec leur enseignement, leur image ou leur vie. Pour Zacharie ce serait : *Credo in Deum Patrem omnipotentem creatorem coeli et terrae* — pour Joël : *et in Jesum Christum, Filium eius unicum, Dominum nostrum* — pour Isaïe : *qui conceptus est de Spiritu Sancto, natus ex Maria Virgine* — pour Ezéchiel : *passus sub Pontio Pilato, crucifixus, mortuus et sepultus descendit ad inferos* — pour Daniel : *tertia die resurrexit a mortuis* — pour Jérémie : *ascendit ad coelos, sedet ad dexteram Dei Patris omnipotentis* — pour Jonas : *inde venturus est iudicare vivos et mortuos* — pour la sibylle de Delphes : *credo in Spiritum Sanctum* — pour l'Erythréenne : *sanctam Ecclesiam catholicam, sanctorum communionem* — pour la sibylle de Cumes : *remissionem peccatorum* — pour la sibylle de Perse : *carnis resurrectionnem* — et enfin pour la Lybienne : *et vitam aeternam.*

— Une interprétation bien téméraire ! estima Jellinek, tandis que les autres se cantonnaient dans un silence songeur. Le genre d'interprétations grâce auxquelles on peut étayer les hypothèses les plus farfelues.

Parenti répliqua :

— En fait, une analyse plus poussée du texte et des représentations n'en amène pas moins à de stupéfiantes correspondances...

— Par exemple ? coupa Fedrizzi.

— Chez Daniel, qui représente ici la résurrection, il est dit textuellement à l'ultime chapitre : *Marche vers ta fin ; tu te reposeras, et tu seras debout pour ton héritage à la fin des jours.* Chez Esaïe, qui symbolise ici la naissance du Christ, on peut lire au neuvième chapitre : *Car un enfant nous est donné, un fils nous est donné, et la domination reposera sur ses épaules.* Quant à Jonas, qui représente le Jugement dernier, il décrit dans son chapitre III le Jugement de Dieu sur Ninive. Pour ce qui est des autres prophètes, on peut constater le même genre de coïncidences... Ce qui pourrait remettre en question cette hypothèse, c'est la représentation des sibylles : s'il est à la rigueur permis de concéder à la sibylle de Delphes l'omniscience du Saint-Esprit, cela exigerait pour les autres une certaine acrobatie intellectuelle que, personnellement, je me refuse d'imputer à Michel-Ange.

Pavanetto, avec impertinence :

— Vous n'accorderiez donc pas cette sorte d'intelligence à Michel-Ange ?

— Il ne s'agit pas de la capacité mais du goût pour ce genre de choses !

— Michel-Ange n'a-t-il pas usé de cette sorte de singulier rébus en d'autres circonstances ? demanda Jellinek.

— En effet, répondit Parenti. Michel-Ange n'avait certainement pas les pieds sur terre, il vivait dans son propre univers difficile à cerner. Il s'est sans aucun doute servi de la Bible, et plus spécifiquement de l'Ancien Testament, d'une façon originale et apparemment fort arbitraire. Il a surchargé certains événements alors qu'il en ignorait et en omettait complètement d'autres, comme par exemple la construction de la tour de Babel, un motif pictural qui a fait florès chez bien d'autres artistes.

— Et le meurtre d'Abel ! s'exclama Pavanetto.

— Egalement, bien que cela ait été d'une importance capitale pour Caïn et toute sa lignée.

— Il me semble, dit Jellinek, qu'il faudrait savoir distinguer entre la conception que Michel-Ange avait de la Bible et celle d'un théologien. C'est seulement ainsi que nous pourrons nous rapprocher du message contenu dans ces fresques. Plus j'étudie ces représentations, plus je prends conscience que Michel-Ange a œuvré avec une naïveté parfaitement réfléchie. N'est-ce pas votre avis, *professore* ?

— Ma définition serait plutôt : l'interprétation faite par Michel-Ange de l'histoire de la Création, et d'ailleurs de toute l'histoire sacrée de l'Ancien Testament, est élaborée d'après l'esprit et non d'après la lettre. Observons par exemple la Création du monde, fit Parenti en désignant d'un geste large la partie frontale des scènes au plafond. Avant que le Seigneur ne se repose au septième jour, il a successivement conçu huit œuvres. Mais chez Michel-Ange on en trouve neuf. Pour lui la création d'Adam et d'Eve, dont il est précisé dans la Bible qu'ils ont été créés homme et femme, sont deux travaux distincts, alors qu'il n'y était en aucune manière techniquement contraint. De toute façon, il a peint les six jours de la Création en seulement cinq fresques. Voyons maintenant la première, la séparation de la lumière et des ténèbres : les devinettes commencent déjà...

— J'espère, l'interrompit Jellinek, que vous allez nous expliquer pourquoi il a doté Dieu le Père d'une poitrine de femme !

— Je vous prie de m'excuser, monsieur le cardinal, je ne le peux pas : jusqu'à ce jour, aucune explication plausible n'en a été donnée. En revanche la deuxième, qui représente la création du soleil, de la terre et de la lune, est plus limpide bien que malgré tout discutée. Dieu fait irruption, comme poussé par une tempête, les bras largement étendus, ce qui donne à penser que Michel-Ange a dû se référer à Isaïe quand celui-ci parle du *bracchium Domini*, le bras de Dieu avec sa force toute-puissante. Mais, après lui avoir fait effleurer par sa droite le disque solaire, notre Florentin semble à première vue s'être livré à quelque facétie : en faisant voleter le Seigneur autour du soleil, c'est seulement son postérieur que Michel-Ange nous donne à voir clairement. Image osée ? et pourtant sans doute en référence à ce passage des Ecritures où, quand Moïse le supplie de lui dévoiler sa splendeur, le Seigneur se borne à lui répondre qu'il le verra par-derrière.

— « *Videbis posteriora mea !* » murmura Jellinek, précisant tout aussitôt : Exode 33, 23.

Parenti acquiesca puis reprit :

— Toutefois, les avis des scientifiques divergent à propos des enfants qu'on entraperçoit dans les plis du vêtement de Dieu. Les uns prétendent qu'il s'agit d'une préfiguration de Jésus et de Jean mais pour d'autres ce seraient, comme il a été annoncé dans les Psaumes, tout simplement des anges en train de louer ses œuvres. Dans la troisième fresque, sans doute la plus limpide et la plus évidente, Dieu le père plane au-dessus des eaux accompagné d'angelots. La plus célèbre, la quatrième, celle où le Seigneur dispense la vie en effleurant de son index la main alanguie de l'homme étendu, montre la création d'Adam : sous le bras de Dieu, la femme pointe déjà son nez. Il en a pourtant été donné une autre explication, qui me semble même de beaucoup plus vraisemblable : cette femme serait non pas Eve mais... la Sagesse, la véritable compagne du roi Salomon. Aussitôt Jellinek cita de mémoire le passage des Ecritures qui disait : « *Puisque tu ne demandes pour toi ni une longue vie, ni les richesses, ni la mort de tes ennemis, puisque tu demandes seulement de l'intelligence pour exercer la justice, voici, j'agirai selon ta parole. Je te donnerai un cœur sage et intelligent de telle sorte qu'il n'y aura eu personne avànt toi et qu'on ne verra jamais personne de semblable à toi...* »

— Bravo, bravissimo ! applaudit Pavanetto. J'ai

vraiment l'impression, monsieur le cardinal, que vous connaissez par cœur tout l'Ancien Testament !

Jellinek eut un geste de modestie, tandis que Riccardo Parenti reprenait :

— Vous voyez donc que certaines figurations de Michel-Ange peuvent à la fois permettre une explication simple et évidente mais tout autant une autre à l'arrière-fond beaucoup plus complexe. C'est aussi ce qui va rendre plus délicate l'explication de la présence du nom : ABULAFIA. La cinquième fresque, la création d'Eve, confirme la théorie selon laquelle ce serait plutôt la personnification de la Sagesse qui pointerait son nez hors du manteau du Créateur. Cette Eve-ci, avec ses rondeurs bien féminines, cette longue chevelure, est en effet fort différente de l'autre aux allures graciles et portant les cheveux courts... Mais ce qui est surtout frappant dans cette description c'est que, en opposition aux Ecritures, Dieu ne touche pas cette femme et que ce paradis, habituellement représenté par les artistes peuplé de bêtes, avec une végétation luxuriante, des arbres couverts de fruits, apparaît ici comme un paysage dénudé. Même l'arbre sous lequel Adam s'est allongé pour dormir n'est qu'un tronc coupé à mi-hauteur. Du coup, on peut se demander si Michel-Ange n'a pas voulu décrire son propre paradis, pas tellement réjouissant. En tout cas, le paysage du péché originel qui lui fait suite est aride et désolé. Le serpent sur l'arbre de la connaissance tient le milieu de l'œuvre et, en absolue contradiction avec tout ce qui est dit dans la Bible, ce sont Eve *et* Adam qui tendent la main vers les fruits défendus ; des hauteurs apparaît l'Archange vêtu de rouge qui les chasse tous deux du Paradis avec son glaive. Si l'on compare la figure de l'Adam de la Création avec celle de l'expulsion, le grand art de Michel-Ange saute aux yeux : là un Adam rayonnant, pareil à un jeune dieu ; ici un être humain banal, accablé.

— Y a-t-il une explication de l'omission par Michel-Ange de toute référence à Caïn et Abel ? demanda Jellinek.

— Aucune, répondit Parenti. Voilà d'ailleurs qui rend encore plus évidente sa répulsion ou son attirance pour certains personnages du Texte. C'est en revanche à trois reprises qu'apparaît Noé : pendant le sacrifice, au Déluge et dans son ivresse. Etrangement, Michel-Ange a interverti la chronologie : le sacrifice se trouve ici *avant* le Déluge...

— Oui, intervint Jellinek, je l'avais déjà remarqué.

— C'est un des tableaux aux détails les plus élaborés de tout ce qui a été peint au plafond. Il se rapporte au texte des Ecritures : « *Noé bâtit un autel à l'Eternel ; il prit de toutes les bêtes pures et de tous les oiseaux purs, et il offrit des holocaustes sur l'autel.* » Nous voyons Noé, la main droite étendue vers le ciel, sa femme lui parle, sur le devant à droite se trouve un adolescent qui vient d'extirper le cœur du bélier abattu. Un autre apporte du bois, un troisième allume le feu. En toute certitude, cette scène s'est passée après le Déluge mais, avec Michel-Ange, elle le précède.

Fedrizzi murmura, le regard toujours rivé au plafond :

— Je ne sais pas pourquoi, mais c'est pourtant cette autre fresque qui m'impressionne le plus !

— C'est effectivement la plus émouvante, reconnut Parenti, parce qu'elle représente toute une brochette de destinées humaines.

— Au demeurant d'une façon très personnelle, intervint Jellinek.

— Personnelle, en quoi personnelle ? s'étonna Fedrizzi.

Ce fut Parenti qui se chargea de répondre :

— Eh bien, cette représentation ne montre le sauvetage de Noé avant le Déluge qu'en arrière-plan, comme s'il s'agissait d'une anecdote secondaire en quelque sorte. Le motif principal de la fresque est la destruction de l'Humanité dont il est dit dans l'Ecriture : « *La fin de toute chair est arrêtée par-devers moi ; car ils ont rempli la terre de violence ; voici : je vais les détruire avec la terre...* »

— Et la neuvième fresque, *professore,* à votre avis

quelle signification se cache derrière la représentation de l'ivresse de Noé ?

— Nous butons ici encore contre un des mystères propres à Michel-Ange. Notre artiste se réfère à un court passage de la Genèse où il est dit que Noé, après avoir commencé par planter une vigne puis avoir bu de son vin s'était, en état d'ivresse, intégralement dévêtu. Michel-Ange s'est saisi de cette scène pour montrer à gauche Noé travaillant dans sa vigne, au premier plan la cruche et la coupe près de lui déjà ivre et, totalement sur la droite, Cham, le père de Canaan, désignant son père dénudé tandis que les deux autres fils, Sem et Japhet, le couvrent en détournant le regard...

— Neuvième chapitre de la Genèse, confirma Jellinek.

— ... Probablement Michel-Ange voyait-il dans cette scène l'image archaïque de l'erreur, de la faute et de l'aliénation de l'Homme.

Avec ensemble et componction, ils baissèrent tous leur regard. Puis le cardinal Jellinek s'enquit auprès de Parenti :

— Vous semble-t-il envisageable que, dans cette façon de concevoir les scènes de l'Ancien Testament, puisse se dissimuler la clef des mystérieuses inscriptions ?

Parenti fit longtemps attendre sa réponse. Finalement, le visage à nouveau tourné vers le plafond, il dit :

— Envisageable, que veut dire ce mot ? Avec Michel-Ange, tout est envisageable ! Il semble pourtant plus vraisemblable, cela correspond d'ailleurs à mon propre sentiment, de chercher la solution chez les prophètes et les sibylles ; et pas seulement parce qu'ils sont cinq à porter une part du nom d'Abulafia mais parce que leur présence en douze endroits du plafond domine à tel point que...

— Je sais ce que vous voulez dire ! l'interrompit Pavanetto. Les prophètes et les sibylles semblent, aux yeux des observateurs, d'une plus grande importance que les scènes de l'Ancien Testament qui ont l'air de se trouver là juste pour faire du remplissage.

Ils hochèrent tous la tête en signe d'acquiescement.

— Et maintenant, portons notre attention sur le choix des prophètes. Michel-Ange reproduit Isaïe, Jérémie, Ezéchiel, Zacharie, Jonas, Joël et Daniel sans accorder le moindre intérêt à d'autres tout autant sinon parfois plus signifiants : Moïse, Josué, Samuel, Nathan ou Elie. Cela laisse perplexe. Il y a de quoi s'interroger sur un tel choix. Est-ce purement arbitraire ou Michel-Ange avait-il une raison particulière ?...

— L'annonce messianique ! s'écria Jellinek. Ceux-là ont tous prédit la venue du Messie, contrairement aux autres prophètes.

Parenti sourit :

— Et Jonas, c'est également valable pour Jonas ?

Jellinek :

— Non...

— Donc, hypothèse erronée, monsieur le cardinal. Auriez-vous quelque autre idée ?... Personnellement, je pense que la seule explication de ce choix spécifique est que Michel-Ange a donné sa préférence aux auteurs de prophéties écrites contre ceux dont la prophétie se trouvait relatée.

— Et les sibylles ? s'enquit Jellinek, souriant à son tour.

— Je ne disconviens pas que ce sont sans conteste des figures non bibliques, et que leur présence est l'une des grandes énigmes de la chapelle Sixtine. Michel-Ange ne s'en est jamais expliqué. Sans doute pourrait-on dire de leurs oracles qu'ils étaient prophétiques, mais elles étaient pénétrées d'un esprit matérialiste tandis que c'était l'esprit cosmique qui inspirait les prophètes. C'est là qu'apparaît la formation néoplatonicienne de Michel-Ange. Ce que prophètes et sibylles ont en commun, ici, ce sont les tout jeunes esprits prophétiques qui se tiennent partout derrière eux. Vous êtes certainement en mesure de nous citer le passage chez Paul, monsieur le cardinal...

— Première Epître de Paul aux Corinthiens, répondit aussitôt Jellinek : « *Que deux ou trois parlent, et que les autres jugent ; et si un autre qui se trouve assis a une révélation, que le premier se taise. Car vous pouvez tous prophétiser successivement, afin que tous soient instruits et que tous soient exhortés. Les esprits des prophètes sont soumis aux prophètes.* »

— Voilà en effet ce que Paul a écrit. Mais, si nous comparons entre eux les douze prophètes et sibylles, nous nous apercevons que seuls Jonas, Jérémie, Daniel, Ezéchiel sont dotés d'attributs permettant de les identifier. Si Michel-Ange n'avait pas pourvu les autres d'enseignes à leur nom ils auraient été difficiles à reconnaître. En revanche, près de Jonas, la baleine et le buisson de ricin sont très visibles ; Jérémie se montre en un état d'affliction désespérée se rapportant à l'évidence à ses propres paroles : « *Je ne suis point assis dans l'assemblée des moqueurs, afin de m'y réjouir ; mais à cause de ta puissance je me suis assis solitaire, car tu me remplissais de fureur. Pourquoi ma souffrance est-elle continuelle ? Pourquoi ma plaie est-elle à ce point douloureuse, pourquoi ne veut-elle pas guérir ?* » Daniel est accompagné de ses deux livres où il copie, comme il le dit lui-même, des passages de celui de Jérémie ; Ezéchiel porte une sorte de turban, comme il est précisé dans les Ecritures : « *Tu ne te lamenteras point et tes larmes ne couleront point. Soupire en silence et ne prends pas le deuil des morts, attache ton turban, mets tes sandales à tes pieds...* » Quant aux autres, leur aspect et leur attitude sont très librement traités.

Le professeur Parenti en vint ensuite à parler des *ignudi,* ces adolescents nus placés au-dessus de la tête des prophètes ou des sibylles, et qui déconcertent tant bon nombre d'observateurs :

— En fait, ces *ignudi* étaient des anges, assura-t-il, des anges tels que décrits dans l'Ancien Testament : masculins, dépourvus d'ailes, robustes et d'une grande beauté. Michel-Ange a vraisemblablement puisé leur nudité sensuelle à l'endroit de la Genèse où, passant la nuit dans la maison de Loth, deux anges sont d'une telle beauté que les hommes de Sodome en viennent à les convoiter. Leur apparition deux par deux me semble en revanche tirée par Michel-Ange d'une description de l'arche de l'Alliance dans le livre de l'Exode. En ce qui concerne le contenu des *tondi,* dont l'un a été malheureusement détruit, on dispose d'une interprétation hautement vraisemblable : il s'agirait d'allégories puisées dans les Dix Commandements...

Parenti fit encore une remarque, l'ultime, concernant les triangles connus sous le nom de lunettes et surplombant les fenêtres :

— L'ensemble de ces lunettes, dit-il, représente sans aucun doute l'arbre généalogique du Peuple élu, à commencer par Abraham, Isaac, Jacob, au total quarante ancêtres jusqu'à Joseph. Et voilà, en gros, la signification des fresques au plafond de la Sixtine.

Sans un mot, chacun de son côté, ils se mirent à réfléchir.

— A quoi pensez-vous, *Eminenza* ? finit par demander Pavanetto.

— Je me demande si Michel-Ange, qui apparemment ne s'intéressait qu'à l'Ancien Testament, a falsifié celui-ci, l'a seulement interprété d'une façon toute personnelle, ou bien s'il entendait poursuivre un autre but qui nous échappe encore.

— Eh bien moi, répondit Pavanetto, après avoir écouté tout cela, je me pose une tout autre question : Michel-Ange était-il un remarquable connaisseur de la Bible, ou a-t-il pris des cours de rattrapage avec un théologien ?

Parenti assura qu'on n'avait jamais entendu parler de la seconde éventualité.

— Impression trompeuse ! intervint Jellinek. Si nous faisons abstraction de ce qui se passe pendant la Genèse, et que tout enfant connaît dès l'école, en fait les seuls prophètes réellement présents à l'esprit de Michel-Ange étaient Isaïe, Jérémie et Ezéchiel. Les Psaumes, il les avait également lus ; mais parmi les livres historiques il ne connaissait que quelques fragments des Maccabées, lesquels n'ont d'ailleurs été admis comme faisant partie de la Bible telle que nous, catholiques, la lisons que dans les dernières années de sa vie. Même en les comptant, cela ne fait toujours qu'une très faible fraction de l'Ancien Testament !

— Je crois, dit Parenti en revenant à son discours, qu'on peut déduire des différences stylistiques dans les fresques de Michel-Ange qu'il s'est intensivement intéressé à la Bible seulement pendant qu'il œuvrait à la Sixtine, et alors de façon progressive. Même la représentation de Dieu le Père peut amener à une telle conclusion. En effet, et en dehors de l'inversion des scènes du Déluge et du sacrifice de Noé, la manière dont a été peinte en son entier la fresque témoigne qu'elle a été exécutée en sens inverse de la chronologie. Regardons à nouveau la création d'Eve et comparons Dieu le Père ici avec celui de la création d'Adam ou des scènes suivantes : ce n'est plus la même facture. Il en va pareillement pour les prophètes et les sibylles, dont les premiers à avoir été peints ne sont pas d'une moindre beauté, mais ceux exécutés par la suite comportent davantage de détails bibliques, comme si Michel-Ange venait juste de découvrir ces précisions en étudiant le texte.

— Et Abulafia dans tout cela ? demanda Jellinek.

Ce fut le restaurateur en chef Fedrizzi qui répondit :

— Les inscriptions ont dû être conçues dès le début, ne serait-ce qu'en raison de l'agencement des lettres sur toute la longueur. En outre, je l'ai déjà fait remarquer, la composition de leur couleur est strictement la même que celle de la peinture utilisée pour les fresques : il ne peut s'agir d'un ajout ultérieur.

— Ainsi Michel-Ange aurait eu dès le départ l'intention de confier un secret au plafond de la Sixtine, murmura Jellinek qui en semblait navré. Ces inscriptions ne seraient donc pas dues à une humeur passagère ou à un accès de colère...

— Non, répondit Fedrizzi, mes observations démontrent exactement le contraire.

Toujours en ce même mercredi

De nombreuses découvertes de l'humanité ne sont pas dues au cerveau de l'Homme mais à un simple hasard. Il n'en est pas allé autrement dans le cas présent auquel, pour diverses raisons, s'intéressaient maintenant toutes sortes de personnes. Il se trouva donc qu'Augustinus tint l'abbé du monastère sur l'Aventin au courant de l'émotion suscitée par les inscriptions et du profond trouble dans lequel cela avait mis la curie.

— Je ne sais pas, dit-il pour conclure, quelle magie Michel-Ange peut bien exercer sur la postérité mais, depuis cette découverte, le passé semble resurgir plus vivant que jamais.

L'abbé, ce petit homme chauve nommé Odilo que nous avons déjà eu l'occasion de rencontrer, après avoir bien écouté le récit de son condisciple, lui répondit :

— Tu le sais, mes vœux me font obligation de loyauté, mais je ne puis oublier qu'on m'a également imposé la charge de ce monastère et je ne parviens pas à décider maintenant à laquelle de ces deux obligations je dois accorder la priorité : Si je te livre tout ce que je sais, tu connaîtras une pénible vérité ; si je me tais malgré tout, je me rends utile à ce monastère et peut-être même à l'Eglise. C'est un lourd fardeau que je porte. Frère Augustinus, selon toi : que dois-je faire ?

Augustinus ne parvenait pas à comprendre un tel discours et il répondit que, pour savoir ce qu'il fallait dire ou taire, chacun devait s'en référer à sa propre conscience.

— Ecoute, mon frère, reprit l'abbé. Dans une cave de ce monastère se trouvent entreposés des documents qui souillent l'âme pure de notre Ordre et même de l'Eglise. Je crains qu'ils ne viennent à être mêlés au tourbillon des recherches, et c'est pour cela que je vais te livrer la vérité. Viens !

Augustinus le suivit, descendit avec lui le raide escalier de pierre de la tour d'angle. Dans la touffeur du printemps, la fraîcheur qui venait vers eux sembla tout d'abord bienfaisante. Mais plus ils descendaient, plus l'air devenait humide et oppressant. Une fois parvenu devant une étroite porte de fer en ogive, l'abbé sortit une clef de sa soutane et ouvrit. La porte émit un aigre grincement, comme si elle n'avait pas été ouverte depuis longtemps. De sa main gauche, Odilo chercha l'interrupteur et il obtint pour seul éclairage celui d'une ampoule nue. Elle dispensait une lumière diffuse sur un local qui paraissait sans limites, garni de tout côté d'étagères en bois croulant sous les livres et les classeurs avec, en plein milieu, des caisses et des coffres en un inextricable désordre. L'abbé en tête, ils passèrent devant une étagère effondrée.

— Tu n'es jamais venu ici, mon frère ? demanda-t-il.

— Non, répondit Augustinus, j'ignorais même jusqu'à l'existence de cette cave voûtée. Que conserve-t-on ici ?

L'abbé s'arrêta, saisit un volume dont il fit voler en soufflant une épaisse couche de poussière. Il l'ouvrit et se mit à lire.

— Tiens, regarde ! : « En ce jour de la Chandeleur de l'an de grâce mil six cent septante sept la Confederatio Oratorii s. Philippi Nerii contient nonante prêtres et deux cent quarante laïcs suivant les règles édictées par les Saintes Ecritures qui tous se consacrent à la science et à l'œuvre pieuse du salut des âmes. Il convient donc de nourrir trois cent trente fidèles pendant une année entière grâce aux biens acquis par nos propres activités, les dons et huit héritages... »

— Mais c'est le livre des comptes de l'Oratoire ! s'écria le *Padre* Augustinus.

— Parfaitement. De sa fondation par Filippo Neri en 1575 jusqu'à la fin de la dernière guerre. Depuis lors, la comptabilité est hébergée dans de nouveaux locaux.

L'abbé Odilo s'avança vers une pile des caisses en bois mal dégrossi dont les couvercles étaient cloués. Il sortit un couteau de sa poche et parvint assez rapidement à entrouvrir le premier de ces couvercles.

— Ce que tu vas voir maintenant, dit-il en s'attaquant au couvercle des deux caisses suivantes, ne fait pas précisément partie des actions les plus glorieuses de notre Eglise, encore moins de celles de notre Ordre.

Puis, revenu au couvercle de la première caisse, il le força avec une vigueur dont on n'aurait pas cru capable ce petit homme. Un « Seigneur Dieu !... » échappa au père Augustinus : des lingots d'or, des bijoux et des pierres précieuses étaient là, entassés pêle-mêle comme s'il s'était agi de vulgaire pacotille.

— C'est authentique, tout ça ? demanda timidement le père Augustinus.

— Eh ! Il faut le supposer, mon frère, répondit l'abbé en s'attaquant à la deuxième caisse. Ces caisses que tu vois ici en sont pleines.

— Mais ça représente des millions !

— Des milliards, veux-tu dire. Au point qu'il est impossible de monnayer tout ce pactole sans attirer l'attention.

Entre-temps, il avait ouvert la deuxième caisse mais Augustinus, qui s'était attendu à d'autres trésors, fut quelque peu déçu.

— Des papiers... des passeports et de la paperasse...

Sans rien dire, Odilo lui mit sous les yeux un passeport gris orné sur sa page de garde d'une croix gammée. Les autres documents étaient également frappés de tampons à la croix gammée.

— Qu'est-ce que ça peut signifier ?... demanda Augustinus en se mettant à fouiller fébrilement parmi les documents qui devaient être au moins plusieurs centaines.

— Tu n'as jamais entendu parler de la filière des monastères ?

— Mais non, qu'est-ce que c'est ?

— Alors, sans doute ce que représente l'organisation Odessa ne te dit rien non plus...

— Odessa ? Jamais entendu parler !

— Tu sais quand même, j'imagine, que la fin de la dernière guerre mondiale a provoqué dans toute l'Europe un certain remue-ménage, pour ne pas dire plus. Nombre de ceux qui avaient fui les persécutions nazies sont revenus dans leurs patries d'origine, dans le même temps où beaucoup de ces nazis cherchaient à fuir à l'étranger. Mais les frontières étaient fermées, et on recherchait partout les criminels de guerre. C'est alors qu'a été créée l'Odessa, abréviation pour « Organisation Der Ehemalingen S. S. Angehörigen », soit « Organisation des anciens membres de la S.S. » Quand ces purs produits du nazisme ont pris conscience que le IIIe Reich allait à sa perte, ils ont réuni tout ce qu'ils avaient pu piller et l'ont expédié dans d'autres pays d'où ils projetaient de prendre le large. D'énormes sommes se sont alors déversées dans les caisses du Vatican. Je n'irai pas jusqu'à prétendre qu'on savait dès le début d'où venait cet argent et à quoi il était destiné mais, lorsque à la curie tout cela a été percé à jour, il était trop tard. Et le Vatican et l'Odessa ont eu en commun tout intérêt à garder le silence. La combine inventée par les anciens nazis était certes astucieuse, mais elle n'aurait pas pu réussir sans l'accord de la curie. Pour commencer, ces gens entraient, partout où ils se trouvaient, dans le monastère le plus proche, que ce soit en Allemagne même, en Autriche, en France ou en Italie. Ils n'y restaient pourtant que quelques jours et partaient, généralement munis d'une lettre de recommandation de l'abbé, dans un autre couvent, puis de là dans un autre encore : de sorte que leur trace s'effaçait progressivement. En fin de parcours, ils sont tous venus atterrir...

— Puis-je émettre un soupçon ? interrompit le *Padre* Augustinus. C'est déguisés en moines qu'ils ont fini par atterrir ici même.

— Exactement.

— Seigneur Dieu ! Et que sont-ils devenus par la suite ?

— Eh bien, le Vatican leur a délivré de faux papiers, a légitimé leur tenue de moine, leur a donné de nouvelles identités, d'autres anciens domiciles ce qui — avec le recul du temps — ne manque pas d'une certaine ironie grinçante : en effet, ces adresses étaient celles de prélats et de dignitaires ecclésiastiques de Vienne, Munich ou Milan. Comment le Vatican aurait-il pu s'y prendre autrement ? On était bien soulagé que ces faux moines n'aient qu'une envie : s'enfuir au plus vite vers l'Amérique du Sud. Du moins en était-on débarrassés ! Toute cette opération a été menée par un certain *monsignore* Tondini et son tout jeune collaborateur, Pio Segoni. Tondini dirigeait l'office clandestin d'immigration, qu'on a nommé par la suite la Commission catholique internationale d'émigration. Quant à Segoni, sa tâche consistait à négocier entre ces prétendus moines qui échouaient chez nous et l'administration du Vatican, et à encaisser en échange de l'argent et des objets de valeur.

— Pio Segoni, avez-vous dit, vous avez vraiment dit Pio Segoni ?

L'abbé confirma :

— C'est pour cela que je t'ai fait descendre jusqu'ici. Personne ne pourrait le croire, mais cet Oratoire était bel et bien le terminus de la filière des monastères. Et il s'est trouvé ici même un homme pour accepter, sous couvert de charité chrétienne, de l'argent et de l'or des mains des nazis. Bien sûr, le *Padre* Pio ne s'est pas personnellement enrichi, du moins je ne le crois pas. Il n'en reste pas moins que son action n'allait guère dans les voies du Seigneur.

La poussière et l'air renfermé se déposaient lentement sur les poumons des deux prêtres. Augustinus tenta de ne respirer qu'à petits coups.

— Je me demande seulement, finit-il par dire en essayant de ne pas trop ouvrir la bouche, pourquoi vous m'avez montré tout cela.

— Bien sûr, répondit l'abbé, j'étais peut-être

jusqu'ici le seul à connaître l'existence de ces documents et de ce trésor, dont mon prédécesseur m'avait informé sous le sceau du secret. Je suis un très vieil homme, Augustinus ! Et de la même façon que j'ai été contraint de me charger de ce fardeau, ce sera maintenant à ton tour de le porter. Je ne doute pas que tu sauras te taire. De par ta fonction, nul autre que toi n'est aussi proche des documents concernant ces temps funestes. Ils sont tous entreposés dans les archives du Vatican. Aussi, ai-je craint qu'en poursuivant tes recherches à propos de ces fameuses inscriptions de la Sixtine tu ne tombes, de toi-même ou poussé par quelque autre, sur ce secret. Puisque désormais tu le connais, il te faudra vivre avec ce que tu sais.

Vendredi de la deuxième semaine du Carême

Le vendredi de la deuxième semaine du Carême, le concile s'intéressa en premier chef au caractère pseudo-épigraphique des principales œuvres kabbalistiques et à leurs éventuels recoupements avec l'enseignement de l'Eglise catholique. Et cela sans le moindre résultat propice à expliquer la présence du nom d'Abulafia dans la chapelle Sixtine. En revanche, le *Padre* Augustinus produisit un document datant du pontificat de Nicolas III où référence était faite à un écrit secret d'Abraham Abulafia, un infâme pamphlet contre la foi qui lui avait été extorqué pendant son séjour forcé au monastère des Franciscains. Il n'avait toutefois pas été possible de retrouver le pamphlet en question et tout laissait à penser qu'il avait été brûlé.

Cette information provoqua une vive émotion parmi les participants du concile et l'on se mit à discuter pendant des heures sur ce qu'avait pu contenir ce texte du mystique hébraïque. Mario Lopez, prosecrétaire de la Congrégation pour la doctrine de la foi, fit remarquer que, si Michel-Ange avait pu se référer à un tel document, cela signifiait qu'au XVIe siècle ce document existait encore et que, par la suite, il ne devait sans doute pas y avoir eu de raison de le détruire. La seule chose qui semblait certaine, c'est que le nom d'Abulafia n'était pas revenu dans les annales du Vatican. Là-dessus, et dans l'attente de nouveaux résultats, le concile fut ajourné *sine die*.

Ce soir-là, après une trop longue pause, *monsignore* Stickler et le cardinal Jellinek se retrouvèrent dans l'appartement de ce dernier pour y entreprendre une nouvelle partie d'échecs. Mais ils n'étaient ni l'un ni l'autre à leur affaire. Leur partie se déroulait mécaniquement, coup par coup, manquant de sensibilité et d'élégance, ce qui venait à l'évidence de ce que leurs pensées vagabondaient ailleurs.

— Gardez la reine, fit négligemment Stickler dès le neuvième coup, en posant une de ses tours en travers du chemin de la Dame blanche.

Le cardinal obtempéra :

— Je crois, finit-il par dire, que nos réflexions portent sur le même sujet.

— Oui, répondit Stickler, j'en ai bien l'impression.

— Vous... Jellinek hésita. Vous éprouvez de la sympathie pour Bellini ?

— Peut-on nommer cela de la sympathie ? Je suis de son côté, si c'est ce que vous sous-entendez, mais j'y ai des raisons.

Le cardinal leva la tête, et Stickler reprit :

— Le Vatican a beau n'être qu'un Etat en miniature, il a comme partout ailleurs son gouvernement, ses partis qui se combattent ou se coalisent, il a ses puissants et ses moins puissants, ses accommodants et ses intransigeants, ses sympathiques et ses antipathiques, et surtout ses dangereux et ses inoffensifs. Croire que la piété règne au Vatican serait une grave erreur. J'ai servi trois papes, je sais hélas de quoi je parle : de la dévotion au coupable aveuglement il n'y a qu'un petit pas, et l'on oublie trop facilement que la curie est constituée de simples êtres humains et non de saints.

— Mais Bellini dans tout cela ? demanda brusquement Jellinek.

Le camériste du pape se tut un instant, pour reprendre enfin :

— Monsieur le cardinal, j'ai confiance en vous. Il me faut déjà vous accorder cette confiance puisqu'il semble que nous ayons les mêmes adversaires. Bellini se trouve à la tête d'un groupe persuadé que la mort de Gianpaolo n'a pas été une mort naturelle. Et, passant outre aux strictes injonctions du Secrétariat d'Etat, il poursuit encore de nos jours ses investigations sur cette affaire. Sans aucun doute, le paquet contenant les objets personnels du pape était une sérieuse menace d'intimidation pour vous faire cesser vos recherches ; mais nous pourrions tout aussi bien en déduire que la mort du dernier pape ne s'est pas produite sans que le diable s'en mêle.

— Connaîtriez-vous les noms des gens qui se sont engagés dans un tel complot ? Quel intérêt auraient-ils pu avoir à supprimer le pape ?

Alors *monsignore* William Stickler retira son roi de l'échiquier, signifiant ainsi que, pour lui, la partie était terminée ; puis il regarda le cardinal droit dans les yeux et dit :

— Eminence, je vous prie de garder le silence mais, puisque nous sommes engagés sur le même bateau, je vais vous dire ce que je sais.

— Cascone ? suggéra Jellinek.

Stickler se contenta de hocher positivement la tête, avant d'ajouter :

— Le document si mystérieusement disparu à la mort de Gianpaolo contenait des directives précises pour un remaniement en profondeur de la curie, différents postes devaient être nouvellement pourvus et d'autres supprimés. En tête de ce bouleversement, trois noms étaient inscrits : celui du secrétaire d'Etat pontifical, le cardinal Giuliano Cascone ; celui du président de l'Istituto per le Opere Religiose, Phil Canisius ; enfin celui de Frantisek Kolletzki, prosecrétaire de la Congrégation pour l'éducation catholique. En résumé, si Gianpaolo n'était pas si brutalement décédé, aujourd'hui aucun de ces trois messieurs ne se trouverait plus en poste...

— Même cause, même effet !... interrompit Jellinek, songeur. N'est-ce pas ainsi qu'est déjà morte Sa Sainteté le pape Adrien VI ? Mais aurait-on donc pu si facilement démettre un secrétaire d'Etat pontifical ?

— Il n'y a ni loi ni règle qui l'interdise même si, depuis des temps immémoriaux, cela ne s'est jamais produit.

— Je dois reconnaître que j'avais toujours pris Cascone et Canisius pour des rivaux.

— D'un certain point de vue, ils le sont en effet et n'ont d'ailleurs pas grand-chose en commun. Cascone est un homme très cultivé, très conscient du poids de sa fonction ; Canisius est d'origine paysanne et jusqu'à ce jour il est resté un paysan. Il vient de l'Illinois, pas trop loin de Chicago, et il a toujours eu l'ambition de devenir quelqu'un. Toutefois, il n'a pu se hisser plus haut que son titre d'évêque, pourtant même cela le grise. L'I. O. R. n'était guère important quand la charge lui en a été donnée. Avec un talent certain, il l'a transformé en une institution financière fort respectée, et toujours avec le but personnel de jouer un rôle décisif dans le monde de la haute finance. Sa principale préoccupation concerne l'argent et, si on le laissait faire, il vendrait aux Américains jusqu'à la tiare du pape. Par ses transactions financières, il est devenu un membre puissant de la curie — au grand dépit du cardinal secrétaire d'Etat qui croyait symboliser à lui seul le pouvoir temporel du Vatican. Je crois que, en leur for intérieur, ces deux-là se haïssent, mais leur intérêt commun est sans doute de prudemment garder le secret sur tout cela. Vous me comprenez, n'est-ce pas ?

— Je comprends surtout que Bellini est l'ennemi juré de Cascone, Canisius et Kolletzki.

— Pas ouvertement. Il a été le premier dans la curie à douter de la mort naturelle de Gianpaolo, et surtout à le proclamer haut et fort. C'est pourquoi Cascone, Canisius et Kolletzki l'évitent. Bien que ce soit d'abord moi qu'ils évitent : ils se doutent en effet que je connais le contenu du papier disparu et que je sais donc que leurs postes allaient être à pourvoir. Je crois que la plus grande malchance de ces trois-là a été de voir que Sa Sainteté m'avait à son tour choisi pour camériste.

— Sa Sainteté est-elle au courant de toute cette histoire ?

— Eminence, je suis tenu au silence, même envers vous.

— Vous n'avez pas besoin de me répondre : j'imagine facilement le reste.

Le lendemain d'Oculi

Au lendemain d'Oculi, le cardinal Jellinek fit une inquiétante découverte dans les archives secrètes du Vatican.

Pour des raisons que lui-même ne parvenait pas à s'expliquer, il ne s'était plus jamais risqué dans le domaine des Archives depuis qu'il y avait décelé un mystérieux visiteur. Une vague impression le taraudait et le rongeait, comme si quelque chose lui avait échappé — un élément jurait avec le reste de sa mosaïque, et qui justement aurait pu s'avérer être la pierre angulaire de tout ce puzzle. Mais, d'une certaine manière, sa dernière conversation avec Stickler avait revivifié son courage et il se convainquit que les pieds qu'il avait aperçus dans la bibliothèque étaient vraiment ceux d'un intrus et non ceux d'un esprit, de la même façon que le sinistre messager qui lui avait apporté le paquet aux lunettes et pantoufles n'était pas un être surnaturel mais bel et bien un agent terrestre stipendié. Quant aux hallucinations qu'il avait cru avoir dans la bibliothèque, ce n'était rien d'autre que la suite d'une trop forte tension nerveuse et non l'intervention d'une instance céleste.

Ainsi ballotté entre des explications rationnelles et une peur irrationnelle, il se rendit sans bruit mais d'un pas ferme dans la crypte de la bibliothèque.

Dès l'abord, la même très ancienne reliure que la première fois attira son regard parce qu'elle dépassait encore de son étagère comme si quelqu'un venait de l'y remettre en toute hâte. Et, lorsqu'il prit l'ouvrage en main, il vit en pleine lumière les lettres ciselées dont la dorure écaillée se trouvait en partie ternie par le temps, cette même inscription qui lui était déjà apparue comme en une vision : « LIBER HIEREMIAS ».

Dieu seul savait pour quelle raison on pouvait conserver ce livre dans les archives secrètes du Vatican ! Jellinek en connaissait le début presque par cœur : « *Paroles de Jérémie, fils de Hilkija, l'un des sacrificateurs d'Anathoth, dans le pays de Benjamin. La parole de l'Eternel me fut adressée au temps de Josias, fils d'Amon, roi de Juda, la treizième année de son règne...* » Mais, à sa grande surprise, le contenu de ce livre était tout autre. La page de garde une fois tournée, un deuxième titre s'étalait, sans mention aucune d'auteur : « LIVRE DES SIGNES ».

La première page à proprement parler du livre était endommagée, sa partie supérieure totalement déchiquetée. Même si ce qui s'y trouvait encore différait des paroles de Jérémie, cependant cela pouvait y faire songer : « Me voici, lui ai-je dit, alors il m'a désigné le bon chemin, m'a éveillé de mon sommeil, m'a insufflé la rédaction d'un texte incomparable, et je n'ai jamais rien connu, rien vécu de tel, ma volonté s'est raffermie et j'ai osé m'aventurer au-delà de mon propre entendement. Ils m'ont traité de mécréant et d'hérétique parce que j'avais décidé de servir le Seigneur par les voies de la vérité et non comme ceux-là qui errent dans l'obscurité. Du fond de leur abîme eux et leurs semblables auraient été heureux, dans leur vanité, de me mêler à leurs sombres machinations. Mais le Seigneur m'a empêché de confondre le chemin de la vérité avec celui de l'égarement. »

Etranges mots en vérité, se dit Jellinek, mais pas exactement ce qu'avait écrit le prophète Jérémie : « *La parole de l'Eternel me fut adressée en ces mots : Avant que je t'eusse formé dans le ventre de ta mère je te connaissais, avant que tu fusses sorti de son sein, je t'avais consacré et établi prophète des nations.* »

Si cela semblait plutôt incohérent, la découverte suivante perturba bien davantage Jellinek. Entre les pages fatiguées et usées du livre se trouvait une lettre, signée : Pio Segoni O. S. B. Il fallut un certain temps au cardinal pour saisir, avant même de l'avoir lue, toute la portée que pouvait avoir la présence de cette lettre dans un tel livre. *Padre Pio !* Mais alors, l'inconnu qu'il avait surpris à Septuagésime dans les archives secrètes, ç'aurait donc été lui ? Sans doute le *Padre* Pio, outrepassant à ses prérogatives, avait-il fait faire un double de la clef avant de la lui remettre... Le cardinal Jellinek s'en montra fort décontenancé.

Il lut la lettre : « Que celui qui découvre ce message en cet endroit sache qu'il est sur la trace du secret mais, s'il est fidèlement dévoué à la Sainte Mère l'Eglise, qu'il sache aussi qu'il est encore temps pour lui de faire machine arrière et de se dispenser de toute autre recherche, avant qu'il ne soit trop tard. A moi, Pio Segoni, le Seigneur a imposé un insupportable fardeau avec la connaissance duquel il me faudrait vivre. Cela m'est impossible, que le Très Haut veuille bien me le pardonner.

Pio Segoni O.S.B. »

Jellinek remit la lettre dans le livre, referma le livre et, serrant sa découverte de ses deux mains, il courut jusqu'à la porte et se mit à crier : « Augustinus, venez vite ! »

Augustinus émergea du fin fond des Archives. Sans un mot, le cardinal posa sur un pupitre le livre relié de cuir, l'ouvrit et tendit la lettre à l'archiviste. Augustinus lut et murmura, d'une voix monocorde :

— Sainte Mère de Dieu...

— C'est dans ce livre que j'ai trouvé cette lettre, expliqua Jellinek. Je me demande quel rapport Pio pouvait avoir avec les inscriptions de la Sixtine.

— Mais aussi, qu'est-ce que le Livre de Jérémie pouvait bien faire dans les archives secrètes ! répondit Augustinus après un bref coup d'œil sur le titre de la couverture.

— C'est que le Livre de Jérémie n'est pas le Livre de Jérémie, cet étrange ouvrage n'en a que l'enveloppe. Allez donc à la page de garde.

Augustinus obéit.

— Le Livre des Signes... fit-il en levant le regard vers Jellinek.

— Cela vous dit-il quelque chose ?

— Mais certainement, Votre Eminence. « Le Livre des Signes » est une œuvre d'Abulafia. En hébreu cela se dit « *Sefer ha 'Oth* ». Un ouvrage qui date de 1288. Il a dû être rédigé après l'étrange rendez-vous manqué avec Nicolas III.

— Sur le cadavre de Pio, on a bien trouvé un papier portant la cote de ce pape, je l'ai vu de mes propres yeux !

— C'est vrai, mais cela ne rend pas la situation plus limpide. Rien n'assure que ce livre soit vraiment l'original d'Abulafia, dit Augustinus tout en effleurant de sa main la couverture.

Ensuite il saisit quelques pages entre le pouce et l'index, les fit glisser entre ses doigts et, après une sensible hésitation, reprit :

— Monsieur le cardinal, il me semble que nous voici arrivés à un tournant crucial et je me demande si nous ne devrions pas nous en tenir au conseil de notre pauvre *Padre* Pio, et ne pas chercher à comprendre ni pourquoi ce livre se trouve entre nos mains ni ce qu'il peut relater. Pourquoi ne pas nous contenter d'assurer, comme cela a déjà été suggéré, qu'en inscrivant au plafond le nom d'un kabbaliste, Michel-Ange voulait juste se venger des affronts que les papes lui avaient...

— Non, ce serait la voie la plus pernicieuse ! l'interrompit Jellinek. Nous savons d'avance ce qu'il en adviendrait si d'autres se chargeaient à notre place de découvrir la vérité.

Augustinus hocha la tête. Il se demandait s'il lui fallait parler au cardinal de ce que le père abbé lui avait révélé dans la cave de l'Oratoire. Un lien pouvait-il exister ? Mais, dès l'instant d'après, il renonça à cette pensée : voir un quelconque rapport entre Michel-Ange et les nazis relevait de la plus grande absurdité.

— Douteriez-vous de ce que j'ai suggéré ? s'enquit Jellinek, surpris de ce silence.

— Oh non, sûrement pas ! répondit Augustinus. Mais je suis pris de frayeur quand je pense à l'avenir.

Un certain jour entre Oculi et Laetare

Dans la bibliothèque de l'Oratoire, le temps semblait s'être figé. Pratiquement rien n'avait changé, et frère Benno se croyait assuré qu'à l'avenir rien ne changerait non plus. Il se montrait très affairé, cherchant des cotes dans les fichiers, feuilletant des livres et prenant fébrilement des notes. Il finit par se diriger d'un pas décidé vers une étagère devant laquelle il s'arrêta net.

— Mon frère, appela-t-il un des bibliothécaires, je remarque qu'en cet endroit précis un changement a été opéré et qu'une nouvelle section semble avoir été installée...

— Pas que je sache, répondit le bibliothécaire. En tout cas, je n'ai pas souvenance de la moindre modification dans cette salle, et j'y travaille depuis déjà plus de dix ans !

— Oui, mais moi, dit Benno avec un sourire engageant, c'est il y a quarante ans que j'ai travaillé ici. A cette époque et en cet endroit étaient entreposées des *buste* qui contenaient des informations tout ce qu'il y a de plus intéressantes concernant Michel-Ange.

— Des *buste* concernant Michel-Ange ? s'étonna le moine qui en appela tout aussitôt un deuxième, lequel en appela un troisième et ils se retrouvèrent tous les trois à secouer la tête devant l'étagère qui ne contenait que des sermonnaires du XVIIIe siècle.

L'un d'eux prit un de ces recueils, l'ouvrit et en lut l'interminable titre : « *Theologia Moralis Universa ad Mentem Praecipuorum Theologicorum et Canonistarum per Casus Practicos Exposita a Reverendissimo ac Amplissimo D. Leonardo Jansen, Ordinis Praemonstratensis* ».

— Non, dit-il ensuite, je n'ai jamais vu en cet endroit aucun dossier concernant Michel-Ange.

Au réfectoire, pendant le repas du soir, l'invité se trouva assis à la droite de l'abbé, comme il était d'usage.

— Comment avance votre travail, lui demanda l'abbé, avez-vous trouvé ce que vous recherchiez ?

Benno expliqua qu'il éprouvait quelque difficulté à se repérer car, bien qu'ayant toujours en tête la systématisation de la bibliothèque de ce monastère, c'était justement ce qu'il recherchait qui non seulement ne se trouvait plus à sa place mais lui semblait avoir disparu. Ces remarques parurent attiser la curiosité de l'abbé. Cela lui serait un grand honneur, dit-il en s'inclinant, s'il pouvait se montrer utile à frère Benno dans ses investigations. Aussi aimerait-il savoir ce que celui-ci cherchait effectivement.

— Lors de mon premier séjour à Rome, répondit frère Benno, je m'étais attaché à un problème particulier de la fresque au plafond de la Sixtine. Or, en ce temps-là, se trouvaient justement entreposés dans votre monastère d'importants documents datant de la création de cette fresque.

L'abbé, secouant la tête, exprima sa surprise : de quels documents pouvait-il bien s'agir et pourquoi se seraient-ils trouvés ici ?

— Oh, c'est d'une simplicité enfantine, répondit frère Benno. Ascanio Condivi, un élève et familier de Michel-Ange, avait voulu mettre à l'abri de mains étrangères nombre de documents et d'écrits de son maître. Et, comme il était en relation amicale avec votre prédécesseur de l'époque, il avait estimé que ce monastère serait leur meilleure sauvegarde.

Tout d'abord, l'abbé ne répondit rien. Puis il dit se souvenir vaguement, après réflexion, d'une visite faite quelques années plus tôt par un prêtre venu se renseigner à propos de certaines *buste* concernant, à ce qu'il disait, Michel-Ange...

Frère Benno repoussa son assiette et regarda fixement l'abbé. Il semblait fort ému et pressa son hôte de tenter de se rappeler qui était ce prêtre et d'où il venait.

— Il y a longtemps, assura l'abbé Odilo. C'était à l'époque de l'avant-dernier... non du dernier pape. Vous devez comprendre que je n'aie pas accordé grande importance à cette visite. Toutefois, si j'ai bonne mémoire, il me semble que ce prêtre assurait qu'on avait besoin de ces *buste* au Vatican. Mon souvenir se résume à cela.

Puis, tandis que deux moines desservaient les tables, l'abbé Odilo demanda d'une voix quelque peu hésitante si son hôte n'entendait pas maintenant s'en retourner chez lui, puisqu'il n'était pas parvenu à trouver à l'Oratoire ce qu'il cherchait. Mais frère Benno le pria de le laisser profiter de son hospitalité pendant quelques jours encore.

L'abbé y consentit. Toutefois Benno eut la nette impression que sa requête n'avait guère été appréciée et qu'on aurait même préféré se débarrasser de lui dès aujourd'hui plutôt que demain.

Le lendemain puis le surlendemain de Laetare

Le cardinal Jellinek n'en finissait pas de relire la lettre qu'il tenait entre ses mains. « Votre Eminence, y était-il écrit, le tohu-bohu provoqué par ce qui a été découvert dans la Sixtine me pousse à vous signaler qu'il m'est peut-être possible de vous fournir un indice. Appelez-moi s'il vous plaît.

Antonio Adelman, président. »

Pourquoi diable ce banquier lui écrivait-il, et que pouvait-il avoir à lui confier ? Le cardinal ne voyait vraiment pas en quoi Adelman aurait pu l'aider. Mais la situation dans laquelle il se trouvait était telle qu'il lui fallait maintenant s'accrocher à la moindre brindille qu'on lui tendait. Il avait l'impression de piétiner et de parfois se trouver devant un mur de brouillard qui lui cachait un but pourtant tout proche. Bref, ses pensées tournaient en rond. Il décrocha donc son téléphone et prit rendez-vous.

Ensuite, il chargea son secrétaire d'aller chercher sa voiture. Il lui fallait se rendre d'urgence dans les monts Albains. Ce serait peut-être du temps gaspillé, mais l'espoir ne se nourrit-il pas de patience ?

Le secrétaire partit, et revint presque aussitôt sur ses pas pour suggérer au cardinal de ne pas sortir par le portail principal car une meute de journalistes y campait. Il fut donc convenu que la Fiat bleue irait l'attendre devant la porte de service. Vaine précaution au demeurant : dès que Jellinek déboucha dans la rue adjacente, il se retrouva entouré par deux douzaines de reporters aux aguets et qui, micros tendus vers lui, le submergèrent aussitôt de questions.

— Pourquoi le Vatican ne fait-il toujours pas de commentaires à propos de cette découverte ?

— Et ces inscriptions, quand pourra-t-on les photographier ?

— Cachent-elles un code secret ?

— Qu'est-ce qui a pu inciter Michel-Ange à une telle démarche ?

— Aurait-il vraiment été un ennemi de l'Eglise ?

— Qu'adviendra-t-il des fresques ?

— La restauration se poursuit-elle ?

Le cardinal, qui tentait de se frayer un chemin à travers cette petite foule, répondit qu'il ne ferait aucun commentaire, qu'il n'avait d'ailleurs rien à dire car toutes ces questions concernaient exclusivement le bureau de presse du Vatican.

Son secrétaire parvint avec difficulté à refermer la portière arrière par laquelle Jellinek s'était engouffré et l'auto put enfin démarrer. Mais le cardinal entendit encore quelques apostrophes déplaisantes, du genre : « Nous percerons tout à jour ! *Eminenza*, vous ne pourrez garder éternellement le silence ! Même pas *specialissimo modo* ! »

Le rendez-vous avec Adelman avait été fixé à Nemi et pour l'après-midi même. Nemi est une pittoresque localité située au-dessus du lac du même nom, dans les monts Albains. Ils s'y rencontrèrent à l'auberge du « Specchio di Diana », dans le calme d'un petit salon au premier étage où, protégés par une vitrine, se trouvaient pieusement conservés les livres d'hôtes reliés de cuir. Même Johann Wolfgang von Goethe n'avait pas dédaigné de sacrifier à la coutume en y inscrivant son célèbre nom.

Antonio Adelman, président de l'Unione Bancaria di Roma, était un homme d'une bonne soixantaine d'années, à la belle chevelure grisonnante, aux traits délicats, au regard vif et brillant d'intelligence. Jellinek et lui ne se connaissaient que de nom. Ils se présentèrent donc et, tout aussitôt, le banquier enchaîna.

— Eminence, vous avez certainement été surpris par ma proposition d'entretien. En fait, depuis que j'ai eu vent du problème qui vous préoccupe, je ne cesse d'y penser et de me dire que je pourrais vous être d'une réelle utilité...

Le garçon, revêtu de son long tablier blanc,

apporta des carafons au long bec remplis de vin du pays.

— Je suis tout ouïe, fit Jellinek sitôt le garçon reparti. D'autant que je ne parviens pas à imaginer ce que vous allez pouvoir me dire !

— D'abord et peut-être l'ignorez-vous encore, dit le banquier d'un air un peu emprunté, il faut que vous sachiez que je suis juif. L'histoire que j'ai à vous conter est exclusivement fondée sur cette particularité.

— Mais quel rapport cela peut-il avoir avec Michel-Ange ?

— Il est vrai qu'il s'agit d'une longue et troublante histoire, et il va me falloir la reprendre depuis son lointain commencement.

Les deux hommes trinquèrent, burent, et Adelman revint à son discours.

— Vous étiez sans doute beaucoup trop jeune, pour bien vous représenter ce que furent ces mois dramatiques où, aussitôt après la chute de Mussolini, l'armistice secret et le nouveau débarquement des Alliés à Salerne, les troupes allemandes ont pris la relève. La Ville, qui comptait encore huit mille juifs en son sein, vivait dans l'angoisse de ce qui allait suivre. J'étais alors à peine adolescent, un tout petit stagiaire dans la banque de mon père. Mes parents craignaient que les juifs romains ne subissent le même sort que ceux de Prague, ce pourquoi mon père disait que, si nous parvenions à tenir le coup pendant trois jours, nous aurions peut-être une chance de nous en tirer. Au soir du 10 septembre 1943 — je n'oublierai jamais ce jour-là ! — nous nous sommes glissés, mes parents et moi, jusqu'au garage d'un ami non juif de mon père, et nous nous y sommes cachés dans une vieille camionnette de livraison. La nuit, nous étions aux aguets de chaque pas, de chaque bruit, toujours tenus par la hantise d'être découverts. Au bout de trois jours, poussé par la faim, je me suis enhardi à sortir de ma cachette. J'ai alors appris que les nazis accepteraient de laisser les juifs en paix s'ils obtenaient en contrepartie une pleine tonne d'or.

— On me l'avait dit, remarqua Jellinek. Mais il m'a également été rapporté que vos coreligionnaires n'étaient parvenus à en récolter que la moitié, et qu'ils avaient alors tenté d'emprunter le restant auprès du pape...

— En effet, car la plupart des juifs fortunés avaient déjà fui. Un des nôtres s'est donc tourné vers un ami à lui, l'abbé de l'Oratoire sur l'Aventin, pour le prier de se procurer au Vatican ce qui nous manquait. Le prêt fut accepté. Le 28 septembre, plusieurs voitures sont allées jusqu'au quartier général de la Gestapo, via Torquato Tasso, pour livrer tout ce magot. Les juifs de Rome ont alors pensé que, puisqu'ils s'étaient pliés à ce diktat, ils allaient être en sécurité. Erreur funeste : notre synagogue a été pillée de fond en comble, l'unique liste des adresses des membres de notre communauté est ainsi tombée entre les mains des nazis, perquisitions et persécutions ont commencé. A peine quelques jours après que nous fûmes revenus dans notre appartement, nous avons entendu frapper et murmurer à notre porte. Un voisin martelait à voix basse : « Les Allemands arrivent avec des camions... ». Nous avons de nouveau fui jusqu'au garage de notre ami, nous nous y sommes terrés dans l'expectative pendant deux jours. Le troisième jour, cette fois c'est mon père qui est sorti de notre cachette pour aller rechercher quelques affaires importantes dans notre appartement. Il n'est jamais revenu... Par la suite, j'ai appris qu'un convoi de mille juifs avait quitté le lendemain la gare de la Tiburtina pour l'Allemagne...

Jellinek, terriblement gêné, ne put que respecter le silence qui suivit. Après une profonde respiration, Adelman reprit.

— Rome est une grande ville aux multiples recoins. La plupart des nôtres ont pu trouver refuge dans des églises ou des monastères et même, pour certains, directement au Vatican. Quant à nous, c'est à l'Oratoire sur l'Aventin que ma mère et moi avons survécu... Sans doute vous demandez-vous en quoi tout cela peut bien concerner les inscriptions de la chapelle Sixtine. Rassurez-vous, j'y viens ! L'Histoire ne manque pas d'une certaine ironie grinçante : c'est justement dans cet Oratoire où nous, les juifs, avons pu nous cacher au temps de la domination nazie que ces mêmes nazis y ont à leur tour trouvé refuge une fois terminé tout ce cauchemar. Et c'est de là que ces odieux criminels de guerre ont pu partir vers l'Amérique du Sud, sans être autrement inquiétés.

— C'est invraisemblable, s'exclama Jellinek, je ne parviens pas à y croire !

— Oui, c'est invraisemblable, je le sais bien, mais c'est pourtant ainsi. Tout un réseau dénommé Odessa avait été clandestinement constitué, avec l'aval des sphères dirigeantes. Même au Vatican, on était au courant.

— Vous vous rendez compte... de ce que vous me dites ? bégaya Jellinek. Vous affirmez le plus sérieusement du monde que l'Eglise catholique aurait aidé ces criminels à prendre la fuite, que Sa Sainteté le pape le savait...

— Oh, pas spontanément, pas de plein gré ! Une rumeur a circulé ensuite sous le manteau — et j'en viens ainsi à la raison de notre rencontre — assurant que les nazis avaient disposé d'un moyen de pression à tel point ravageur que l'Eglise ne pouvait trouver d'autre issue : il lui fallait, quoi qu'elle en eût, se plier aux exigences de l'organisation Odessa. Et c'est à cette occasion qu'a été prononcé le nom de Michel-Ange.

Le cardinal Jellinek gardait fixement son regard attaché sur son verre. Il se trouvait comme paralysé, tétanisé. Quand il put enfin parler à son tour, ce ne fut qu'en un bafouillage décousu :

— Si je comprends... cela signifierait... Grand Dieu, mais c'est impossible... si vous aviez raison, cela signifierait que les nazis... je ne parviens toujours pas à me l'imaginer... qu'ils se sont servis de Michel-Ange... Seigneur ! Michel-Ange est mort depuis plus de quatre siècles... comment aurait-il pu servir à un quelconque chantage ?

— Là, vous touchez du doigt le problème, répondit Adelman. Cette affaire s'est passée vingt ans avant que j'en prenne connaissance de la bouche même du vieil abbé de l'Oratoire. Mais, aussi monstrueuse qu'elle ait été, je ne m'en suis guère préoccupé sur l'instant. Je n'avais pas envie de rameuter les souvenirs de cette triste époque. Maintenant, après tout ce bruit à propos des inscriptions au plafond de la Sixtine, elle m'est revenue en mémoire et j'ai pensé qu'en vous la relatant je pourrais peut-être vous aider à y voir plus clair. Voilà, je tenais à ce que vous le sachiez. Ce n'est d'ailleurs pas totalement désintéressé de ma part : je suis banquier, et en affaires avec la banque du Vatican. Je ne souhaite rien tant qu'une solution rapide à toute cette énigme. La finance a toujours eu besoin d'un climat de tranquillité. Voyez-vous, les temps agités lui sont trop néfastes.

— Oui, oui, je vois... fit distraitement le cardinal Jellinek, les temps agités sont néfastes pour les affaires.

Il ne se sentait pas dans son assiette et, loin de l'éclaircir, cette conversation l'avait totalement embrouillé. Il prit poliment congé, courut s'installer tout au fond de sa Fiat bleu foncé.

— A la maison, dit-il laconiquement et d'un ton maussade à son chauffeur.

Le soir tombait et la Ville éternelle commençait à briller de mille feux dans la vallée. Jellinek regardait au loin à travers la vitre. Il pensait au conseil d'arrêter les recherches formulé par Pio, mais bientôt sa propre lâcheté le mit en colère. Il serra le poing à s'en faire mal : il lui fallait résoudre cette énigme — il le voulait, il le ferait.

Au même moment, dans les Archives du Vatican, le *Padre* Augustinus était penché sur le pseudo-Livre de Jérémie dans lequel se dissimulait celui d'Abulafia. Il examinait la cote et finit par secouer la tête :

une telle cote était obligatoirement beaucoup plus récente que le livre, elle avait même dû n'être inscrite qu'après la fin de la dernière guerre mondiale. Il ouvrit le volume et s'appliqua à déchiffrer l'écriture serrée de cette traduction en latin du texte de base.

« Moi, le petit entre les petits, moi l'obscur, l'inconnu, j'ai sondé mon cœur afin d'y retrouver les voies de l'expansion spirituelle. De sorte que j'ai pu discerner trois procédures d'entendement transcendantal : celle du tout venant, la plus évidente ; celle plus sophistiquée de la philosophie ; enfin celle de la Kabbale. La procédure la plus évidente est empruntée par les ascètes qui emploient toutes sortes d'artifices pour exclure de leur âme les images du monde familier. Lorsque la révélation du monde spirituel pénètre en leur âme, leur imaginaire s'exalte à tel point qu'ils en deviennent capables de prophétiser, de tomber en extase. »

« La procédure philosophique prend pour objet l'acquisition de la sapience par analogie aux sciences physiques et naturelles, et finalement à la théologie, afin de localiser puis surtout de qualifier un noyau central. Celui qui accède de la sorte à la cognition en vient à acquérir la conviction que certains faits sont d'essence prophétique, et il les croit venir de l'élargissement et de l'approfondissement de l'intelligence humaine, alors qu'en réalité ce sont les lettres qui, investies par ses pensées et son imaginaire, influent sur lui par leur propre mouvement. »

« Mais si l'on en vient à m'interroger sur la raison pour laquelle nous prononçons des lettres, pour laquelle nous les mettons en mouvement et tentons d'obtenir un effet grâce à elles, alors ma réponse se trouvera dans la troisième voie, celle de l'avènement de la spiritualisation Et j'entends témoigner, ici et maintenant, de l'expérience que j'ai vécue dans ce domaine. »

Augustinus lisait avidement. Page après page, son regard suivait les minuscules lignes à tel point difficiles à déchiffrer que bientôt il en oublia totalement le but de ses investigations.

« Le Seigneur m'est témoin, continuait Abulafia, que par le passé j'ai puisé ma force dans la foi hébraïque et dans tout ce que j'ai pu apprendre en étudiant la Torah et le Talmud. Mais ce que mes maîtres m'avaient enseigné ne me suffisait plus. Alors j'ai fait la rencontre d'un homme de Dieu. C'était un très grand sage, un kabbaliste possédant ce savoir des temps anciens, celui qui élève la conscience mais qui, suivant la croyance à laquelle on se réfère, peut également devenir terrifiant. Il m'a enseigné l'ordonnancement de la permutation et de la combinaison des lettres ainsi que la mystique des nombres et il m'a ordonné de m'y consacrer. Un jour, il m'a montré des livres auxquels j'ai compris peu de choses car elles ne pouvaient être réellement appréhendées que par un initié, au grand jamais par un simple mortel auxquels elles ne sont en aucune façon destinées. Par la suite il a semblé regretter sa démarche, cette volonté qu'il avait éprouvée de m'attirer vers l'extase ; il s'est lui-même traité de stupide, d'insensé, et a voulu se dérober à moi. Mais, captivé par ces myriades de mystères qu'il m'avait laissé subodorer, je l'ai poursuivi jour et nuit. Comme un chien, je dormais devant sa porte, et j'ai alors pris conscience que d'étranges mutations se déroulaient en moi. Il a fini par avoir pitié de moi, m'a accordé une longue entrevue au cours de laquelle j'ai appris qu'il allait encore me falloir passer trois épreuves avant que toute la sagesse de cet illuminé puisse m'être transmise. Il m'avertit que, par leur nature même, ces épreuves aussi imposantes qu'une ordalie nécessitaient que je garde un silence absolu. On comprendra donc qu'il me faille n'en souffler mot. Mais je ne puis me taire pour ce qui est du pape et de son Eglise. Aussi ai-je résolu de tout remuer de fond en comble, de tout ébranler en proclamant : Luc l'évangéliste — je ne saurais dire si c'est avec une intention blâmable ou par simple ignorance — affabule. Qu'*expressis verbis* il soit donc révélé ici... »

Augustinus tourna la page du manuscrit. Hélas, la

suite manquait, la page suivante avait été arrachée. Il compulsa page après page dans l'espoir de trouver le feuillet manquant. Mais, parvenu à la fin, il lui fallut se rendre à l'évidence : quelqu'un avait porté la main sur ce livre, en avait volontairement extirpé le véritable secret.

Augustinus se passa la main sur le front et les yeux, comme s'il espérait effacer ainsi toute fatigue de son visage. Puis il se releva et marcha lentement de long en large devant le pupitre. Ses pas résonnaient dans les Archives désertes. Les mains enfouies dans ses manches, selon l'habitude monastique, il récapitula ce qu'il venait de lire et dont bien des éléments lui demeuraient incompréhensibles. Mais il fixa essentiellement ses réflexions sur cet ultime passage où il était prétendu que l'évangéliste Luc était un menteur. Comment Abulafia pouvait-il oser proférer une telle accusation ?

Luc, ce fidèle compagnon de la première heure de Paul, l'apôtre des Gentils, avait tout comme son maître prêché auprès de ceux-ci. C'est seulement par la suite, et dans son grand âge, qu'il devait consigner les actions de Paul dans ce qu'on a nommé les Actes des Apôtres. Quant à son Evangile, ce ne fut pas non plus le premier de tous, il suivit celui de Marc — sans doute écrit vers l'an 60 de l'ère chrétienne — et, tout comme Matthieu pour le sien, s'en inspira grandement. En revanche celui de Jean, le dernier de tous, se recoupe à grand-peine avec les trois autres. Ils n'en racontent pas moins tous, même si c'est de façon assez différente, la vie, la mort et la résurrection de Jésus-Christ. Aussi, à quoi donc Abulafia se référait-il en taxant Luc, et lui seul, d'être un menteur ?...

Parvenu à ce point de ses réflexions, le *Padre* Augustinus prit conscience qu'elles le menaient toutes dans une impasse. Il ne voyait, pour s'en sortir, qu'une éventualité : dénicher un autre exemplaire du Livre des Signes où la page manquante n'aurait pas été déchirée. Mais où trouver un second manuscrit ? Si peu de copies avaient été faites en ces temps lointains qu'il n'en subsistait souvent qu'un seul exemplaire. En outre, un ouvrage sentant le soufre comme celui-ci avait selon toute probabilité peu de chance de figurer dans une bibliothèque ecclésiastique.

Le lendemain matin Augustinus alla voir Jellinek. Plutôt que de relater ce qu'il avait lui-même appris récemment, le cardinal se contenta, au récit que le *Padre* lui fit, de s'étonner de l'absence de cette page cruciale.

— Alors qu'il me semble parfois que nous approchons du but, s'écria-t-il, dans l'instant qui suit je me vois repris de doutes et de découragement. Mais ne parviendrons-nous jamais à démêler cet écheveau de malédictions ?

Fête de Saint-Joseph

Tôt le matin, frère Benno se rendit place du Saint-Office, derrière les colonnades de Saint-Pierre, et se présenta à l'austère bureau des audiences pontificales. Il voulait parler au pape. Le prêtre chargé de l'accueil lui dit de revenir le mercredi suivant, jour de l'audience générale pendant laquelle il était exclu de pouvoir parler en privé au Saint-Père. Aucune exception n'était tolérée, pas même pour les membres du clergé.

— Mais il faut que je parle à Sa Sainteté, s'écria frère Benno irrité, *il le faut,* c'est vraiment de la plus haute importance !

— Dans ce cas, exposez votre affaire par écrit.

— Par écrit ? C'est impossible, cela ne doit être connu que par le pape, rétorqua Benno.

Le préposé examina des pieds à la tête ce curieux impétrant mais, avant qu'il ait pu lui dire quelque chose, Benno avait déjà enchaîné, cette fois d'une voix feutrée :

— Il s'agit de la découverte dans la Sixtine...

— Alors c'est du ressort du professeur Pavanetto, le directeur général des Musées et Bâtiments du Vatican, ou bien du cardinal Jellinek qui dirige les recherches.

— Ecoutez, insista frère Benno, je dois parler à Sa Sainteté le pape. Je vous le répète, c'est de la plus haute importance. Il y a des années, au temps du pape Gianpaolo, j'ai pu sans difficulté avoir audience avec lui et il a suffi pour cela d'un seul coup de téléphone. Et voici qu'aujourd'hui, cela poserait problème...

— Bon, je vais vous annoncer au secrétariat de la Congrégation de la foi. Peut-être le cardinal Jellinek sera-t-il disposé à vous recevoir et pourrez-vous lui exposer votre requête.

— Ma requête ? s'exclama avec amertume frère Benno.

A son tour, le secrétaire de Jellinek le renvoya à la semaine suivante : aucun rendez-vous n'était possible plus tôt. Benno insista sur l'importance de l'information qu'il avait à transmettre.

— Oh vous savez, répondit l'autre, en ce moment il y a des nuées d'historiens d'art qui veulent à tout prix une entrevue, chacun disant avoir la solution en poche ! Mais, pour finir, on n'en tire rien de neuf : la plupart veulent se démarquer grâce à leurs théories, et surtout faire parler d'eux. Ne m'en veuillez pas de ma franchise, et en ce qui concerne l'entrevue la semaine prochaine, peut-être...

Benno prit courtoisement congé, quitta le Saint-Office et se retrouva sur la place Pie XII guère plus avancé qu'avant.

Lundi suivant le dimanche de la Passion

Le concile entra de nouveau en session le lundi suivant le dimanche de la Passion. Au beau milieu de la grande table ovale trônait le « Livre des Signes » camouflé en « Livre de Jérémie ».

Dès l'ouverture de la séance, après l'invocation au Saint-Esprit, ces messieurs les Eminentissimes et Révérendissimes cardinaux, évêques ainsi que les Très Estimés *monsignori* et moines pressèrent le cardinal Jellinek d'indiquer où ce livre avait été découvert. Jellinek expliqua donc que, tout d'abord, son attention avait été attirée par cet ouvrage qui, en sa qualité supposée de « Livre de Jérémie », ne nécessitait aucunement d'être conservé aux archives secrètes. Ensuite, après un examen plus approfondi, il s'avéra que ne subsistait dudit « Livre de Jérémie » que la couverture et quelques rares pages, le tout abritant en fait un texte dû à la plume du kabbaliste Abulafia.

A l'interruption du cardinal Giuseppe Bellini s'écriant : « Mais alors, c'est ce même Abulafia dont le nom est inscrit au plafond de la Sixtine ? » Jellinek répondit, avec quelque agacement : « Evidemment, il s'agit toujours de ce même Abulafia que Nicolas III voulait faire brûler ! » Et Bellini de renchérir : « Cela veut dire que le livre n'était pas perdu ? »

Jellinek haussa les épaules mais, avant qu'il ait pu répondre, les participants s'étaient tous mis à parler à la fois en une belle pagaille. Dans l'affolement général, le frère mariste Pio Luigi Zalba se signa vivement à plusieurs reprises. Le cardinal Jellinek regardait la scène d'un air désolé.

— Comment puis-je vous expliquer cela... commença-t-il. Il semble bien que manque la page essentielle de ce manuscrit, qu'elle ait disparu, qu'elle ait été arrachée...

Le cardinal Bellini eut un accès de fureur. Reprenant à son compte des remarques qui avaient déjà fusé lors d'une séance précédente, il assura qu'il tenait tout cela pour un coup monté, que certains des membres du concile possédaient à l'évidence la clef du mystère. Aussi, même si la solution était à ce point terriblement néfaste pour la doctrine qu'il ne faille en aucun cas la divulguer auprès du *vulgum pecus*, les autres membres se trouvaient-ils en droit d'exiger qu'on porte à leur connaissance les dessous de toute cette histoire.

— Si vous sous-entendez que c'est *moi* qui ai subtilisé cette page, répondit avec violence Jellinek, je m'insurge vigoureusement contre une telle insinuation. En tant que président de ce concile, je n'ai rien plus à cœur qu'un dénouement rapide de cette affaire. D'ailleurs, quel intérêt pourrais-je avoir à occulter la véritable solution ?

Le secrétaire d'Etat Giuliano Cascone, après avoir exhorté Bellini à la modération, fit la remarque qu'au demeurant cette page manquante n'était peut-être pas d'une telle importance.

— Lors de notre dernière séance, rappela-t-il, le *Padre* Augustinus ne nous a-t-il pas produit un parchemin relatif à un autre écrit rédigé par le juif Abulafia lors de sa réclusion ? N'est-il pas plus vraisemblable que l'énigme posée par Michel-Ange ait fait allusion à ce pamphlet ? Et n'est-il pas tout aussi vraisemblable de penser que cet autre écrit ait été détruit depuis fort longtemps ?

Le cardinal Frantisek Kolletzki, prosecrétaire de la Congrégation pour l'éducation catholique, douta aussitôt qu'un ouvrage comme celui-ci n'ait existé qu'en un seul exemplaire :

— Pour un homme de la trempe du *Padre* Augustinus, dit-il, il ne devrait pas être tellement difficile d'en trouver un autre dans une bibliothèque quelconque, quelque part dans le monde !

— Jusqu'à ce jour, répliqua Augustinus, toutes les tentatives ont échoué. Nulle part n'est archivé un « Livre des Signes ».

— Parce que c'est un livre juif ! Vous devriez vous renseigner dans une bibliothèque juive...

Sans accorder la moindre attention à cette petite passe d'armes, le cardinal Jellinek se leva, extirpa une lettre de sa soutane et la brandit en clamant :

— A la place de la page manquante, voici ce que j'ai trouvé dans le Livre des Signes : une lettre. Elle nous vient d'un homme que nous connaissions tous, le *Padre* Pio Segoni, que le Seigneur en son infinie mansuétude ait pitié de sa malheureuse âme !

Le silence se fit aussitôt. Tous, ils ne savaient que regarder fixement cette feuille que Jellinek agitait sous leurs yeux. Il se mit à lire lentement, marquant un court arrêt entre chaque mot, cette mise en garde du bénédictin, suppliant d'interrompre les recherches avant qu'il ne soit trop tard.

— Seigneur ! murmura Bellini. Ainsi ce Pio savait tout, il savait vraiment tout !

Jellinek fit circuler la lettre qu'ils examinèrent tour à tour, en silence.

— Pourriez-vous nous résumer ce qui est écrit dans ce livre ? s'enquit le cardinal secrétaire d'Etat. Du moins jusqu'à cette page disparue de si mystérieuse façon.

— Oh, il s'agit essentiellement de la théorie de la connaissance kabbalistique, répondit le cardinal Jellinek. Et celle-ci ne présente aucun intérêt ni pour notre Sainte Mère l'Eglise ni dans le cas présent... Sinon toutefois qu'il y a une certaine page où Abulafia parle de son maître, lequel, après lui avoir fait subir trois épreuves, lui transmet tout son savoir ancestral. Un savoir contenant, entre autres, des remarques sur notre Eglise et nos papes, pour en arriver à une très curieuse assertion : Luc, l'évangéliste, serait un menteur...

— Luc serait un menteur ! fulmina tout aussitôt le cardinal Kolletzki en frappant violemment la table de son poing.

— C'est ce qu'Abulafia a prétendu...

— Des indications précises, des arguments quelconques ?

— Eh ! sans doute sur la page suivante... celle qui manque !

Un long silence s'installa, que le cardinal secrétaire d'Etat Giuliano Cascone finit par briser.

— Et qui nous assure que sur la page manquante pourrait effectivement se trouver cette fameuse indication ? Et, même si tel est le cas, qui nous assure que c'était bien à cela que Michel-Ange, en citant Abulafia, voulait faire référence ? J'ai vraiment l'impression que nous nous sommes laissé berner par une espièglerie du Florentin...

— Tout de même, fit le *Padre* Augustinus d'un ton pincé, cette espièglerie comme l'appelle Votre Eminence a été suffisamment significative aux yeux du *Padre* Pio pour qu'il se suicide...

Alors le silence ne fit que croître, jusqu'à ce que Jellinek annonce qu'il ajournait *sine die* les débats, dans l'attente qu'une nouvelle copie du « Livre des Signes » puisse être découverte.

Tard ce même soir, Cascone et Canisius se retrouvèrent dans les locaux du Secrétariat d'Etat pontifical.

— Je le savais, dit Cascone, et tu en doutais, que cette ridicule inscription pouvait représenter une menace pour nous. Les investigations ont toujours été lourdes de conséquences pour la curie. Pense à Gianpaolo !

Canisius grimaça, comme s'il éprouvait une vive douleur à l'évocation de ce nom.

— Si Gianpaolo ne s'était pas mis à farfouiller dans les dossiers secrets, reprit le cardinal secrétaire d'Etat, il pourrait encore être en vie aujourd'hui ! Mais, si l'on était allé jusqu'à son maudit concile, les suites auraient été incommensurables : Gianpaolo aurait précipité l'Eglise dans une crise épouvantable. Non, franchement : cela eût été inimaginable !

Canisius approuva. Les mains dans le dos, il allait et venait devant Cascone qui s'était assis dans un fauteuil baroque tapissé de rouge.

— A lui seul, dit-il, le sujet du concile aurait été catastrophique. Convoquer un concile sur un thème de doctrine fondamentale... Inconcevable ! Une chance encore qu'il n'ait même pas eu le temps d'annoncer officiellement son projet.

— Oui, quelle chance ! répéta Cascone, mais tout aussitôt après il fit en s'inclinant le signe de la croix.

Canisius s'arrêta soudain :

— Il faut au plus vite mettre un terme au concile sur la Sixtine. Cette situation me rappelle trop celle du temps de Gianpaolo. On fouine dans tous les recoins. Ce Jellinek ne me revient vraiment pas, et Augustinus encore moins...

— Si j'avais soupçonné ce que ces misérables lettres allaient entraîner, sois assuré que je les aurais très vite fait gratter.

— Mais pourquoi diable as-tu rappelé cet Augustinus ?

Cascone se fâcha :

— Je l'ai renvoyé sitôt que j'ai appris qu'il collectionnait du matériel sur tous les papes qui n'avaient régné que peu de temps, et donc également sur Gianpaolo. Mais c'est alors qu'est intervenu le suicide de Pio Segoni, et j'ai bien été *contraint* de le rappeler. Sinon, mon aversion envers lui n'aurait pu que me rendre suspect.

— Dans la situation actuelle, reprit Canisius, je ne vois qu'une issue : tu devrais *ex officio* faire dissoudre immédiatement ce nouveau concile. Il n'a que trop largement rempli sa fonction. Michel-Ange s'est vengé en inscrivant au plafond le nom d'un hérétique ? Fort bien. Il faudra se contenter de cette explication, laquelle ne portera préjudice ni à l'Eglise ni à la curie.

Le cardinal secrétaire d'Etat Giuliano Cascone assura qu'il ferait le nécessaire.

Jour de l'Annonciation

— Vous m'avez fait appeler, mon père ?

— Oui, dit l'abbé Odilo. (Il s'effaça pour laisser entrer le *Padre* Augustinus dans sa bibliothèque privée, puis il se hâta de refermer la porte.) J'aimerais te parler...

— A propos des objets entreposés dans la cave ?

— Exactement, dit l'abbé en faisant signe à son visiteur de s'asseoir. Maintenant que tu connais les tenants et aboutissants de cette histoire, tu dois faire en sorte que nul autre ne les découvre. L'enquête sur la mort de Pio m'inquiète de plus en plus et je crains que, par la force des choses, elle ne conduise à la découverte de notre secret. Tu as sûrement remarqué que nous hébergeons actuellement un hôte en notre Oratoire...

— Ce bénédictin allemand, mais pourquoi l'avez-vous accueilli ?

— C'est un devoir de chrétien, mon fils : tant qu'il y a de la place, nous nous devons d'accueillir tous ceux de nos condisciples qui se présentent ! Au demeurant, j'ignorais à quelles étranges investigations celui-ci entendait se livrer. Il prétend rechercher des *buste* qui contiendraient des informations sur Michel-Ange. Je lui ai solennellement juré que nous n'avions strictement rien de tel, en tout cas pas dans cet Oratoire même si, par le passé, il avait pu s'y trouver quelque chose. Frère Benno n'en semble pas moins se méfier autant de moi que je me méfie de lui. Tu es suffisamment cultivé pour déceler s'il s'agit d'un véritable érudit ou si ses motivations sont, en fait, tout autres.

Augustinus hocha la tête. Le lendemain, il alla s'asseoir au réfectoire à côté du frère étranger. Comme si cela avait été convenu, l'abbé Odilo ne vint pas les rejoindre.

L'archiviste s'enquit auprès de son voisin s'il pouvait lui être d'une quelconque utilité dans son travail.

Frère Benno le remercia et confirma tout ce qu'il avait déjà dit à l'abbé à propos de ses recherches passées ici même. Il ajouta qu'il se demandait si ce matériel n'avait pas tout bonnement fini par atterrir aux Archives du Vatican.

— Pas que je sache, répondit Augustinus. Mais de quoi s'agit-il plus précisément, quel était le sujet de vos recherches ?

Frère Benno inspira à fond.

— Sachez donc, mon cher frère, qu'en ce temps-là je ne portais pas encore la robe de bure. Je n'étais qu'un jeune historien d'art. Une maladie des yeux, alors inopérable et qui m'obligeait à porter d'épaisses lunettes, m'a épargné d'être appelé dans la Wehrmacht. Doté d'une bourse allemande, j'ai pu reprendre mes études pendant la guerre et poursuivre, ici, mes recherches. Je m'étais consacré à Michel-Ange, le plus énigmatique de tous les génies de ce monde. A cette occasion, je n'ai évidemment pas manqué de m'intéresser aux fresques de la Sixtine. Vous pouvez me croire : je suis demeuré là-bas si longtemps à tendre le cou que j'ai fini par me trouver presque aussi handicapé que Michel-Ange lui-même après qu'il eut peint ce plafond. Eh bien ! figurez-vous que, dans la bibliothèque de cet Oratoire, certaines des lettres et des notes de ce dernier étaient justement archivées, un matériel du plus grand intérêt qui apportait parfois des éclaircissements sur son état d'esprit et la signification de sa peinture...

— Mais pourtant, peu avant sa mort, Michel-Ange n'avait-il pas brûlé toute sa correspondance ? intervint Augustinus.

— C'est exact et tout à la fois inexact. Il a brûlé ce qui lui semblait sans importance. Néanmoins, à son élève et ami intime, le jeune Ascanio Condivi, il a laissé un coffre de fer bien verrouillé dans lequel, à ce qu'on a prétendu par la suite, se trouvaient seulement quelques pièces d'or...

Frère Benno esquissa un sourire affecté, secoua la tête et reprit :

— ... Et cela, mon cher frère, ne correspond pas à

la vérité. J'ai vu de mes propres yeux ce qu'avait réellement contenu ce coffre : ici même, dans cet Oratoire, étaient entreposées des lettres de la main de Michel-Ange où il se coltinait avec des problèmes théologiques. Je me suis plongé dans ces documents et j'ai fait d'étonnantes découvertes qui ont ensuite trouvé leur confirmation au plafond de la Sixtine. Mon Dieu, quelle époque excitante c'était !... Vers la fin de la guerre, des rumeurs ont circulé assurant que les nazis avaient l'intention d'occuper le Vatican : ils se seraient ensuite emparés de tous les trésors et archives de l'Eglise, et auraient emmené le pape et la curie en lieu sûr plus au nord. Hitler, à ce qu'on disait, ne voulait pas laisser tomber Pie XII entre les mains des Alliés, de peur qu'il finisse par se laisser endoctriner par eux. Il était donc envisagé de l'emmener quelque part en Allemagne. Les nazis avaient déjà commencé à débaucher des experts qui auraient été chargés de la mise au point de l'opération et de l'enlèvement des trésors. Des experts maîtrisant non seulement la langue italienne mais aussi le latin et le grec : mon nom figurait sur une de leurs listes. Le pape annonça toutefois qu'il ne saurait quitter de son plein gré le Vatican, qu'il faudrait donc user de la force pour l'y contraindre et que, de la même façon, il n'était pas question de livrer ne serait-ce qu'un seul des trésors pontificaux. La Gestapo tenait déjà le Vatican sous haute surveillance et certains de ses hommes avaient pris leur cantonnement ici, dans cet Oratoire, en compagnie d'une division de S. S. Pour distraire les soldats, je tenais des conférences et je dois reconnaître que j'avais des auditeurs attentifs. Un soir, parlant de Michel-Ange, j'ai fait allusion à ses graves différends avec les papes et à ses affinités avec la Kabbale. Poussé par mon enthousiasme de jeune chercheur, j'ai parlé des documents que j'avais trouvés et qui risquaient de fortement embarrasser l'Eglise, documents que j'ai promis de montrer à mes auditeurs lors de la conférence suivante. Le soir même, j'ai noté avec une certaine surprise que leur intérêt pour mon travail avait subitement pris une ampleur démesurée. Et le lendemain matin, l'aube était encore grise, j'ai été réveillé par un militaire qui m'apportait ma feuille de mobilisation immédiate. Destination : la mère patrie ! Eperdu, je me suis trouvé contraint de plier bagage. J'ai quand même voulu retourner une dernière fois à la bibliothèque, mais je me suis heurté à une porte close, gardée par un sous-officier S.S. en tenue de combat qui m'a signifié sans ménagement de déguerpir. Il ne m'était donc même plus possible d'aller remettre en place une lettre de Michel-Ange que j'avais empruntée pour la copier.

— Et quand vous êtes-vous décidé à revêtir la robe de bure ? s'enquit brusquement le père Augustinus.

— A peine six mois plus tard : j'avais été enseveli pendant un bombardement. Au bout de trois jours l'air a commencé à me manquer. Voyant la mort en face, j'ai fait le vœu d'entrer dans les ordres si je parvenais à m'en sortir vivant. Et cela a presque aussitôt été le cas : quelques heures plus tard, j'étais libéré.

— Et maintenant, que comptez-vous faire ?

— Il faut que je parle au pape. Si vous le pouvez, aidez-moi !

— Mais le pape ne s'occupe absolument pas d'un tel sujet. Il refusera d'en discuter avec vous, et même de vous recevoir. Parlez-en donc plutôt au cardinal Jellinek.

— Jellinek ? Votre cardinal Jellinek, il me fait lanterner...

— C'est pourtant le cardinal Jellinek qui dirige le concile chargé de ce problème. J'ai confiance en lui et il a confiance en moi. Il ne me sera guère difficile de vous le faire rencontrer. Je vous promets de m'en occuper, vous pouvez déjà vous tenir disponible.

Lundi de la Semaine sainte

Le cardinal Jellinek reçut frère Benno dans les locaux du Saint-Office. Il avait revêtu une stricte soutane sombre bordée de pourpre. Une expression grave était peinte sur son visage, laissant voir deux profondes rides qui barraient son front ; ses cheveux blancs sous sa calotte rouge étaient soigneusement partagés par une raie, comme chez tout fonctionnaire consciencieux ; par-dessus son menton à grande fossette, ses lèvres étaient étroites et pincées : avec un tel visage, on ne pouvait déceler le cours de ses pensées. En cet homme, sévèrement installé derrière son grand bureau d'époque, tout semblait étudié pour impressionner un visiteur indésirable.

— Augustinus m'a dit beaucoup de bien de vous, fit-il en tendant la main à Benno. Vous devez excuser la réserve de la curie concernant cette affaire. D'une part il s'agit d'un sujet fort délicat, d'autre part nous sommes assaillis par des centaines de personnes qui s'imaginent toutes pouvoir nous apporter leur contribution. Au début nous avons accepté d'écouter leurs arguments, mais rien de ce qui nous a été dit ne nous a fait avancer d'un pouce. Aussi nous montrons-nous désormais assez réticents...

Frère Benno, assis tout raide en face du cardinal, signifia d'un hochement de tête qu'il comprenait parfaitement.

— Votre Eminence, je porte sur mon cœur une lourde charge, qui depuis des années menace de me broyer. J'ai cru, en m'exilant dans un monastère isolé, pouvoir parvenir à vivre avec un tel fardeau. Et estimant que, si je divulguais ce que je savais, de nouveaux et épouvantables malheurs surviendraient, je me pensais enfin suffisamment affermi pour ne plus risquer de jamais me confier à quiconque... C'est alors que j'ai eu vent de la découverte au plafond de la chapelle Sixtine et des recherches entreprises. Je me suis dit : « Si tu parvenais à expliquer à qui de droit la menace de Michel-Ange, peut-être pourrais-tu contribuer à limiter les dégâts. » J'ai donc essayé d'approcher le pape...

— Augustinus a dû vous le dire, Sa Sainteté n'est pas concernée par ce problème. Aussi devrez-vous vous contenter de moi ! Je dirige *ex officio* le concile nommé pour en débattre. Mais dites-moi d'abord, mon frère : prétendez-vous sérieusement savoir pourquoi Michel-Ange a inscrit le nom d'Abulafia dans sa gigantesque fresque de la Sixtine ?

Mille pensées assaillirent soudain frère Benno. Tout son destin aux lourdes conséquences défilait dans sa tête, au point qu'il en hésitait maintenant à répondre. Il le fit pourtant :

— Oui, je le prétends !

Jellinek se leva d'un bond, contourna son bureau pour venir se placer tout près du dominicain. Se penchant au-dessus de lui, il dit d'une voix basse, presque menaçante :

— Voulez-vous me répéter cela, mon frère ?

— Oui, répondit frère Benno, j'en connais les raisons profondes et je puis vous expliquer comment cela m'est arrivé...

— Je vous écoute, mon frère, je vous écoute !

Benno ne se fit pas prier pour raconter par le détail sa petite enfance, son enfance studieuse et hautement protégée par une mère avant tout désireuse de le pousser dans des études artistiques, puis ses séjours à Rome, enfin ses recherches sur Michel-Ange à l'Oratoire de l'Aventin, recherches au cours desquelles il avait pris connaissance d'une lettre où le Florentin faisait allusion au kabbaliste Abulafia et à son « Livre des Signes ».

— A vrai dire, je ne m'y étais d'abord guère attaché, avoua-t-il, bien que cette indication n'ait pas manqué d'attiser ma curiosité. Je me suis donc mis à la recherche d'un exemplaire de ce livre, que j'ai fini par trouver également à l'Oratoire. Connaissez-vous ce livre ?

— Naturellement, répondit Jellinek, néanmoins je

ne vois toujours pas le rapport spécifique entre lui et l'inscription au plafond de la Sixtine.

— Mais avez-vous lu ce livre ?

— Oui... fit le cardinal avec quelque hésitation.

— Jusqu'au bout ?

— A l'exception d'une page, vers le milieu...

— Quelle page ?

— Celle où l'auteur après avoir osé affirmer que Luc l'évangéliste est un menteur, annonce qu'il va en donner les preuves.

— Comment ? Mais c'est justement celle-là qui compte ! Pourquoi l'avez-vous négligée ?

— C'est qu'elle manquait dans la copie que j'ai eue entre les mains, volontairement arrachée sans nul doute.

Frère Benno regarda intensément le cardinal :

— Sachez, Votre Eminence, que sur cette page se trouve sinon peut-être la clef du mystère qui vous préoccupe, du moins sûrement un indice de première importance. Elle contient une vérité amère pour l'Eglise, une vérité...

Le cardinal l'interrompit :

— Au fait, je vous en prie ! Qu'y a-t-il sur cette page ?

— ... Une vérité bouleversante, selon Abulafia, qui lui aurait été révélée par son maître, et concernait la foi et l'Eglise. Et qu'il a ensuite lui-même argumentée dans un autre de ses ouvrages, *L'Ecrit du silence*, écrit qu'il avait tenté de remettre à Nicolas III, mais des agents de l'Inquisition, mystérieusement au courant de ce qu'il contenait, en avaient déjà averti le pape. Et Nicolas, ayant jugé ce document terriblement dangereux, avait voulu tout mettre en œuvre pour à la fois éliminer le kabbaliste et s'emparer de son ouvrage. Mais, avant qu'il ait pu mettre son plan à exécution, le pape Nicolas III était brusquement mort. On n'en avait pas moins arrêté Abulafia, on l'avait emmené à l'Oratoire et là, après s'être emparé de son manuscrit, on ne l'avait libéré que contre la promesse expresse de n'en jamais divulguer le contenu. Dans les dernières lignes de son « Livre des

Signes », Abulafia s'est plaint des membres de la curie dont, selon lui, la principale préoccupation était leur propre désir de domination...

— Mais... tenta le cardinal.

Frère Benno reprenait déjà :

— Cet autre écrit, celui qui contenait la preuve d'une vérité bouleversante, modifierait l'image que l'Eglise se faisait du monde et même certains principes fondamentaux du christianisme, au point qu'une profonde réforme de la doctrine deviendrait nécessaire, ce pourquoi l'Eglise — refusant de prendre ses preuves en considération et cherchant à enfouir à tout jamais cette vérité révélée — le réduisait au silence.

— Et cet écrit, s'énerva Jellinek, l'avez-vous trouvé, oui ou non ?

— Oui, Votre Eminence, je l'ai trouvé. Il était dans les documents sur Michel-Ange. Il semble que personne ne lui avait jamais accordé d'attention particulière.

Le cardinal réagit vigoureusement.

— Mon frère, plutôt que de vous adonner à des insinuations effrayantes, ne voulez-vous pas vous décider à me révéler ce qu'il y a dans ce fameux *Ecrit du silence* ?

— Monsieur le cardinal, c'est en hébreu. Vous savez combien ces écritures sont difficiles à décrypter. En outre, je n'ai pu aller à l'époque qu'à peine jusqu'à la moitié, mais ce que j'y ai trouvé est déjà suffisamment effroyable pour priver mon âme de toute sérénité.

— Bon, qu'y avez-vous trouvé ?

— J'allais y venir ! Abulafia rapporte ce que son maître lui avait transmis, à savoir que la Sainte Ecriture serait entachée d'une grave erreur, l'évangéliste Luc faisant volontairement ou non état de données erronées.

— Oui, assurant que Luc avait menti, nous sommes au courant... mais, plus simplement : pourquoi Luc ? Qu'y a-t-il de tellement particulier chez Luc ?

Frère Benno, qui savait le cardinal en charge de la doctrine de la foi, lui fit très prudemment remarquer qu'il s'était personnellement beaucoup préoccupé de cette question au cours de toutes ces années passées.

— ... Et ce n'est certes pas à Votre Eminence que je vais l'apprendre : les Evangiles, faisant référence à celui de Marc, se recoupent largement entre eux, du moins en ce qui concerne la vie publique de Jésus. Sinon que, chez Marc, le récit s'arrête à la découverte du tombeau ouvert. Le chapitre seizième, celui qui a trait à la résurrection et à l'ascension du Sauveur, n'est qu'un ajout tardif datant de l'époque où les autres Evangiles avaient déjà été à leur tour rédigés...

— Et, à vous entendre, ce serait Luc...

— Oui, c'est exclusivement chez Luc, bon disciple de Paul, qu'est effectivement décrite la scène de l'apparition du ressuscité dans le célèbre épisode des pèlerins d'Emmaüs. D'ailleurs, avant même les Evangiles, Paul montre bien, par exemple dans sa première Epître aux Corinthiens, que ce qui importe, ce qui — stratégiquement dirais-je — est nécessaire pour la doctrine de la foi, c'est de professer la croyance en la résurrection de Jésus-Christ.

— Je connais par cœur ce passage, fit remarquer le cardinal Jellinek en souriant, mais les rides sur son front s'étaient dans le même temps creusées : « *Je vous ai enseigné avant tout, comme je l'avais reçu, que Christ est mort pour nos péchés, selon les Ecritures ; qu'il a été enseveli, et qu'il est ressuscité le troisième jour, selon les Ecritures.* » Ces mots ont toujours eu une grande importance pour moi.

— Certes mais, dans cette même Epître, est également écrit : « *Si Christ n'est pas ressuscité, notre prédication est donc vaine, et votre foi aussi est vaine, vous êtes encore dans vos péchés, et par conséquent aussi ceux qui sont morts en Christ sont perdus... Mais, comme tous meurent en Adam, de même tous revivront en Christ...* » En fait, je me suis souvent demandé si tous ces experts patentés qui explorent l'Ancien Testament à la recherche d'une explication des fresques de Michel-Ange n'auraient pas mieux fait d'examiner un peu plus attentivement le Nouveau !

— Vous voulez dire, en raison du lien établi entre Adam, figure du passé, et Jésus, personnification de la renaissance ?

— Monsieur le cardinal, quand on a été historien d'art cela s'oublie difficilement et je le suis donc demeuré. En étudiant les fresques de la Sixtine, je me suis toujours demandé quelle raison avait pu pousser Michel-Ange à placer l'ivresse de Noé et le Déluge au début de son œuvre, pourquoi — en partant du péché originel — il a rapidement expédié la Création du monde en cinq jours pour finir par le terrible Jugement d'un Dieu vengeur qui s'est créé lui-même et rejette les humains dans les profondeurs de l'abîme. Aussi, que pourrions-nous bien faire d'autre que Noé puisque, comme le dit Paul, « *si les morts ne ressuscitent pas, mangeons et buvons, car demain nous mourrons* » ?

Jellinek s'étonna :

— Ce serait donc cela, le secret de la chapelle Sixtine ? Michel-Ange aurait nié la résurrection du Christ et, par là même, celle de la chair ?...

Il s'était de nouveau levé et se sentit pris de vertige. Et pas seulement parce que cette interprétation lui semblait fort plausible : elle éclairait d'un jour nouveau nombre d'autres énigmes. Rien d'étonnant à ce que, sur la fin, le Florentin se soit tant préoccupé des problèmes de l'au-delà. Car si Jésus-Christ, le plus grand de tous les morts, n'était pas ressuscité, aucun espoir ne subsisterait pour les humains. Alors les fondations de la Sainte Eglise ne seraient plus seulement menacées d'érosion en certains points, ce serait tout l'édifice qui se trouverait construit sur des sables mouvants...

— Quelle hérésie ! finit par s'exclamer le cardinal en frappant du poing sur la table, comme pour montrer qu'il se gardait d'oublier qu'il était le préfet de la Congrégation pour la doctrine de la foi, même si l'on n'était plus au temps de l'Inquisition. L'Eglise a déjà surmonté bien des doctrines aberrantes : manichéisme, arianisme, l'hérésie des Cathares et tant d'autres encore dont nul n'ose plus parler sérieusement de nos jours...

— Abraham Abulafia, reprit frère Benno d'une voix rauque, n'a pas dit qu'il *croyait* que Notre-Seigneur Jésus-Christ n'était pas ressuscité au troisième jour, il a dit qu'il en possédait la *preuve* et que cette preuve se trouvait dans *L'Ecrit du silence.*

— Et en quoi consisterait cette fameuse preuve, je vous prie ?

Frère Benno, penaud, dut reconnaître :

— Je n'ai malheureusement pas pu aller jusque-là. En plein milieu de mes recherches, j'ai été appelé par surprise sous les drapeaux et les S.S., ceux-là mêmes qui avaient si pieusement écouté la veille la conférence que je leur donnais sur Michel-Ange et ce que je croyais avoir découvert, m'ont barré l'accès à la bibliothèque.

— Et moi, je n'ai jamais entendu parler d'un prétendu *Ecrit du silence,* dit Jellinek.

— Pourtant Michel-Ange a dû avoir connaissance aussi bien de celui-ci que du « Livre des Signes ». Il n'ignorait rien de la vie d'Abulafia. Dans cette lettre — soudain frère Benno venait d'extirper un papier de sa poche — il se réfère d'une façon précise à Abulafia, donnant ainsi la clef des inscriptions de la Sixtine.

— Donnez-moi cela ! D'où le tenez-vous ?

— Au cours de mes recherches, j'avais emporté cette lettre dans ma cellule, pour la recopier, et il m'a été impossible d'aller la remettre en place. Pendant toutes ces années, j'en ai pris le plus grand soin.

— Donnez-moi ça ! répéta Jellinek.

En s'exécutant, frère Benno précisa :

— Je dois vous signaler que ce que vous tenez entre les mains n'est que ma propre copie. J'ai remis l'original au pape Gianpaolo lorsque ma conscience m'a trop tourmenté. Comme vous pouvez le voir, je suis un vieil homme et je ne voulais pas emporter ce secret dans la tombe. Sa Sainteté m'a accueilli avec bienveillance et je lui ai tout raconté comme je viens de le faire avec vous. Le pape s'est montré affecté, très affecté même. Je lui ai laissé la lettre et, ma mission accomplie, je suis reparti chez moi.

— Mais on n'a pas connaissance d'une telle lettre à la curie !

— J'ignore ce qu'elle a pu déclencher. Mais Gianpaolo a sûrement dû réagir, sinon je ne vois pas par qui quelqu'un aurait été envoyé du Vatican jusqu'à l'Oratoire, il y a des années de cela, justement pour obtenir des renseignements sur les papiers de Michel-Ange, ainsi que me l'a confié l'abbé Odilo.

— Quand ?

— L'abbé ne se souvenait pas de la date précise. Cependant, comme j'insistais, il a fini par dire que cela avait dû se passer peu de temps après le conclave au cours duquel Gianpaolo avait été élu. Et, puisque ce pape n'a malheureusement pas régné tellement longtemps, sans doute à l'époque où je suis allé le voir. Et maintenant, ce qui a été révélé par la presse m'a fait prendre conscience qu'il me fallait revenir ici.

— Vous avez eu raison ! dit Jellinek.

Puis il se mit à lire la lettre que Benno lui avait remise. Elle était d'une écriture fine et tarabiscotée.

« Cher Ascanio,

Voici ma réponse à ta question. Mais sache tout d'abord que jamais, depuis ma naissance jusqu'à ce jour, il ne m'est venu à l'esprit — que cela ait été pour des peccadilles ou des affaires d'importance — d'entreprendre quoi que ce soit de préjudiciable envers notre Sainte Mère l'Eglise. Par amour pour la foi, depuis que j'ai quitté Florence pour Rome, je n'ai ménagé ni ma peine ni mon travail, et j'ai supporté bien plus que ce qu'un chrétien ne le devrait afin de distraire les papes de leur ennui. Le devoir que tout sculpteur se doit d'accomplir est de tenter d'arracher de la pierre brute la forme apparue à son regard spirituel. Un point c'est tout, qu'il y parvienne ou non n'entre pas en ligne de compte. Le peintre possède en revanche, tu le sais mieux que quiconque, certaines particularités, essentiellement ici en Italie où l'on peint mieux que partout ailleurs au monde. Si la peinture flamande est tenue pour plus pieuse que l'italienne, c'est sans doute parce qu'elle fait venir les larmes aux yeux quand la nôtre laisse le public de glace. En fait, cela vient de ce que les Flamands tentent de séduire en représentant des objets gracieux, même si c'est seulement leur aspect qui est agréable à l'œil alors qu'ils n'ont rien de véritablement artistique. Ce que je reprocherais avant tout à ces peintures, c'est l'accumulation de sujets qu'on y trouve quand un seul d'entre eux suffirait pour orner une œuvre d'art. Pour mon compte, j'ai toujours peint selon ma propre façon et n'ai point à en rougir. En t'écrivant ces lignes, je pense surtout à ce que j'ai voulu créer au plafond de la chapelle Sixtine dans l'esprit de la Grèce antique, puisque notre art — je sais que tu n'en disconviendras pas — vient de là en droite ligne, même si c'est un don du ciel qui n'appartient à aucune nation. Ces messieurs les cardinaux auront beau tempêter, vouer aux gémonies la franche liberté avec laquelle mon esprit a osé représenter ce que je tiens pour le but suprême de tout sentiment mystique, je n'éprouve aucune honte de ce que j'ai peint sur le plafond de la Sixtine. Ils me reprochent d'avoir représenté les anges dénués de leur céleste magnificence, les saints sans aucune trace de décence, et même d'avoir érigé en spectacle l'offense à la pudeur. Papes et cardinaux se sont à tel point enflammés qu'ils n'ont pas songé à remarquer ce que j'avais inclus de plus important dans cette fresque. Mon cher Ascanio, il faut que tu le saches mais, dans le même temps, que tu n'en dises rien tant que je suis encore en vie, au risque sinon de me faire lapider : aucun de ceux que la nudité de mes personnages a choqué n'a jusqu'à présent remarqué avec quelle ardeur mes sibylles et mes prophètes strictement vêtus s'adonnaient à la lecture, ne se préoccupant que de livres et de rouleaux. Je pensais emporter mon secret dans la tombe mais, mon cher Ascanio, puisque t'intrigue la découverte que tu as faite de ces huit lettres, je te dois de répondre à ton interrogation : Oui, ces huit lettres sont ma vengeance. Je sais l'attachement que, tout comme moi, tu portes à la Kabbale, et je sais que tu sais combien Abraham Abulafia était grand parmi les grands. C'est donc pour toi et pour tous ceux qui sont initiés que j'ai posé là-haut ces signes évidents. Abulafia connaissait une bouleversante vérité. A ce juste, à cet homme intègre les papes n'ont su causer, comme à Savonarole, que des tourments. Leur Eglise, qui ne se comporte jamais comme elle le devrait, l'a poursuivi et traité d'hérétique. Ces gens-là ne sont capables que de contraindre la vérité dès lors qu'elle risque de devenir dangereuse pour leurs dogmes. Oui, avec Savonarole tout comme avec Abulafia ! Ils ont brûlé l'un et dépouillé l'autre de ses écrits. Puisqu'elles étaient irréfutables, les preuves apportées par Abulafia ont été étouffées. Et, depuis lors, l'Eglise n'a pas changé. Les papes se conduisent toujours comme s'ils étaient les maîtres de l'univers. Vois comme on m'a traité !... Mais moi, Michelangiolo Buonarroti, je me suis vengé là-haut. D'autres papes viendront et ils lèveront les yeux dans la chapelle Sixtine et ils contempleront l'intègre prophète Jérémie, le plus intègre de tous, et ils remarqueront en quel accablement, en quel mutisme désespéré il se trouve — car Jérémie connaît la vérité — et ils finiront par apercevoir l'indication que moi, Michelangiolo, j'ai inscrite, visible et pourtant encore invisible. Car sur le rouleau qui se trouve aux pieds de Jérémie il est écrit : Luc ment. Et le jour viendra où le monde entier saura ce que j'ai voulu dire.

Michelangiolo Buonarroti, à Rome »

Comme, sa lecture achevée, Jellinek ne disait toujours mot, frère Benno se garda de rompre son silence. Une longue pause s'installa, jusqu'à ce que le cardinal s'exclame :

— Une vengeance diabolique, une vengeance véritablement diabolique, que celle de ce Florentin ! Mais à quoi Abulafia fait-il allusion, de quelle preuve peut-il bien s'agir, que peut signifier ce complot de l'Eglise contre le restant de la Terre ?

— Ah, monsieur le cardinal, cette unique pensée n'a cessé de me tourmenter jusqu'à ce jour...

— Allons donc, c'est du verbiage d'hérétique ! Où se trouvent donc ces *buste* sur lesquelles vous avez travaillé jadis, les documents laissés par Michel-Ange et ce fameux *Ecrit du silence* ?

— A l'exception de cette lettre, j'avais tout laissé dans la bibliothèque de l'Oratoire. J'y suis retourné voir : aucun document ne s'y trouve plus. Le bibliothécaire ne se souvenait même pas d'avoir jamais vu de *buste* concernant Michel-Ange ou quoi que ce soit venant de lui. Et l'abbé Odilo n'a pu me dire si l'émissaire du Vatican, passé il y a quelques années, avait ou non trouvé quelque chose.

— Etrange ! Pourquoi ces disparitions, et surtout : où ces affaires ont-elle été emportées ?

Le cardinal réfléchissait. Evidemment, lui-même avait trouvé aux archives secrètes des documents concernant Michel-Ange, et il s'était demandé pourquoi ces lettres avaient échoué là. Alors : cette lettre dont il tenait maintenant la copie entre les mains n'aurait-elle pas dû en faire partie, ainsi que *L'Ecrit du silence* ? Il pria frère Benno de tenter de se rappeler quels autres documents se trouvaient dans les papiers qu'il avait jadis feuilletés.

— Il y a si longtemps... commença Benno. Toutefois, si mon souvenir est exact, il s'agissait de plusieurs douzaines de lettres, certaines *reçues* par Michel-Ange, d'autres *écrites* par lui, ce qui était déjà fort étrange : en effet, qui conserve ses propres originaux ? En tout cas, d'autres de ces lettres étaient destinées à Condivi, et puis des lettres au pape, des lettres à son père resté à Florence et — naturellement — des lettres destinées à Vittoria Colonna, sa platonique passion...

Quand le cardinal Jellinek revint ce soir-là au palais Chigi, il semblait fourbu. Même Giovanna, venue à sa rencontre sur le dernier palier, ne parvint pas à éveiller son intérêt.

— *Buona sera, signora...* se contenta-t-il de lui lancer distraitement avant de tirer la porte derrière lui.

Seul, dans sa bibliothèque, il lut une fois encore la lettre de Michel-Ange qu'il avait emportée avec lui. Son contenu lui semblait par trop accablant : Jésus, le Seigneur, le Sauveur, n'aurait pas ressuscité ! Il ne parvenait pas à y voir vraiment clair et tenta de tout se remémorer : l'inscription de la main même de Michel-Ange ; l'étrange ordonnancement au plafond de la chapelle Sixtine ; la copie d'une lettre de ce même Michel-Ange, dont l'original qui avait été transmis au pape Gianpaolo avait disparu ; sous une couverture mensongère, ce « Livre des Signes » d'Abulafia dont manquait la page essentielle ; le legs de Michel-Ange conservé pour d'obscures raisons aux archives secrètes ; et, pour finir, cet *Ecrit du silence* dont personne ne semblait connaître totalement le contenu et qui demeurait inaccessible, même aux archives secrètes...

Franchement, le cardinal ne s'y retrouvait pas. Son esprit, habituellement aiguisé, se refusait à tirer les conclusions qui s'imposaient. Convenait-il d'exposer tout ce qu'il avait appris jusqu'à présent à l'ensemble des participants de son concile ? Non, certainement pas. Cette situation était par trop explosive. Aussi le cardinal Jellinek décida-t-il de débattre, mais seulement avec le père Augustinus, de ce qu'il avait récemment appris.

Mardi de la Semaine sainte

Dans un des coins les plus reculés de la bibliothèque du Vatican, là où l'odeur de moisi des vieux livres est la plus entêtante et où la poussière fait le plus suffoquer, Jellinek et Augustinus se rencontrèrent à nouveau. Le cardinal voulait savoir si le conservateur en chef avait jamais entendu parler du mystérieux *Ecrit du silence.*

— Je ne m'en souviens pas, Votre Eminence, répondit Augustinus, mais si vous voulez bien patienter un instant...

Il disparut entre les rayons, alla feuilleter dans les divers index et fichiers puis revint, confirmant que non seulement aucun titre de ce nom n'était répertorié aux Archives mais qu'allusion n'y était faite nulle part. Alors Jellinek lui tendit un papier.

— Voici la cote du legs de Michel-Ange. Pourriez-vous établir à quelle date ces documents sont arrivés au Vatican ?

Augustinus plissa les yeux.

— C'était, dit-il, de toute façon après la deuxième guerre mondiale.

Jellinek, se demandant si ce qu'Adelman lui avait raconté sur la façon dont à l'Oratoire on concevait l'hospitalité à cette époque pouvait être de quelque utilité, rapporta à Augustinus l'entrevue qu'ils avaient eue.

— Oui, fit Augustinus, l'abbé Odilo m'a parlé sous le sceau du secret de toute cette affaire. Il m'a même montré l'or en question.

— L'or est toujours là ?

— Du moins en partie, j'ignore évidemment si vraiment tout s'y trouve... Mais ce mystérieux *Ecrit du silence,* c'est quoi au juste ?

— Benno l'avait trouvé à l'Oratoire. Il m'a également parlé d'un chantage exercé par les nazis sur le pape, assurant que le nom de Michel-Ange y était lié. A bien y réfléchir, tout cela se tient. Quand Benno leur a tenu sa conférence, ils ont pointé l'oreille. Ces messieurs savaient bien que leur temps touchait à sa fin, aussi leur fallait-il trouver un moyen de s'en sortir : faire pression sur l'Eglise grâce à *L'Ecrit du silence,* quelle aubaine !... Evidemment, ils escomptaient que notre informateur, envoyé aux Armées, resterait sur le champ de bataille et que ce qu'il avait appris y resterait avec lui...

— Mais il est revenu !

Jellinek réfléchit un instant.

— Ce que je ne parviens pas encore à bien comprendre, dit-il enfin, c'est l'attitude de *Padre* Pio en tout cela. Le Vatican a dû récupérer cet ouvrage et Pio en a peut-être pris connaissance, tout comme avec le « Livre des Signes » dont il a arraché la page maîtresse pour la remplacer au moment de se tuer par cette lettre pathétique de mise en garde. Mais le fait de savoir n'implique pas pour autant celui de se suicider !

Augustinus expliqua alors au cardinal que Pio Segoni en sa qualité d'adjoint de *monsignore* Tondini, le responsable du bureau d'immigration du Vatican, avait trempé dans la scabreuse opération Odessa.

— Sans doute, une fois nommé à ma place aux Archives, a-t-il craint d'être soudain rattrapé par son passé et que le déshonneur de l'Eglise, dans lequel il avait sa part de responsabilité, ne s'étale au grand jour.

— Je commence à comprendre ce qui s'est passé à cette époque troublée, murmura Jellinek. Le temps guérit bien des blessures, mais un souvenir suffit parfois pour les raviver. Reste à savoir, de toute façon, si le *Padre* Pio a eu connaissance de *L'Ecrit du silence*, s'il l'a retrouvé et, dans ce cas, s'il l'a détruit.

Mercredi de la Semaine sainte

Au matin, les membres du concile furent appelés à une séance extraordinaire. Comme c'était le cardinal secrétaire d'Etat Cascone qui avait insisté pour l'obtenir, ce fut donc lui qui ouvrit la séance en demandant à la ronde si des progrès avaient été faits dans les investigations. Toutes les réponses furent négatives. A l'évidence, tant que Jellinek n'aurait pu résoudre l'énigme de la page manquante du « Livre des Signes », tant qu'on ignorerait ce qu'Abulafia avait pu y inscrire, nul ne se risquerait dans de nouvelles interprétations. Aussi finit-on par s'interroger sur les raisons qui avaient pu pousser Cascone à vouloir cette réunion impromptue, au surplus en pleine Semaine sainte.

Cascone rappela que Pâques était d'abord, pour l'Eglise, la fête de la paix. Et il se demandait justement si l'on ne devait pas également, dans la mesure où l'on piétinait par trop depuis un certain temps, laisser en paix cette fâcheuse affaire. On savait la sympathie de Michel-Ange envers la Kabbale, et il avait inscrit le nom d'un kabbaliste au plafond de la Sixtine, n'était-ce pas suffisant ? Sauf à imaginer que le cardinal Jellinek possédât de nouvelles données...

Jellinek dit que non. Il avait remué la *Riserva* de fond en comble, sans rien trouver de ou sur Abulafia. D'ailleurs, il désespérait de trouver quoi que ce soit à l'intérieur des murs du Vatican. Quant aux recherches entreprises dans les bibliothèques hébraïques, elles n'avaient pas été plus heureuses. Soit les documents étaient irrémédiablement perdus, soit Pio les avait détruits juste avant de se tuer. Mais, ajouta-t-il, il avait quand même une information à donner : un moine allemand, après avoir pris connaissance par la presse du problème en question, lui avait récemment apporté une lettre de Michel-Ange faisant allusion à la fois à sa vengeance sur le plafond de la Sixtine et à cet écrit d'Abulafia jadis obtenu sous la pression de la Sainte Inquisition.

— Monsieur le cardinal, tout cela ne nous avance pas d'un pouce ! s'exclama Cascone. De toute façon, puisque nous avons une solution, tenons-nous-y ! Le sculpteur, mécontent d'avoir à faire un travail de peintre et rendu furieux par la façon cavalière dont le traitait le pape, a voulu libérer sa hargne. Qu'avons-nous besoin d'autres explications ? Que pourrions-nous découvrir sur un personnage auquel l'Eglise n'a pas cru bon, pendant des siècles, de s'intéresser ? Les recherches sur votre Abulafia ne pourraient être que dommageables. Michel-Ange était un adepte de la Kabbale, point final. Nous n'avons que trop perdu de temps et chacun d'entre nous doit s'occuper de bien d'autres choses, véritablement importantes celles-là.

— Monsieur le secrétaire d'Etat, s'écria Parenti, cette solution de facilité ne me convient guère ! Et elle ne convient pas du tout à la science !

Cascone lui coupa aussitôt la parole :

— Le cas dont nous traitons ici concerne l'Eglise et non la science ! Cela nous suffit amplement. C'est pourquoi je suggère, et vous prie instamment de vous rallier à ma proposition, que le concile soit dissous et que cette affaire soit à l'avenir traitée *specialissimo modo.*

— Jamais de ma vie je ne serai d'accord avec une telle chose ! s'écria Parenti.

— *Professore,* on trouvera bien le moyen de résoudre votre problème... L'Eglise a le bras long et ce n'est pas la mémoire qui lui manque, pensez-y.

A son tour et avec tout autant de véhémence Jellinek protesta, assurant que, même s'il n'avançait guère pour l'instant, il se trouvait sur la piste d'une éventuelle solution.

Canisius s'en mêla, approuvant vigoureusement le cardinal secrétaire d'Etat : il était lui aussi pour la dissolution du concile. Les autres, pour la plupart, se rallièrent à leur tour.

Ainsi prit fin le concile.

Jellinek démis *ex officio* de sa fonction, il fut convenu que ce qui avait été débattu pendant le concile serait désormais traité *specialissimo modo.* Il incomberait au professeur Parenti de soumettre aux cours des prochaines semaines un projet de communiqué officiel, après quoi l'on déciderait de ce qu'il conviendrait de faire des inscriptions.

Alors Jellinek quitta la salle, suivi de Bellini qui lui murmura en sortant :

— Ne vous tourmentez donc pas ainsi...

— Je suis déçu ! fit Jellinek. Cascone a toujours manifesté de l'hostilité envers mes recherches. Dès le début, il a préféré des explications boiteuses plutôt que de sérieuses investigations... Mais je croyais qu'au moins vous, vous étiez de mon côté ! J'avais compté sur votre soutien, sans doute me suis-je trompé à votre sujet. Comme d'ailleurs à celui de Stickler.

— Je dois donner raison à Cascone. Nous avons à nous consacrer à des sujets autrement importants. A quoi bon fouiller dans des affaires vieilles de plusieurs siècles quand le passé le plus récent recèle encore tant de mystères non élucidés, tant de fautes, de crimes demeurés impunis et pas encore prescrits ?

— Peut-être... Par moments, je ne croyais plus moi-même à un progrès possible dans mes investigations : trop de traces se sont perdues dans le sable. Mais je suis homme à toujours aller au bout de sa tâche ; je n'abandonne pas si vite. Sinon je n'occuperais pas la place qui demeure la mienne ici. Je me refuse tout bonnement à renoncer maintenant, alors que le but est peut-être à ma portée !

— Mon cher frère, nous sommes souvent contraints à des compromissions, objecta Bellini. C'est la vie elle-même qui l'exige. Croyez-vous qu'il me soit toujours facile de faire mon travail ? Moi aussi, je dois bien souvent me faire violence. Vous souvenez-vous de notre conversation d'il y a quelques semaines, avec Stickler ? Je maintiens ce que je vous ai dit alors.

— J'aurais eu d'autant plus besoin de votre soutien contre tout ce clan qui nous est adverse !

— Je vous répète que, pour survivre, il convient de faire des concessions. A ce propos, avez-vous reçu d'autres visites-surprises ?

— Non, dit Jellinek. Je ne sais toujours pas comment interpréter cette étrange menace, ni pourquoi c'est justement à moi que ce paquet a été destiné.

— J'y ai réfléchi. J'ai le soupçon que vous avez été

pris par surprise dans les filets d'une organisation clandestine parce que vos investigations allaient plus loin qu'on n'avait escompté au début. Certaines personnes ont peur des recherches poussées trop avant.

— Ainsi, ce serait la raison de cet inquiétant paquet...

— Parfaitement. Pour un non-initié, un tel envoi demeure inexplicable. Mais pour celui qui s'est à tel point avancé qu'il en vient à découvrir les profondes motivations d'autrui, le paquet devient sans équivoque possible une menace. Mon cher frère, vous vivez dangereusement. J'irai même jusqu'à affirmer : extrêmement dangereusement...

Jellinek triturait machinalement les boutons pourpres de sa soutane. Il n'entrait pas dans son caractère de se laisser facilement intimider mais, brusquement, il sentit que son cœur battait à coups redoublés. Il respirait avec peine. Bellini reprit :

— Vous avez certainement entendu parler de cette loge pseudo-maçonnique qu'on nomme la « P2 ». Eh bien, cette organisation secrète est fort loin de s'avouer battue. Son but est d'accumuler pouvoir, influence et richesses jusque au-delà des frontières italiennes. Ses tentacules s'étendent jusqu'en Amérique du Sud et ses membres sont présents jusque dans les plus hautes sphères gouvernementales, dans celles de la justice et de l'industrie. Depuis longtemps déjà circule la rumeur que la curie elle-même serait contaminée. Pour ce qui est de certains cardinaux et évêques... eh bien, j'en suis tout à fait sûr. Soit dit en passant, des connexions transversales existent également avec la haute finance. Ainsi les transactions financières de notre gestionnaire épiscopal — il s'agit là de subtils montages de trésorerie, d'énormes investissements — ne sont-elles pas toujours exemptes de délicats problèmes qui nécessitent la plus grande discrétion. Vous savez tout comme moi et de longue date que, lorsqu'on entre au Vatican avec une valise bourrée d'argent, les lois fiscales de ce monde deviennent caduques. Toute agitation, tout trouble dans la curie présente un danger pour le déroulement sans heurts de ces transactions. Bref, vos recherches attirent trop l'attention sur notre curie.

— Pourtant l'Eglise considère déjà l'appartenance à une simple loge classique comme un motif d'excommunication...

Bellini haussa les épaules.

— Apparemment, cela ne dérange pas grand monde. Depuis quelques années le Vatican est de plus en plus infesté. La P2 entretient un véritable réseau d'espionnage ; elle constitue des dossiers sur des personnalités importantes, tente de déceler leurs points faibles pour en tirer profit. On prétend que, pour s'y faire admettre, il convient d'amener en dot une accusation inédite et particulièrement bien étayée contre quelque autre personnage non encore compromis. Vous n'êtes pas à Rome depuis bien longtemps, Jellinek, et pourtant vous vous trouvez peut-être déjà attentivement surveillé.

Le cardinal Jellinek se mit à pester :

— La cabine téléphonique juste en face de mes fenêtres ! Et Giovanna, cette sacrée bonne femme ! Tout cela, un seul et même complot !

— Je ne vous comprends pas très bien, mon cher frère...

— Ce n'est pas nécessaire, *monsignore* Bellini, pas du tout nécessaire !

Là-dessus, ils se séparèrent. Maintenant, Jellinek pensait savoir ce qu'il en était vraiment des visiteurs nocturnes, des appels téléphoniques, et de la sympathie manifestée à son endroit par Giovanna. Pourtant, même si cette sympathie n'était en aucune façon gratuite, il espérait en son for intérieur que la concierge continuerait à s'intéresser à lui. Et, assailli par des pensées hautement luxurieuses, il alla s'enfermer chez lui.

Jeudi saint

Dans la soirée, Jellinek passa à la *Sala di merce* pour vérifier si la situation sur l'échiquier avait évolué. En entrant il croisa de façon inattendue Cascone qui le salua brièvement et plutôt distraitement. Le cardinal secrétaire d'Etat semblait particulièrement pressé de quitter la salle.

Au dix-huitième coup, Jellinek avait déplacé son cavalier de e4 en c5. Il nota que son adversaire avait répondu en glissant sa tour de e6 en g6. A présent, le cavalier blanc en compagnie de sa reine bloquait la plupart des pions noirs de ce quartier du jeu. Jellinek se montra fort surpris de la promptitude d'un tel coup. Son adversaire l'avait à l'évidence attiré dans un piège et tentait tout bonnement de le mettre déjà mat. Fallait-il s'avouer vaincu pour autant ? Vraiment, la chance ne souriait guère à Jellinek en ce moment : le concile avait été dissous contre sa volonté, et voilà qu'aux échecs il ne parvenait pas non plus à prendre l'avantage !... Il contempla longuement les figurines artistiquement sculptées, et dont la beauté et la perfection d'exécution ne laissaient pas de le fasciner. Non, la situation n'était pas tellement mauvaise. Jellinek entrevoyait même une possibilité de renversement : il allait mettre en phase opérationnelle le maximum de pions du côté de son roi. Cela allait, cela *devait* marquer un tournant décisif dans cette partie en lui permettant de reprendre l'initiative. Du coup, la manœuvre quelque peu téméraire de son adversaire risquait d'amener le jeu vers une fin plus heureuse.

D'un geste décidé, le cardinal amena sa propre tour de e1 en e3. Soudain, une curieuse idée l'effleura : était-ce vraiment contre Stickler qu'il jouait ? Ce jeu risque-tout cadrait mal avec la personnalité de ce tacticien prudent contre lequel il était accoutumé de jouer.

Mais Jellinek rejeta cette idée, d'autres problèmes

le tenaient pour l'heure : il piétinait dans sa recherche de *L'Ecrit du silence.* Alors qu'il avait ouvert des centaines de *buste* et compulsé des centaines d'ouvrages dans l'espoir de le découvrir, sous une reliure portant une cote erronée, toutes ses investigations étaient demeurées vaines.

Le cardinal quitta la *Sala di merce,* pour se retrouver nez à nez avec Stickler. Il ne put s'empêcher de claironner :

— La situation est mauvaise pour vous, mon cher frère !

— Que voulez-vous dire ?

— Eh, *monsignore,* c'est à vous de jouer ! continua Jellinek.

— Je ne comprends pas, monsieur le cardinal... A quoi faites-vous allusion ?

— A notre partie, bien sûr ! Pour une fois, vous pouvez bien lever le masque.

— Je regrette mais je ne vois toujours pas de quoi vous voulez parler.

— Vous n'allez tout de même pas prétendre que vous n'êtes pas ce mystérieux adversaire contre lequel je joue ici depuis de nombreuses semaines ! s'exclama Jellinek après avoir poussé le camériste à travers la haute porte de la *Sala di merce,* et en lui montrant l'échiquier.

— Et vous pensiez que c'était moi qui... commença Stickler. Ah, Votre Eminence ! il me faut vous décevoir. Voici effectivement un très bel échiquier, mais je n'ai jamais joué dessus.

Jellinek semblait interloqué.

— Nous deux mis à part, reprit Stickler, il y a bien d'autres joueurs d'échecs, et même d'excellents joueurs, à l'intérieur des murs du Vatican. Prenez par exemple Canisius...

Jellinek secoua la tête :

— Cette stratégie ne lui ressemble guère, je connais ses habitudes de jeu !

— Alors prenez Frantisek Kolletzki ou bien le cardinal secrétaire d'Etat Cascone, cet excellent mais intrépide stratège, grand spécialiste des crocs-enjambe... tout comme dans la vie d'ailleurs, si je puis me le permettre. Au jeu d'échecs, il est bien difficile de dissimuler son véritable caractère. Tous ceux que je viens de nommer sont passés maîtres dans ce jeu royal et ils ont, de par leurs occupations au Vatican, souvent l'occasion de pousser jusqu'ici.

Jellinek soupira :

— Ainsi donc, c'est contre un adversaire que je ne connais pas que, depuis longtemps, je joue...

Il sembla se perdre dans ses pensées mais, tandis que Stickler haussait les épaules, il reprit :

— En fait, je n'en suis guère étonné. Qui peut se vanter ici de connaître véritablement ses adversaires ?

— Vous n'avez pas à vous méfier de moi, répliqua Stickler. Je pense même que vous ne vous méfiez pas réellement de moi mais que vous ne m'accordez pas votre confiance. Il y a là une sensible différence. Pourquoi ne me faites-vous pas confiance ?

— Mais je vous fais confiance, *monsignore* ! Toutefois, je trouve que ce n'est pas ici le lieu adéquat pour une conversation confidentielle. Où pourrions-nous parler tranquillement ?

— Venez, dit Stickler et ils se dirigèrent vers son appartement.

Le camériste occupait un petit logement de fonction à l'intérieur même du palais pontifical. Par rapport à la somptuosité pompeuse des appartements que de très rares cardinaux avaient le privilège d'occuper au Vatican, celui-ci semblait d'une modestie extrême. Si les meubles sombres ne dataient pas d'hier, ils n'en restaient pas moins sans grande valeur.

Stickler fit asseoir le cardinal, dans un coin de la pièce, sur un fauteuil certes rembourré mais très fatigué par l'usage. Alors, Jellinek raconta la visite que Benno — ce moine venu d'un couvent dont la règle était le silence — lui avait faite, et le caractère étrange de ce qu'il lui avait relaté, en rapport avec l'inscription de la Sixtine, qui depuis lors le privait de sommeil.

Le camériste l'ayant prié de se montrer plus explicite, Jellinek parla de la copie d'une lettre de Michel-Ange remise au pape Gianpaolo, et des allusions qu'elle contenait à un texte qu'il n'était pas parvenu à dénicher depuis lors. Poussant plus loin la confidence il avoua que, sans le texte en question, l'énigme de l'inscription de la Sixtine risquait fort de demeurer insoluble.

— Mais cette lettre soi-disant remise à Gianpaolo par le frère Benno, finit-il par demander à son hôte, vous en souviendriez-vous ?

Stickler répéta plusieurs fois de suite le nom de Benno pour répondre enfin que ce nom lui disait effectivement quelque chose. Il se souvenait également d'avoir vu, sur le bureau de Sa Sainteté, une lettre manuscrite et jaunie, sans doute fort ancienne. A cette époque, Gianpaolo passait beaucoup de temps à la *Riserva* et son cameriste avait supposé que cette lettre, à laquelle il n'attachait en fait que fort peu d'importance, en était issue. D'après les propos tenus par Gianpaolo, on pouvait entrevoir que celui-ci préparait la tenue d'un prochain et important concile. Maintenant, Stickler pensait préférable qu'une telle information soit traitée *specialissimo modo*.

Jellinek avait tressailli.

— Un concile !

Jamais il n'avait entendu parler d'un tel projet de la part de Jean-Paul Ier.

Aussi était-il bien normal qu'il n'en ait rien su, répliqua Stickler, puisque Gianpaolo n'avait pas eu le temps d'annoncer officiellement son projet. Seuls Cascone et Canisius en avaient eu connaissance. « Outre ma modeste personne, évidemment !... » ajouta Stickler, parvenant mal à cacher une certaine suffisance.

Cascone et Canisius, dit-il encore, s'étaient montrés de farouches adversaires de ce plan. Il les avait entendus qui tentaient par tous les moyens de persuader le pape que son projet serait hautement préjudiciable pour l'Eglise. Ils étaient même allés jusqu'à s'affronter à Gianpaolo : plus d'une fois, ils en étaient carrément venus à une vive altercation. Derrière les portes closes, on pouvait les entendre qui élevaient la voix et se lançaient dans de graves accusations. Gianpaolo était pourtant demeuré inflexible, persévérant dans sa volonté de réunir le concile. Hélas dans des circonstances mémorables, comme Jellinek le savait, il était décédé la veille du jour où il devait l'annoncer.

Jellinek dit alors combien il s'étonnait que le successeur du pape défunt ne se soit jamais préoccupé de cette initiative avortée. Stickler répondit que, dans la mesure où tous les documents et notes concernant ce concile avaient disparu, cela devenait impossible. Il n'en restait pas moins, en tout cas selon lui, qu'encore à la veille de sa mort ce problème préoccupait grandement le pape Gianpaolo.

— Pensez-vous que ces documents aient pu être volés ? s'enquit Jellinek.

Oui, c'était ce que croyait le caméristе. La sœur qui avait trouvé au petit matin Gianpaolo mort dans son lit assurait qu'il tenait encore entre les mains plusieurs feuillets. Toutefois, sur le procès-verbal officiel, il avait été écrit qu'il s'agissait d'un livre pieux. Et la sœur, tenue au plus strict silence, avait été reléguée dans un lointain couvent. En ce qui le concernait, ajouta Stickler, même s'il était censé ne rien savoir de tout cela, il était par la force des choses et en sa qualité de camériste du pape au courant de tout ce que faisait Gianpaolo.

— J'ai... dit Jellinek tout hésitant, un monstrueux soupçon : vous excepté, deux seules personnes étaient au courant, et ce sont justement les deux adversaires les plus acharnés du projet de concile qui se trouvent être ceux que le pape voulait démettre de leurs fonctions. Aussi sa mort... juste à ce moment-là... les documents disparus... une conclusion s'impose !... Cascone et Canisius... Non, je ne parviens pas à oser le dire !

— Ce soupçon, répliqua Stickler, je l'ai moi aussi. Mais les preuves me manquent, c'est pourquoi le silence reste de rigueur.

Jellinek s'éclaircit la voix.

— Bellini a récemment évoqué une loge secrète. Etes-vous au courant ?

— Bien sûr !

— Mais, si vraiment des membres de la curie en font partie, pensez-vous qu'un rapport puisse exister avec les deux personnes que nous venons d'évoquer ?

— Je ne le pense pas, j'en suis pour ainsi dire certain. J'ai même entendu assurer que leurs noms se trouvent en très bonne place dans la hiérarchie de cette loge. L'émissaire qui est venu vous faire du chantage a sûrement été stipendié par cette organisation clandestine. Vos investigations, monsieur le cardinal, sont devenues trop gênantes, elles représentent un trop grand danger. Et qui aurait pu tenter de vous intimider avec les lunettes et les chaussons de Sa Sainteté sinon ceux-là mêmes qui étaient responsables de leur disparition ?

— Ce que vous m'apprenez là est trop monstrueux, dit Jellinek. J'ai du mal à le croire. Mais, pour en revenir à ce fameux concile : quel en aurait été le thème ?

— Il s'agissait de la résurrection de Notre-Seigneur Jésus-Christ.

— Ah oui, bien sûr, encore et toujours la résurrection du Christ... Mais les lettres et documents étudiés par Gianpaolo à cette époque ont-ils également disparu à sa mort ?

— Non, pas dans un premier temps, répondit Stickler. Je m'en souviens d'autant mieux que ranger à sa mort la table de travail d'un pape entre dans mes attributions. C'est ainsi que j'ai pu remarquer plusieurs *buste* et lettres en une écriture hébraïque à peine lisible. Sa Sainteté avait passé des nuits entières à compulser ces papiers, qu'elle s'empressait de recouvrir chaque fois que je pénétrais dans la pièce.

— Ainsi, vous ne pouvez me dire de quels écrits il s'agissait...

— Je le regrette, Votre Eminence, cela me semblait sans grande importance. Par ailleurs, Cascone me pressait : le bureau devait être rangé avant la nuit. Il fallait donc tout faire en hâte et j'ai incorporé l'ensemble de ces papiers au reliquat des biens de Gianpaolo.

— Et où se trouve ce reliquat ?

— Entreposé aux archives générales, bien sûr, avec tous les reliquats des autres papes.

Jellinek se leva d'un bond.

— Stickler, mais c'est la solution ! Voilà pourquoi je n'ai rien retrouvé de ces documents aux archives secrètes : c'était pourtant bien leur place, mais le pape les en avait sortis.

Du Samedi saint au dimanche de Pâques

Même le Vendredi saint et le rappel des souffrances et de la mort du Christ n'avaient pu apporter un minimum de paix intérieure au cardinal Jellinek. Cet *Ecrit du silence,* allait-il enfin le trouver ? Une telle question l'extirpa plusieurs fois de son sommeil nocturne. Ah, si seulement Stickler pouvait avoir raison ! Il fallait qu'il ait raison, puisque c'était la seule explication plausible. Une fois obtenu ce qu'ils voulaient, les gens de l'Odessa avaient rendu au Vatican l'arme de chantage qu'ils détenaient. On l'avait bel et bien entreposée à la *Riserva,* à l'abri des regards indiscrets. Les archives secrètes étaient un véritable tombeau pour ce qui n'était pas destiné à devenir public. Et, comme le nom d'Abulafia avait par ailleurs été effacé des archives générales, si frère Benno ne s'était pas mis en tête d'informer Gianpaolo, le secret serait à tout jamais demeuré inviolé.

Et il fallait sans doute que *L'Ecrit du silence* soit un véritable brûlot pour que le pape se sente ensuite poussé à une action d'une telle portée. Une seule chose était à peu près certaine, pour l'instant : Gianpaolo avait payé cette décision de sa vie. L'absence du mystérieux écrit semblait toujours être la pierre d'achoppement. Quand il s'était trouvé à l'Oratoire sur l'Aventin, puis aux archives secrètes, il n'avait pas attiré l'attention. Dans des circonstances normales, plus jamais le moindre regard ne se serait posé sur lui. Et en théorie encore moins maintenant qu'il semblait perdu au milieu des biens personnels de Gianpaolo ! Qui aurait eu le droit d'avoir accès au reliquat des papes, et surtout qui aurait pu s'y intéresser ?

Jellinek ne voulait pas attendre que le mardi après Pâques les Archives ouvrent de nouveau leurs portes. Il lui fallait en avoir le cœur net aujourd'hui même, Samedi saint. Aussi fit-il venir le gardien préposé aux clefs. Il lui annonça qu'il avait d'importantes et urgentes investigations à entreprendre, le pria de lui donner la clef puis de le laisser seul.

Alors il se rendit aux Archives jusqu'à une porte à l'écart, ouvrant sur un local où il n'avait encore jamais pénétré. A chaque pas sa tension augmentait. Il hésita un instant avant d'introduire la clef dans la serrure. Mais il n'en pouvait plus d'attendre cette fameuse preuve qu'il cherchait depuis si longtemps : énergiquement, il ouvrit la lourde porte.

Il lui fallut d'abord s'habituer à la pénombre qui, à grand-peine contrebalancée par la lumière parcimonieusement distribuée par des plafonniers en verre dépoli, régnait dans cette pièce. Il lui semblait se trouver à l'intérieur d'une grotte. Caisses et coffres en métal s'entassaient le long des murs. Cela ne sentait ni les vieux papiers ni les reliures en cuir, comme à la *Riserva,* mais juste une indéfinissable odeur fade de renfermé. C'était donc cela, la crypte conservant les ultimes effets personnels des papes défunts. Sur chacun des coffres une plaque portait un nom : Benoît XV, Pie XI, Pie XII, Jean XXIII, à la file. Enfin apparaissait, sur une simple feuille de cuivre sans aucune fioriture, aussi sobre que ce pape l'avait été de son vivant, celui de Jean-Paul Ier.

Jellinek tira avec ménagement cette caisse brunâtre — elle mesurait cinquante centimètres de large sur le double de longueur — et il alla la poser sur une table près de là. Il la contempla un moment sans l'ouvrir. Si près de résoudre l'énigme, le courage lui manquait soudain. Et sa peur de l'inconnu était encore plus forte. Avait-il seulement le droit de fouiller dans le reliquat d'un pape ? Et cet « Ecrit » qu'il recherchait depuis si longtemps, si le Seigneur avait voulu qu'il soit continuellement égaré et même oublié, était-il juste que ce soit à lui, Jellinek, de le remettre au grand jour ? Pouvait-il en assumer la responsabilité ? Pouvait-il se permettre de travailler ici clandestinement, n'aurait-il pas dû en aviser d'abord les autres membres de la curie ? Tant de questions troublaient le cardinal.

Soudain, il rompit la cire qui cachetait le simple fermoir de cette caisse. A l'intérieur, rangés par pile, se trouvaient des lettres, des documents et des actes manuscrits. Dans la première pile, il trouva d'emblée la lettre de Michel-Ange à Ascanio Condivi. Mais ses mains se mirent à trembler quand, juste sous cette lettre, elles touchèrent un parchemin usé et par endroits effrité. Dès le premier regard, il reconnut en l'extrayant les caractères hébraïques, dessinés à la hâte et jaunis par le temps. Il lut cette écriture pâlie et difficile à déchiffrer : c'était bien *L'Ecrit du silence.* Il continua de lire, précautionneusement, les yeux plissés par l'effort de l'attention.

« A moi qui ne suis point nommé, qui suis parmi ceux de moindre importance, mon maître a transmis ce qu'il avait appris de son maître, de la même façon que celui-ci l'avait appris de son maître, à charge pour chacun de transmettre la connaissance à quelqu'autre jugé digne et méritant. Et à cet autre de transmettre à son tour la connaissance à quelqu'un jugé digne et méritant. De sorte qu'à tout jamais le message perdure... » Le cardinal reconnaissait bien là le style caractéristique du kabbaliste Abulafia et, ligne après ligne, il continua péniblement sa lecture. Abulafia avait écrit qu'il s'était résolu à rédiger ce texte parce que, persécuté par l'Inquisition, il doutait qu'il lui soit désormais possible d'informer oralement qui que ce soit du secret légué par son maître. Interdiction n'en était pas moins faite à quiconque se trouvait éloigné de la Kabbale, sous peine d'être maudit par le Très-Haut, de lire ne serait-ce qu'une seule ligne de ce manuscrit.

En fait, cette injonction ne fit qu'aiguiser la curiosité du cardinal qui se mit à lire avec avidité, aussi vite que la semi-obscurité le lui permettait, ce qui concernait la transmission du message et la fermeté de la foi, attendant impatiemment de trouver la fameuse preuve qu'il cherchait depuis si longtemps. Mais il finit par tomber sur le point essentiel. Il était écrit textuellement : « C'est pour le bien des hommes que j'ai été instruit de ce secret, pour qu'ils reviennent à l'authentique foi, atteignent la connaissance totale et renient toute croyance erronée. Ieschoua, que *nous* nommons un prophète mortel, n'est pas ressuscité d'entre les morts au troisième jour — comme ceux-là qui le tiennent pour fils unique de Dieu le croient. Sa dépouille a été subtilisée par des adeptes de notre doctrine et amenée en haute Galilée à Safed, un des berceaux de la Kabbale, où Simon ben Iéruchim l'a ensevelie dans le tombeau qu'il s'était fait tailler dans le roc pour lui-même. S'ils ont agi de la sorte, c'était dans leur esprit pour empêcher de s'établir le culte qui commençait à s'élever à propos de la mort du Nazaréen. Ils ne pouvaient évidemment pas se douter que leur action allait provoquer tout le contraire, et que les adeptes de ce prophète martyr en tireraient profit pour prétendre que son corps était monté au ciel. »

Suivait l'énumération exhaustive des noms des trente élus choisis pour transmettre le secret.

Jellinek laissa l' « Ecrit » et se leva d'un bond. Il avait peine à respirer et défit le bouton supérieur de sa soutane. Ensuite, il se laissa retomber sur sa chaise, reprit le parchemin, le porta à hauteur de ses yeux, relut à mi-voix le passage spécieux, comme s'il tentait de mieux se le représenter. Puis, à peine en avait-il terminé, il le lut à voix forte une troisième fois, et encore une quatrième presque en criant, comme en transe. L'effroi n'était pas loin de le paralyser, il pensa suffoquer et pressa un de ses poings contre sa poitrine. L' « Ecrit » et tout ce qui l'entourait se mirent à chavirer : Seigneur Dieu, comment admettre ce qui était inscrit là ! Ainsi donc, c'était cela, la vérité que le pape Nicolas III avait voulu dissimuler ; cela la vérité que Michel-Ange tenait des kabbalistes ; cela que la curie avait craint au point de céder au chantage des nazis ! C'était donc cela, la vérité qui avait incité le pape Gianpaolo à mûrir le projet de convoquer un concile sur une question de dogme !

A cette pensée, Jellinek laissa choir à nouveau le parchemin sur la table, comme si cela avait été de la braise qu'il tenait entre les mains. Il tremblait, il se sentait des palpitations au coin des yeux. Il eut peur d'étouffer, se releva une fois encore, en hâte, pour fuir ce lieu et le parchemin qu'il contenait.

Titubant de frayeur, il se traîna tout au long des couloirs sombres et déserts, des salles et des galeries. Ce faste qui l'entourait lui parut soudain insipide et vain. Il errait à travers le Vatican, sans but et sans accorder le moindre regard aux œuvres d'un Raphaël, d'un Titien ou d'un Pinturicchio. Il avait perdu toute notion du temps et ses jambes le portaient machinalement. Si Jésus n'était pas ressuscité — sans cesse cette pensée martelait dans sa tête —, si Jésus n'était pas ressuscité, c'était le fondement même de la doctrine catholique qui s'effondrait, tout ce que prêchait l'Eglise était dénué de sens, n'était plus rien d'autre qu'une gigantesque mystification. Jellinek imagina un horrible scénario : des millions d'êtres humains, privés de toute espérance, devenaient incontrôlables et jetaient tous leurs principes moraux par-dessus bord. Avait-il le droit de divulguer une telle vérité ?

Après avoir grimpé l'escalier de pierre qui menait aux « appartements Borgia », il laissa derrière lui la salle des sibylles et des prophètes pour pénétrer dans la *sala del Credo,* qui tenait son nom des phrases de celui-ci incorporées dans des scènes de l'Ancien et du Nouveau Testament, là où prophètes et apôtres, distribués deux par deux sous les cintres, tiennent dans leurs mains des rouleaux où sont inscrits ces versets : Pierre et Jérémie, Jean et David, André et Isaïe, Jacob et Zacharie. Jellinek s'essaya à réciter le Credo et, n'y parvenant pas, se hâta de poursuivre son chemin.

Juste après la salle des Arts et des Sciences, il s'arrêta enfin dans la salle des Saints... S'il remettait à sa place *L'Ecrit du silence,* le confiant de nouveau au reliquat de Gianpaolo, la découverte retomberait dans l'oubli, peut-être pour plusieurs siècles et même pour l'éternité !... Mais, dès l'instant suivant, il lui fallut rejeter cette perspective : le problème serait-il évacué pour autant ?... L'agitation dans laquelle il se trouvait poussa le cardinal à reprendre son errance. Il pensa au prophète Jérémie à qui Michel-Ange avait prêté son propre visage : la physionomie de celui qui sait, perdu dans ses pensées et le regard empreint d'un profond désespoir. Michel-Ange n'avait placé aucun saint près de son Jérémie, mais des personnages païens, et c'était à dessein.

Ah, si seulement il n'avait pas ouvert la caisse contenant le reliquat de Gianpaolo ! La nuit était tombée, la nuit de Pâques. Venant de la chapelle Sixtine lui parvint le chant d'un motet à la gloire du Seigneur. Jellinek l'entendait : il aurait dû participer aux cérémonies, mais n'avait pu s'y résoudre. Il continua son errance en écoutant cette musique céleste qui, de la chapelle Sixtine, venait jusqu'à lui pour le harceler.

Le *Mi-se-re-re* enflait dans la tête du cardinal. *A voci forzate* d'une pureté séraphique, les voix de garçons confrontées à celles métalliques des ténors, à la désolation des basses, chaque note parlait de l'âme, d'amour et de douleur. Quiconque a un jour écouté les antiennes, les psalmodies, les leçons des Ténèbres et les répons pendant le *Triduum sacrum,* quand tous les cierges sauf un s'éteignent pour signifier que

Jésus est abandonné de tous, quand le pontife, au moment de l'*Antiphone Traditor,* tombe à genoux devant l'autel et qu'un accablant silence s'installe jusqu'à ce que, timidement, le premier verset se fasse entendre, et que la lamentation grandisse progressivement pour culminer en un *forte* à plusieurs voix par ce cri déchirant : « *Christus factus est* », oui : quiconque a vécu cette *musica sacra* de Gregorio Allegri ne peut chasser ces chants de sa mémoire. Sans orgue ni même aucun accompagnement instrumental, *a capella,* nu comme les corps peints par Michel-Ange, c'est un cri qui émeut aux larmes, donne la chair de poule et peut mener avec délectation jusqu'à l'extase — *Miserere.*

Sans l'avoir cherché, le cardinal avait débouché dans la bibliothèque du Vatican, là où tout avait commencé. Il ouvrit une des baies et aspira goulûment l'air. Il prit trop tard conscience que c'était justement à la croisée de cette fenêtre que *Padre* Pio avait mis fin à ses jours. Et, tandis qu'il avalait l'air de la nuit et que la plainte funèbre d'Allegri persistait à pénétrer ses oreilles, un vertige le prit. Cela bourdonnait de plus en plus dans sa tête à mesure même que le motet avançait vers le point le plus fort, louant le Seigneur Jésus-Christ monté aux cieux. En un léger soubresaut, il perdit l'équilibre et son corps bascula dans le vide. Pendant sa chute il sentit un vent frais et fut envahi par une brève sensation de bonheur. Puis il ne ressentit plus rien.

Un gardien qui avait observé la scène témoigna par la suite que le cardinal avait poussé un cri en tombant. Il ne pouvait l'affirmer, mais il lui semblait avoir discerné quelque chose comme : « Jérémie !... »

DU SILENCE EN TANT QUE PÉCHÉ

L'histoire que m'a contée frère Jérémie s'est terminée là. Cinq jours durant, nous nous sommes retrouvés dans le jardin paradisiaque du monastère. Cinq jours durant, tout comme ceux de la Création imaginée par le Florentin, j'ai bu dans sa cabane en bois les paroles du vieux moine. Pas une seule fois, même pour lui poser une question, je n'ai osé l'interrompre. Au cours de ces cinq jours le jardinet, la cabane mais surtout le moine à la barbe fleurie me sont devenus familiers. De son côté, frère Jérémie a peu à peu pris confiance en moi. S'il s'était exprimé avec hésitation et réserve, lors de notre première rencontre, de jour en jour son discours était devenu plus fluide. Oui, il semblait avoir hâte de parvenir à la fin de son récit, comme s'il craignait qu'on nous découvre.

Le sixième jour, j'ai de nouveau grimpé l'escalier de pierre qui menait jusqu'à lui. La pluie tombait, sans altérer en rien la beauté du jardin. Les fleurs, imbibées d'eau, penchaient lourdement vers le sol. Je suis allé me mettre à l'abri dans la cabane en bois. Ce jour-là, j'étais fermement décidé à poser certaines questions au frère Jérémie. Mais le frère Jérémie n'est pas venu. Comme j'ignorais ce qui avait pu se passer, ce qui pouvait l'empêcher de me rejoindre, j'ai patienté et l'ai attendu un très long moment, seul avec mes pensées. La pluie tambourinait sur le carton bitumé du toit. Que devais-je faire ? Me renseigner au monastère sur Jérémie ? Cela n'aurait réussi qu'à me rendre suspect et à nuire au frère Jérémie.

J'ai reculé ma décision jusqu'au jour suivant, le septième. Le soleil était revenu, et j'ai imaginé que c'était peut-être l'obstacle de la pluie qui avait empêché Jérémie de se rendre au jardin. Mais le moine n'est pas non plus venu le septième jour. Ces mots qu'il avait prononcés au début me revenaient : s'il le pouvait, disait-il, il s'enfuirait. Mais comment Jérémie, avec ses jambes de paralytique, aurait-il pu s'enfuir ?

Des chants de vêpres me parvenaient de la chapelle. Jérémie se trouvait-il parmi les moines qui chantaient là ?... J'ai attendu la fin du rituel, puis j'ai pénétré dans le bâtiment du monastère. Un moine, rencontré dans un long couloir, m'a indiqué où je pouvais trouver le père abbé. Ce dernier, protégé par le sas de deux portes successives, était assis dans une grande pièce au plancher trop longtemps piétiné, sommairement meublée — essentiellement d'une bibliothèque emplie de livres aux reliures anciennes — avec, derrière lui, une plante verte qui grimpait jusqu'au plafond. Le crâne dégarni, le nez chaussé de lunettes non cerclées, il avait belle allure.

Je me suis appliqué à lui expliquer très en détail ma rencontre avec frère Jérémie. Mais, avant même que j'aie pu parvenir au bout de mon récit, le prieur m'a interrompu en me demandant pourquoi je lui racontais tout cela. Une telle question avait de quoi me surprendre.

— Pourquoi ! ai-je dit. Mais parce que cela vient juste de se passer, tout au long de la semaine écoulée et que, contre son gré, frère Jérémie est retenu dans ce monastère !

— Frère Jérémie ? Dans notre monastère, il n'y a pas plus de frère Jérémie que de moine en chaise roulante.

Abasourdi, j'ai supplié l'abbé de me dire la vérité. Je savais, ai-je précisé, qu'on avait coupé Jérémie du monde extérieur, qu'on le traitait comme s'il avait perdu la raison, mais Jérémie n'était pas fou, je pouvais en jurer !

L'abbé m'a alors jeté un regard chafouin, il a secoué la tête et n'a rien dit. Je ne pouvais évidemment me contenter d'un tel silence. D'une certaine manière, l'attitude de l'abbé cadrait fort bien avec la terrifiante histoire que le mystérieux moine m'avait racontée.

— J'avais cru comprendre, ai-je dit, que le moine Jérémie n'était qu'un camouflage, servant en fait à dissimuler le préfet de la Congrégation pour la doctrine de la foi, le cardinal Joseph Jellinek ; que la curie l'avait acculé à la mort, mais qu'il avait survécu à sa tentative de suicide...

L'abbé ne semblait aucunement impressionné. Il finit par se lever, alla vers la bibliothèque et en extirpa un journal. Il le posa devant moi sur son bureau et, toujours sans un mot, pointa son doigt sur un article qui s'étalait en première page. Le journal était daté de la veille et l'article ainsi rédigé :

« L'inscription de la chapelle Sixtine, un faux ! »

« Rome, l'inscription de la chapelle Sixtine, découverte par les restaurateurs était un faux. Ainsi que nous l'avions déjà indiqué, les restaurateurs sont tombés, en nettoyant les fresques du plafond peint par Michel-Ange, sur des signes sans lien évident qui ont aussitôt donné lieu à des spéculations au sein du Vatican et ont même conduit à la convocation d'un concile. Michel-Ange aurait laissé un message secret dans cette chapelle construite par Sixte IV (1471-1484). Comme le cardinal Joseph Jellinek, préfet de la Congrégation pour la doctrine de la foi et président du concile, l'a annoncé hier au cours de sa conférence de presse, ces signes inexplicables ont été ajoutés au siècle dernier, pendant une précédente restauration. Tout rapport avec Michelangelo Buonarroti est par conséquent à exclure. Dans le cadre des travaux de restauration, ces signes viennent donc d'être effacés. Le professeur Antonio Pavanetto, directeur général des Musées et Bâtiments du Vatican, a été chargé en remplacement de M. Bruno Fedrizzi de la supervision de la restauration. »

Encadrée dans l'article, une photo représentait le cardinal pendant la conférence de presse. J'en ai eu le souffle coupé !

N'aurais-je pas rêvé toute cette histoire du vieux moine et de ses fables ? me demanda l'abbé. Il arrivait fréquemment, dit-il, que l'on rêve de certains événements, et que l'on croie les avoir vécus dans la réalité...

Non, non, me suis-je récrié. J'avais bel et bien passé cinq journées assis en face du moine, écoutant ses discours. J'aurais pu décrire son visage et chaque ride de ce visage, j'aurais pu distinguer sa voix entre cent autres. Il ne pouvait s'agir d'un rêve, frère Jérémie existait vraiment. Il était paralysé et sans défense. Chaque jour un autre moine poussait sa chaise roulante jusqu'au jardin. Dieu m'était témoin que c'était la stricte vérité...

L'homme chauve n'en démordait pas : j'avais dû me tromper. Si un frère paralysé avait séjourné dans son monastère, il l'aurait su. Et puisque ce n'était pas le cas, il me fallait bien reconnaître que je m'étais trompé.

J'étais envahi d'une colère impuissante. J'imaginais ce que frère Jérémie avait dû ressentir et j'ai aussitôt quitté l'abbé, sans même le saluer. Je me suis hâté de parcourir le couloir tout de son long et de descendre l'escalier de pierre qui menait au rez-de-chaussée. Par la porte étroite, je me suis retrouvé au jardin. La fontaine bruissait comme à l'accoutumée. Sur le sentier de gravillons, deux moines en tenue grise de travail s'appliquaient à effacer au râteau les traces laissées par la chaise roulante.

Depuis ce jour je me suis longtemps senti taraudé par cette question : Est-il préférable de parler ou de se taire ? Ai-je le droit de rapporter ce que le vieux moine m'a confié ? Bien sûr, parler peut être un péché. Mais se taire, tout autant.

De nombreux points de cette énigmatique histoire

demeurent obscurs et ne seront peut-être jamais élucidés. En particulier, je n'ai trouvé aucune explication au fait que le « A », première lettre du nom d'ABULAFIA, inscrit sur le rouleau d'écriture aux pieds du prophète Jérémie, n'ait pas été effacé avec le reste. Quiconque possède des yeux pour voir peut le constater — encore maintenant.

Appendice

GLOSSAIRE D'EXPRESSIONS LATINES ET ITALIENNES

DE LA VOLUPTÉ DE NARRER

Ordo Sancti Benedicti : la règle de saint Benoît

casta meretrix : vertueuse catin

LE JOUR DE L'ÉPIPHANIE

buon fresco (ital.) : à l'état frais

al fresco (ital.) : appliqué sur enduit humide

a secco (ital.) : appliqué sur enduit sec

ex officio : de façon officielle

speciale modo : tout particulièrement

Fiat Gregorius papa tridecimus : Ainsi l'a voulu le pape Grégoire XIII

fondo, fondi (ital.) : dépôt, fonds, sous-division

Archivio Segreto Vaticano (ital.) : archives secrètes du Vatican

Riserva (ital.) : entrepôt, réserve fermée à clef

scrittori (ital.) : ici, dans le sens de commis aux écritures

busta, buste (ital.) : ici, pour signifier dossier, classeur, chemise

Laudetur Jesus Christus : Rendons grâce à Jésus-Christ

Sala degli indici (ital.) : salle des répertoires

de curia, de praebendis vacaturis, de diversis formis, de exhibitis, de plenaria remissione : concernant la curie, les prébendes accordées, les diverses formalités, les connaissances établies, l'ensemble des grâces

custos registri bullarum apostolicarum : gardien du registre des bulles pontificales

Schedario Garampi (ital.) : fichier de Garampi

de jubileo : à propos du jubilée

de beneficiis vacantibus : concernant les privilèges disponibles

Verba volant, scripta manent : Les paroles s'envolent, les écrits restent

Credo quia absurdum : Je le crois parce que c'est absurde

ignis ardens : feu ardent

religio depopulata : religion décimée

Lignum vitae — ornamentum et decus Ecclesiae : la souche de la vie — ornement et parure de l'Eglise

Prophetia S. Malachiae Archiepiscopi de Summis Pontificibus : Prophétie de saint Malachie, archevêque, concernant les papes

sidus olorum : l'aura du cygne

Peregrinus apostolicus : apôtre expatrié

lumen in coelo : lumière dans le ciel

pastor et nauta : berger et marin

in nomine Jesu Christi : au nom de Jésus-Christ

brachettone (ital.) : faiseur de braguettes

Jesu Domine nostrum : Jésus notre Seigneur

terra incognita : terre inconnue, terrain vierge

intonaco (ital.) : mortier

in nomine Domini : au nom du Seigneur

scolare (ital.) : étudiant

Omnia sunt possibilia credenti : Aux croyants, rien d'impossible

Amore non vuol maestro (ital) : L'amour ne veut pas de maître

LE LENDEMAIN DE L'ÉPIPHANIE

Fondo Assistenza Sanitaria (ital.) : Service d'assistance sanitaire

Atramento ibi feci argumentum : Avec ma peinture noire j'ai établi une preuve

LA FÊTE DU PAPE MARCEL

Miserere Domine : Aie pitié de nous, Seigneur !

Ottocento italiano (ital.) : XIXe siècle, pour les Italiens

Domine nostrum : Notre-Seigneur

DEUX JOURS PLUS TARD

Ex paucis multa, ex minimis maxima : Tirer beaucoup de peu et le maximum du minimum

quoquomodo possumus : par tous les moyens en notre possession

causa : cause, cas (ici, dans le sens juridique du terme)

Hoc indubitanter tenendum est, ut quicquid sapientes huius mundi de natura rerum demonstrare potuerint, ostendamus nostris libris non esse contrarium ; quicquid autem illi in suis voluminibus contrarium Sacris Literis docent, sine ulla dubitatione eredamus id falsissimum esse, et, quoquomodo possumus, etiam ostendamus : Il convient d'affirmer avec force que tout ce que les savants laïcs ont pu prouver doit être tenu pour évident par nous, dès lors que cela ne contredit pas les Saintes Écritures. Mais ce qu'ils enseignent dans leurs livres en contradiction avec Elles doit être tenu pour totalement erroné et nous devons le combattre, par tous les moyens possibles.

Providentissimus Deus : Dieu a tout prévu

Accessorium sequitur principale : Le principal prime sur les détails

Et omnia ad majorem Dei gloriam : Tout pour la plus grande gloire de Dieu (devise d'Ignace de Loyola)

Societas Jesu : la Compagnie de Jésus (ordre des Jésuites)

QUATRIÈME DIMANCHE SUIVANT L'ÉPIPHANIE

Missa Papae Marcelli : la messe du pape Marcel II

Non in verbis, sed in verbus est : Ne pas parler mais agir (Sénèque)

Sic florui : Si brièvement, j'ai fleuri

EN CE MÊME DIMANCHE

corpus delicti : l'objet, la preuve du délit

Ave Maria, gratia plena : Je te salue Marie, pleine de grâce

papabili (ital.) : sérieux prétendants au trône pontifical

Requiescat in pace : Qu'il repose en paix !

LUNDI APRÈS LA CHANDELEUR

Praeparatio Evangelica : introduction aux Evangiles

Compendium theologicae veritatis : résumé des vérités théologiques

Jucunditas maerentium, Eternitas viventium, Sanitas languentium, Ubertas egentium, Satietas esurientium : joie dans la détresse, vie éternelle, vigueur pour les faibles, richesse pour les pauvres, nourriture pour les affamés

Horribile dictu : C'est horrible à dire !

Impossibilis est : Il n'en est pas question

LE JOUR DE QUINQUAGÉSISME, PROBABLEMENT

taedium vitae : le dégoût de vivre

messer : (du français : messire) équivalent de « monseigneur », essentiellement utilisé désormais de façon péjorative

Confutatis maledictis flammis acribus addictis : L'enfer sans aucune indulgence sera la récompense des damnés

Domine Deus : Seigneur Dieu !

Deus Sabaoth : Seigneur des Armées

Libera me, Domine, de morte aeterna in die illa tremenda, quando coeli movendi sunt et terra : Délivre-moi, Seigneur, de la mort éternelle au jour de frayeur, quand le ciel et la terre chavireront.

MERCREDI DES CENDRES

Domine Jesu Christe, Rex Gloriae, libera animas omnium fidelium defunctorum de poenis inferni et de profundo lacu : Seigneur Jésus-Christ, roi des félicités, protège l'âme de tous les croyants des souffrances de l'enfer et des abîmes du monde souterrain.

Libera eas de ore leonis, ne absorbeat eas tartarus, ne cadant in obscurum ; sed signifer sanctus Michael repraesentet eas in lucem sanctam, quam olim Abrahe promisisti, et semini eius : Protège-les de la vengeance du lion, afin qu'ils ne soient engloutis par l'enfer et précipités dans les ténèbres. Que saint Michel, ton porte-étendard, les conduise vers la lumière sacrée, celle que tu as jadis promise à Abraham et à sa descendance.

Lux aeterna luceat ei. Exitus. Mortuus est : Que la lumière éternelle l'éclaire dans sa mort. Il est mort.

LA FÊTE DE L'APÔTRE MATTHIEU

Ad rem : Au fait !

REMINISCERE

Ecce, ego abducam aquas super terram : Voici, je vais faire venir le déluge d'eaux sur la terre

MERCREDI DE LA DEUXIÈME SEMAINE DE CARÊME

Credo in Deum Patrem omnipotentem... : Je crois en Dieu le Père tout-puissant... (profession de foi chrétienne)

bracchium Domini : le bras du Seigneur

Videbis posteriora mea : Tu verras mon derrière !

UN CERTAIN JOUR ENTRE OCULI ET LAETARE

Theologia Moralis Universa ad Mentem Praecipuorum Theologicorum et Canonistarum per Casus Practicos Exposita a Reverendissimo ac Amplissimo D. Leonardo Jansen, Ordinis Praemonstratensis : Théologie morale et universelle pour l'étude des théologiens et Pères de l'Eglise, publiée par le très honorable et très estimé chanoine Leonard Jansen, de l'ordre des Prémontrés

LENDEMAIN PUIS SURLENDEMAIN MATIN DE LAETARE

expressis verbis : en toutes lettres

LUNDI SUIVANT LE DIMANCHE DE LA PASSION

vulgum pecus : (expression péjorative) le simple troupeau

DU SAMEDI SAINT AU DIMANCHE DE PÂQUES

Sala del Credo (ital.) : salle du Credo

Miserere : Aie pitié de nous !

voci forzate (ital.) : voix très soutenues

Triduum sacrum : les trois jours saints

Christus factus est : le fait du Christ est accompli (paraphrase de l'Evangile de Jean 19-30 : « Jésus dit : Tout est accompli »)

musica sacra : musique religieuse

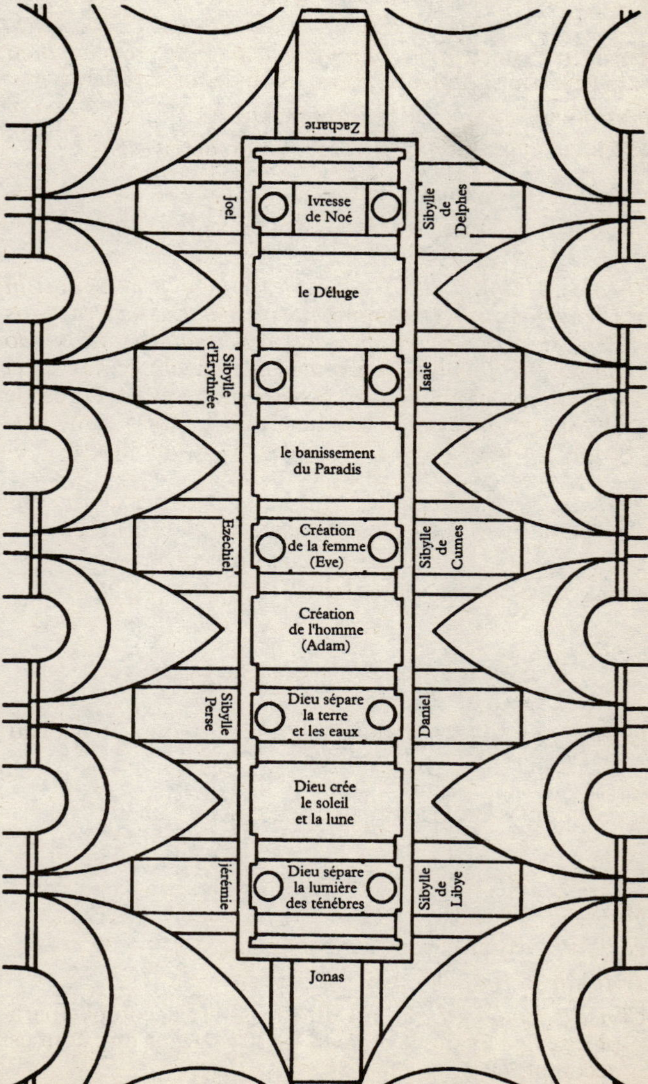

PLAN DES FRESQUES AU PLAFOND
DE LA CHAPELLE SIXTINE

Sommaire

Composition réalisée par JOUVE

IMPRIMÉ EN FRANCE PAR BRODARD ET TAUPIN
La Flèche (Sarthe)
LIBRAIRIE GÉNÉRALE FRANÇAISE - 43, quai de Grenelle - 75015 Paris.

ISBN : 2 - 253 - 14677 - 3 31/4677/6